教師人生

Teacher Man
Frank McCourt

フランク・マコート
豊田淳 訳

国書刊行会

Teacher Man by Frank McCourt

マコート一族の次世代の者たちへ

シボーン（マラキの娘）とその子供たち、フィオナとマーク
バリ（マラキの息子）の息子マラキ
ニーナ（マラキの義理の娘）
メアリー・エリザベス（マイケルの娘）とその娘ソフィア
アンジェラ（マイケルの娘）
コナー（マラキの息子）とその娘ジリアン
コーマック（マラキの息子）とその娘アドリアナ
マギー（フランクの娘）とその子供たちキアラ、フランキー、ジャック
アリソン（アルフィの娘）
マイキー（マイケルの息子）
ケイティ（マイケルの娘）

自分の歌を歌い、自分の踊りを踊り、自分の言葉で語りなさい。

謝辞

三か月分の奨学金、輝き、喜びを与えてくれたローマのアメリカン・アカデミーに感謝する。川沿いのスウィート・ルームで三か月間満たされた生活を送らせてくれたロンドン、サヴォイ・ホテルのパム・カーター氏に感謝する。

暗い日々に灯りを点してくれた僕の代理人、モリー・フリードリッヒに感謝する。トランペットとドラムを持ってきてくれた編集者、ナン・グラハムに感謝する。僕たちは共に言葉を紡《つむ》いできたが、僕がただ驚嘆の目で見守る中、本になるまで手がかりを示し、形にしてくれたのは彼女である。

そして、僕の妻エレンに感謝する。いつも楽しく明るく、いつも次の冒険の準備をし、いつも優しい君に愛をこめて。

序章

ジグムント・フロイトと心理学についていささかでも知っているならば、僕は自分の問題すべてをアイルランドの惨めな子供時代に帰することができるだろう。あの惨めな子供時代のために、僕は自分を肯定できず、自分がかわいそう、という衝動が押さえきれず、感情が麻痺し、権威に対しすぐに頭に来て、嫉妬深く、尊敬の念がなく、成長が遅れ、異性に対してうまく接することができず、世の中で自立できず、人間社会にほとんど不適応となったのである。とにもかくにも教師をやり続けてこられたことは奇跡であり、ニューヨークの教室でのあの年月を生き延びたことに対して、自分に満点をあげたい。惨めな子供時代を生き延び、教師になった人間には勲章を授与すべきだし、惨めな子供時代の後、それを打ち消すようないかなる要因が加わろうとも、僕は勲章候補者の列の先頭にいるはずである。

誰かに責めを負わせることもできる。惨めな子供時代など簡単に起きたりしない。それは引き起こされるものだ。暗い力がある。誰かに責めを負わせるとしても、赦免の精神をもって行おう。だから僕は次の人々を放免する。ローマ教皇ピウス十二世。一般のイギリス人、とりわけ英国王ジョージ六世。僕が子供の頃アイルランドを支配していたマクロリ枢機卿。あらゆることが罪深いと考えていた節のあるリムリックの司教。アイルランドの前首相にして大統領、エイモン・デ・ヴァレラ。デ・ヴァレラは半分スペイン人の血が混じっているゲール語の狂信者で（アイリッシュ・シチューにスペインの玉ねぎを入れたようなもの）、アイルランド中の教師に対し、僕たちにゲール語を力ずくで叩き込み、自然な好奇心を剝奪するように指示した。惨めな気持ちにばかりさせた。彼は、若者たちの身体のあちこちにある、校長の杖にぶたれ、青黒くなった跡には冷淡で無関心だった。また、マスターベーションの罪や母の財布から小銭を盗んだ罪を認めたときに、告解室から追い出した司祭も放免する。彼は僕が特に肉体に関することにおいて適切な悔いを示さない、と言った。彼の言ったことが核心をついていたとしても、許しを拒否されたことで僕の魂をあまりに危険な状態に追い込んだのだから、もしも僕が教会を飛び出してトラックにはねられ、永遠の天罰を受けたとしたら、司祭はそれに責任を負わねばならなかっただろう。教義問答の答えに躓《つまず》いたり、九三七割る七三九の暗算ができなかったときに、座席からもみあげを引っ張って連れ出し、いつもこん棒や革紐や鞭《むち》で殴った何人もの体罰教師も放免する。お前のためを思ってやっている、体罰のたびにそんな欺瞞的な理由を口にした両親や大人たちも放免する。彼らは今いったいどこにいるんだろう？　天国？　地獄？　それとも煉獄（本当に存在するとして）？

自分自身さえも許そうと思う。自分の人生のその時々の段階を振り返ると、呻《うめ》かずにはいられない。何たるバカ野郎。何たる臆病者。何たる愚か者。何たる優柔不断。何たる悪あがき。

だが、次に別の見方をする。僕は子供時代と思春期に良心の点検をし、自分自身が永遠の罪にとらわれている、と気付いた。それは試練であり、洗脳であり、決定条件であり、自分への自信を打ち砕いた、特に悪事を働いた授業中。

今、僕は自分に少なくとも一つ良い評価を与えるべきときが来たと思う。粘り強さ、だ。野心や才能や知性や魅力ほど人を引き付けるものではないが、粘り強さはいまだに昼も夜も僕をとらえている。

F・スコット・フィッツジェラルドはアメリカ人の人生には第二幕はない、と言った。しかし、それはただ単に彼が長生きしなかっただけではないのだろうか。僕に言わせれば、彼は間違っている。

ニューヨーク市の高校で三十年間教えて、生徒以外は誰も僕に注意を払わなかった。学校の外の世界では、僕は見えない人間だった。そして子供時代の本を書き、時の人となった。その本がマコート家の子供や孫に家族の歴史を説明してくれればいい、と思っていた。数百冊売れて、読書会での議論に呼んでもらえれば、と思っていた。予想に反し、その本はベストセラーのリストに飛び込み、三十か国語に翻訳され、僕は頭がくらくらした。僕の人生第二幕が始まった。

本の世界では、僕は遅咲きの花であり、新人、新参者だ。最初の本『アンジェラの灰』は一九九六年、六十六歳のときに、次の『アンジェラの祈り』は一九九九年、六十九歳のときに出版された。そんな歳になって、まだペンを持ち上げる力があったことが驚きだ。新しい友人たち（ベストセラーリストに入ったことでできた友人たち）は皆二十代で本を出している。若い人たちだ。

では、なぜそんなに時間がかかったのか？

学校で教えていたからだ。だからそんなに時間がかかったのだ。いつも創作や楽しいことを教えられる大学などではなく、ニューヨーク市の四つの異なった公立高校で教えてきた（大学教授が不倫や学会の内輪もめで忙しくて、教育の時間をひねり出すために四苦八苦する小説なら読んだことがあった）。週に五日、一日五時間高校で教えたら、家に帰って、頭をはっきりさせ、不朽の名作を書いてやろう、なんて思いもしない。一日五時間授業をやった後では、教室の喧騒で頭は一杯だ。『アンジェラの灰』が世間の注目を集める、などとは全く期待していなかったが、ベストセラーになり、マスコミの寵児となった。写真を何百枚も撮られた。アイルランド訛《なま》りの老いぼれ新人だった。何十という出版社からインタヴューを受けた。知事、市長、俳優たちと会った。父親の方のブッシュ大統領と当時はテキサス州知事だった息子に会った。クリントン大統領とヒラリー・ローダム・クリントンに会った。グレゴリー・ペックにも会った。ローマ法王に会い、指輪に口づけた。ヨーク公爵夫人サラがインタヴューしてきた。ピューリッツァー賞受賞者に会うのはあなたが初めてですよ、と言ってくれた。公爵夫人と会うのはあなたが初めてです、と僕は言った。サラはカメラマンに、あら、今の発言聞きました？　今の聞きました？　と訊いた。グラミー賞スポークン・ワード賞にノミネートされ、エルトン・ジョンともう少しで会えるところだった。人々の僕を見る目が変わった。へぇー、君があの本を書いたのか？　こちらへどうぞ、マコート先生、何か欲しいものはないですか？　何なりと。コーヒー・ショップにいた女性が流し目をして、話しかけてきた。テレビで見たわよ。有名人ね。誰なの？　サインいただけるかしら。僕の話を聞きたがった。アイルランド、結膜炎、酒、歯、教育、宗教、青春期の不安、ウィリアム・バトラー・イェイツ、文学一般について意見を求められた。この夏、何を読む御予定ですか？　今年はどんな本を読みましたか？　カトリック、創作、飢餓について。歯医者、弁護士、眼科医の集まり、そしてもちろん、教員の研修会で話をした。アイルランド人、教師、あらゆる惨めさの大家、自分の話をしたがるどこにでもいる高齢者の希望の星として、世界中を旅した。
『アンジェラの灰』は映画になった。アメリカではどんなものを書いても、必ず映画化の話がある。マンハッタンの電話帳について書いたとしても、じゃあ、映画化はいつだ？　という話になるだろう。

もし『アンジェラの灰』を書かなかったら、神様、あと一年、あともう一年、とお願いしながら死んだだろう。この本を書くことこそが、人生でやりたかったことであり、心残りだったからだ。ベストセラーになるなんて夢にも思わなかった。本屋にこっそり入り込むと、美しい女性が僕の本を捲《めく》り、時折涙を流す場面に出会えるように、僕の本がベストセラーの棚にあるといいな、とは思っていた。もちろん美しい女性たちは僕の本を買って、家に持ち帰り、ソファでくつろぎ、ハーブティーや極上のシェリーを飲みながら、読んでくれるだろう。友達全員に本を注文してくれるだろう。

『アンジェラの祈り』の中で僕は、アメリカでの生活と、いかにして教師になったかを書いた。出版後、教育に対して短い告解しかしていない、という気持ちに悩まされた。アメリカでは、医者、弁護士、軍人、俳優、テレビ業界人、政治家は称賛され、見返りもある。教師はそうはいかない。専門職の中では使用人なのである。勝手口か裏口に回れ、と言われる。長期休暇があっていいな、と言われる。後ろから白髪の頭をとんとんと叩かれて、横柄に、懐かしそうに話しかけられる。ああ、そうだ、僕は英語の先生、ミス・スミスに習いました。本当に刺激を受けました。愛すべき年老いたミス・スミスのことはけっして忘れません。一人でも生徒の心に到達できれば、教師としてやってきた四十年間に意味があるのよ、とよく言っていました。幸福に死ぬことができるわ、と。

だが、その刺激的な英語の先生は灰色の影の中に消えていき、しみったれた年金の中で日々を過ごし、心に到達したかもしれない生徒のことを夢に見ている。夢を見続けてください、先生！　だけど、祝福されることはないでしょう。

教室に入り、しばし立ち、生徒が静かになるのを待ち、ノートやシャープペンシルをカチカチ言わせるのを見守り、自分の名を名乗り、黒板に書き、授業に入る。

机の上には学校から与えられた英語学習指導要項がある。綴《つづ》り、語彙、文法、読解、作文、文学を教える。

文学にたどり着くのが待ちきれない。詩、劇、エッセイ、長篇小説、短篇小説について活気ある議論をする。百七十人の生徒たちの手が空中で震えている。マコート先生、と叫んでいる。あたしを当てて、俺が先だ、言いたいことがあります。

生徒たちに何か言ってもらいたい。授業を生き生きしたものにしたい、と僕が奮闘しているのだから、生徒たちにぼんやりと席に座っていてほしくない。

英米文学の主要な部分を楽しむことになる。カーライルやアーノルド、エマソンやソローと素晴らしい時間を過ごすだろう。シェリー、キーツ、バイロン、懐かしいウォルト・ホイットマンにたどり着くのも待ちきれない。クラスの生徒たちはあのロマン主義や反抗、あの挑戦的態度全てを愛するだろう。自分でもこの授業が大好きになるだろう。実は僕は心の奥深く、夢の中ではどうしようもないロマンティストだからだ。生徒とともに自分も議論に参加する。

廊下を通りかかった校長や権威ある人々の耳に教室から活気ある音が聞こえてくる。ドアの窓からなんだろうと覗き込むと、すべての生徒が手を挙げ、顔には熱心さと興奮が表れている。配管工、電気屋、美容師、大工、機械工、修理工、タイピストの卵たちだ。

年間優秀教師、世紀の優秀教師の候補にノミネートされる。ワシントンに招かれる。アイゼンハワーが握手を求めてくる。新聞は一介の教師の僕に教育に関して意見を求めてくる。これは大きなニュースになるだろう、一人の教師が教育に関して意見を求められたのだ。やったね。テレビ出演。テレビだってさ。

想像してみてほしい。テレビ出演する教師。

ハリウッドに飛び、自分の人生を描いた映画に出演。ささやかな出だし。惨めな子供時代、教会との葛藤（勇敢に抵抗する）、家の片隅でチョーサー、シェイクスピア、オースティン、ディケンズをろうそくの灯《あかり》で読んでいる孤独なイメージ。片隅でただれた目をしばたたかせて勇敢にも読書を続けていると、ついに母親がろうそくを持ち去って、本を読むのを止めないと顔から二つの目が完全に落ちちまうよ、と言う。ろうそくを戻して、お願いだから、『ドンビー父子』をあと百ページで読み終えるんだ、と僕が頼んでも、だめよ、一年前は最高のメンバーとボールを蹴っていたのに、どうして目が見えなくなったの、と人に訊かれながらリムリックを連れ歩くなんてのはごめんだよ、と母が言い返す。

わかった、と僕は言う、こんな歌を知っているからだ。

母の愛は神の賜物《たまもの》
どこへ行っても

大事にする
いなくなっても後悔せぬよう。

しかも、あのアイルランドのベテラン女優、サラ・オールグッドやウナ・オコナー演じる母親の鋭い口ぶりや苦しそうな表情に対しては言い返せそうもない。僕自身の母親も肉体的にも精神的にもひどく傷ついた表情をしていたが、白黒でもカラーでも大画面で見るようなしろものではない。

父はクラーク・ゲーブルに演じてもらおう。ただし、次の二つの場合を除いて。（a）父の北アイルランド訛りをうまくしゃべれないとき、（b）『風と共に去りぬ』と同様のひどい運命に遭うとき。アイルランドで『風と共に去りぬ』が上映禁止になったのを覚えている。聞いたところでは、レット・バトラーがスカーレットを抱き上げて二階のベッドまで運ぶ場面が、ダブリンの映倫を仰天させ、全面上映禁止となったらしい。だめだ、やはり父は別の人にやってもらおう。アイルランドの映倫はじっくり検閲するから、故郷リムリックの人たち、そしてリムリック以外のアイルランド人に、僕の惨めな子供時代、その後の教師兼俳優としての輝かしい人生の映画を見てもらう機会が無くなったら、あまりにも残念だからだ。

しかし、話はその場面で終わりではない。実際の話はこんな風になる。いかにして僕がハリウッドのセイレーンの誘いを最終的に退けたか、夜ごとのディナー、ワインとパーティ、名声を確立し、野心ある女優たちのベッドへの誘惑の日々に負けず、彼女たちの生活の空虚さをどのようにして理解したか、女優たちがさまざまなサテンの枕でどんなに思いのたけを語り、僕がどんなに心を痛めながらその話を聞いたか、女優たちは、マコート先生が生徒たちに献身的だからこそ、ハリウッドの偶像、聖像となったのよ、と尊敬の念を表してくれた。名声を確立し、野心ある魅力的な女優たちは、もしすべてを捨て去れば、アメリカの未来の職人、商人、タイピストを教育する、という誠実な暮らしの中で毎日を楽しく生きられたのに、道に迷い、ハリウッドの生活の空虚さを受け入れたことでどんなに後悔しているか、と言う。目覚めるとき、ベッドから喜んで飛び出して行けるなんてどんなにか素晴らしい気持ちでしょうね、と女優たちは言う。アメリカの若者たちと教育という神の仕事をする一日に全力を出すにあたり、僕はそんな風に喜んで目を覚ますことができる。給料は少なくても不満はない。真の報酬は生徒たちがありがとう、と言うときのきらきらした目の中の輝きにあるのだから。生徒たちが愛する保護者からの贈り物――クッキーやらパンやら自家製のパスタやら、ときにはイタリアの親戚が裏のブドウ畑で穫ったワインやら――を持ってくるときに示してくれる彼らの感謝の目の輝き。ニューヨーク市スタテン島区、マッキー職業技術高校の百七十人の生徒の父母からの贈り物こそ、真の報酬なのだ、とわかっているから。

第一部

教育への長い道のり

1

生徒たちがやってきた。
でも僕はまだ準備ができていない。
どうしたらいい？
僕は新米教師で修業中。

教師としてのキャリアの一日目、高校生のサンドイッチを食べてクビになりかけた。二日目、羊との友情の可能性の話をしてクビになりかけた。それ以外にはニューヨーク市の教室において三十年間特筆すべきことはない。本当に教室にいたかどうかも疑問だ。最終的にどうしてそんなに長く続けられたのかも疑問だ。

一九五八年三月、ニューヨーク市スタテン島区、マッキー職業技術高校の誰もいない教室の教卓に僕は座っている。新しい職業の道具を弄《もてあそ》んでいる。五つの個別フォルダー。五クラス分だ。一つひとつはがせる輪ゴムの塊《かたまり》。色あせた戦争時の作文用紙の束。歳月その他の汚れでまだらになっている。使い古された黒板消し。ぼろぼろになった赤いディレーニー・ブック〔アメリカの教務手帳。生徒の記録カードを入れる〕に入れる白いカードの束。五つの異なったクラスに毎日何列にもなって座っている百六十あまりの男女の名前を覚えるためのノートだ。カードには出席や遅刻、悪いことをしたときの減点を記録する。悪事を記録する赤ペンを持つべきだと言われているが、学校は供給してくれない。今、申込用紙に記入してペンをリクエストするか、店で買うかしなくてはならない。というのは、赤ペンは教師の最も力強い武器だからだ。店で買うべきものはたくさんある。アイゼンハワーのアメリカは繁栄していたが、学校にまでは伝わってきていないし、特にクラスの教材が必要な新米教師にはそうだ。管理責任のある教頭からすべての教員に対し、市の財政難を鑑《かんが》み、支給された文房具は節約して使うように、という文書が来ている。今朝僕は決意を固めなければならない。間もなくチャイムが鳴る。生徒たちは群れをなしてやってきて、僕が教卓に座っていたら、なんと言うだろう？　おい、見ろよ、あいつ隠れているぜ。彼らは教師に関して専門家だ。教卓に座っているのは臆病者か怠け者だ。教卓を防壁として使っている。一番いいのは教卓から出て、立つことだ。自分の道に立ち向かえ。男になれ。初日にミスを犯せば回復に数か月かかる。

到着する生徒たちは高校三年、十六歳〔アメリカの高校は通常十四歳から四年間通う〕、幼稚園から今日まで十一年間を学校で過ごしている。だから、あらゆるタイプの教師たち、老いも若きもこわもてもやさしいのも知っている。生徒たちは教師をよく観察し、分析し、判断する。身ぶり手ぶりや声の調子、たいていの動きをわかっている。こういう話題はシャワー室や食堂でのんびり語り合うようなものではない。十一年間で吸収し、次の世代へと伝えてきたのだ。ミス・ボイドには気を付けろ、と彼らは言う。宿題、宿題だぞ。直して返す。直して返す。結婚していないから他にすることがないんだ。生徒たちは結婚している先生をいつも望んでいる。テストや本と戯れている時間がないからだ。ミス・ボイドが定期的にセックスしていたら、そんなに宿題を出さないだろう。家で猫にクラシックを聴かせながら、宿題を添削して、俺たちを悩ませている。違うタイプの教員もいる。山積みの宿題を出すが、提出をチェックするだけで、中身を見もしない。聖書の一ページを書き写しても、その表紙には「たいへんよくできました」と書く。ミス・ボイドは違う。すぐに文句を言う。悪いけど、チャーリー、これ自分で書いたの？　ちゃんと認めなさい、そう、自分で書かなかったの、困ったことになったわね。

早く着き過ぎたのは間違いだ。これから直面することを考える時間がありすぎる。アメリカのティーンエージャーを扱える神経なんてどこで手に入れたんだろう。知らないからだ。無知の力で手に入れたんだ。アイゼンハワーの時代で、新聞は不満を抱えたアメリカの若者たちを伝えていた。「失われた世代の失われた子供たちの失われた子供たち」。映画、ミュージカル、小説は彼らの不満を語っている。『理由なき反抗』、『暴力教室』、『ウエスト・サイド物語』、『ライ麦畑でつかまえて』。絶望的なことを言う。人生は無意味だ。大人はみんなインチキだ。一体生きていて何になる？　楽しみにしていることが何もない。遠くの国で人を殺し、女の子たちが賞賛の眼差しで見てくれる勲章をつけ、足を引き摺って紙ふぶきが舞うブロードウェイを行進する戦争さえもない。戦争に行ったというだけの父親やその間待っていただけの母親に文句を言ってもしようがない。父親たちは言うだろう、黙れ、邪魔するな、俺はいやっていうほど榴散弾を浴びてきたんだ、お前らお腹は一杯で、服だって山ほど持ってるくせに不平不満を言うんじゃない、いいかげんにしろよ、お前らの年ごろには俺は港の仕事が見つかるまで、古鉄工場へ働きに出ていたんだ。だからとっとと学校へ行け。その汚いニキビをつぶしにどっかへ行け、俺に新聞を読ませろ。

不満を抱えたティーンエージャーはあまりにたくさんいて、ギャング団を結成してほかのギャング団と喧嘩をする。薄幸なロマンスや背景にドラマティックな音楽の流れる、映画で見たような喧嘩ではない。お互い罵り合い、イタリア人、黒人、アイルランド人、プエルトリコ人たちがナイフや鎖や野球のバットを使って、セントラル・パークやプロスペクト・パークで襲いかかり、芝生を血で染める。血の色はどこの生まれであろうといつだって赤い。そしてもし殺人でも起きようものなら、学校や先生たちがちゃんと仕事をしていればこんなひどいことは起きないのに、と一般の人は怒ったり、非難したりするだろう。こんなガキどもがギャング団同士の喧嘩で時間とエネルギーを無駄にするなら、何で共産主義のクソ野郎どもと戦い、きっぱりと東西問題を終わらせるために海外へ送り出さないんだ、と言う愛国主義者もいる。

職業高校は、多くの人に、進学校に行けない生徒のための掃き溜めだ、と見られてきた。それは浅墓な見方だ。一般の人にとっては、何千人もの若者が自動車工や美容師、機械工、電気工、配管工、大工になりたいと思っていることなど、どうでもいいのだ。この学校の生徒たちは宗教改革や米英戦争、ウォルト・ホイットマン、絵画鑑賞、ショウジョウバエの性生活などにわずらわされたくないだけなのだ。

でもよ、先生、俺たちはやらなくちゃならないことはやるぜ。人生と何の関係もない授業だってちゃんと座って受けるぜ。現実世界を学べる店で働き、なるべく先生たちの前ではいい子でいて、四年間で卒業するよ。やれやれ!

生徒がやってきた。ドアがバシンと閉まり、黒板の溝を揺らし、チョークの粉をまき散らす。教室に入るというのは大変なことだ。なぜただ教室に入って、おはよう、と言って席につかないんだろう？　なんてことだ。押し合ったりぶつかったりしている。一人がおい、とからかうような脅す調子で言い、もう一人がおい、と返す。お互いに罵り合い、チャイムを無視し、時間をかけて席につく。いいじゃないか、見ろよ、あそこに新米教師がいるぜ。新米教師ってのは何もわかっちゃいない。それで？　チャイムが鳴った？　先生？　新しいやつ。誰だよ？　誰でもいいよ。教室中で友達と話をしている。教室は、彼らにとって、小さすぎる机のラウンジだ。足を突き出して、誰かが転ぶと笑う。窓から外をのぞき、僕の頭越しにアメリカの国旗か、今や退職したミス・マッドが壁に張った写真を見つめている。エマソン、ソロー、ホイットマン、エミリー・ディキンソンの写真、そして、どうやってここまでたどり着いたのか、アーネスト・ヘミングウェイの写真。『ライフ』誌の表紙を飾り、どこでも見られるものだ。机に小さなナイフでイニシャルを刻み、父や兄の大昔の落書きの横に愛の印を彫り込む。古い机の中には、あまりにも彫り込んだため、かつてハートや名前のあった所に穴が開いて自分の膝が見えるやつもある。カップルは一緒に座り、手を握り、愛をささやき、互いの目をじっと見つめる。一方、教室の後ろのロッカーにもたれた三人の少年は、ベース、バリトン、テナーでドゥーワップを歌い、指を鳴らし、二人は恋するティーンエージャー、と世界に向けて歌っている。

一日に五回、彼らは教室に押し入ってくる。五クラス、それぞれのクラスは三十人から三十五人。ティーンエージャーだって？　アイルランドではアメリカ映画の中でだけ見ることができた。気まぐれで不機嫌、車を乗り回す。なぜ気まぐれで不機嫌なんだろう、と僕たちは思ったものだ。食べるものも服もお金もあるのに、親に対して生意気な口をきく。アイルランドにティーンエージャーはいなかった。僕の周りにはいなかった。単なる子供だった。十四歳まで学校に行った。もし親に生意気な口をきいたりしたら、口にパンチを食らっただろうし、部屋の向こうまで飛ばされていただろう。大人になり、肉体労働に就き、結婚し、金曜日の夜にビールを飲み、その夜は妻に飛び乗り永遠に妊娠させ続ける。二、三年たって、イギリスに移住し、建設現場で働くか、英国軍に入り、大英帝国のために戦う。

サンドイッチ問題は、ピーティという男の子が大声で、ソーセージのサンドイッチ欲しくないか、と訊いたときに始まった。

何言ってんだい？ そんなサンドイッチ作るなんて、ママはお前が嫌いだからだよ。

ピーティは茶色のサンドイッチの包みを批評家アンディに向かって投げつけた。クラスが囃《はや》し立てた。喧嘩だ、喧嘩。喧嘩だ、喧嘩。包みは黒板と最前列のアンディの机の間の床に着地した。

僕は教卓から出て、教員のキャリアにおける最初の声を発した。おい。ニューヨーク大学で四年間大学教育を受けたが、僕が思いつけたのは、おい、だった。

もう一度言った。おい。

生徒たちは僕を無視した。時間つぶしになり、僕がやろうとしている授業から気をそらす喧嘩の推進に忙しかった。僕はピーティのところへ行って、教師として最初の発言をした。サンドイッチを投げるのをやめなさい。ピーティもクラスの生徒も驚いた。この教師、この新米教師、楽しい喧嘩を止めやがった。新米教師ってものはわれ関せずか、あるいは、校長か学生部長を呼びに行くが戻ってくるまでに何年もかかる、というのが周知の事実。待っている間にたっぷり喧嘩ができるというわけだ。それに、もうサンドイッチは投げられてしまったのに、サンドイッチを投げるのはやめろ、なんて言う教師をどうする？

ベニーが教室の後ろから大声で言う。先生よお、あいつはもうサンドイッチ投げちまったんだぜ。今さらサンドイッチ投げるな、って言っても無駄じゃねえ？　床の上にサンドイッチはあるんだし。教室中が笑った。この世界で教師が、もうすでにやってしまったことに、やるな、ということほど愚かなこともあるまい。一人の男子生徒が口元を押さえて、バーカ、と言った。僕のことを言っているんだと分かった。席から引きずり出し、殴ってやりたかったが、そんなことをしたら、教師生命の終わりになっただろう。しかも、口元を押さえている手はでかく、机は身体に比べてあまりにも小さかった。

誰かが言った。ベニーよお、お前は法律に詳しいんだな？　教室中がまた笑った。そうだ、そうだ、と僕がどう動くか待ちかまえている。この新米教師、どう出るか？

ニューヨーク大学の教育学教授たちは飛んでいくサンドイッチの状況処理について教えてはくれなかった。教育理論、教育哲学、道徳的倫理的規範、生徒を総体として形態《ゲシュタルト》として扱う必要性、そういってよければ、生徒が必要だと感じているものについて語った。だが、教室での危機的状況については教えてくれなかった。

ピーティ、ここに来て、あのサンドイッチを拾え、とかなんとか言うべきだろうか？　自ら拾ってゴミ箱に投げ込むべきだろうか？　世界中で何百万という人が飢えているというのに、サンドイッチを投げる人間への軽蔑を示すために。

彼らは、僕がここを仕切る人間であり、タフで、そんなくだらないことを決して受け入れないことを認めなければならない。

パラフィン紙に包まれたサンドイッチは袋から中身が半分出て落ちていた。僕はそれを拾い、包みから出した。味のないアメリカの白パンの間に肉が挟まれているよくあるサンドイッチではなかった。パンは黒くて分厚い、ブルックリンのイタリア人の母親が焼いたもので、立派なソーセージを挟めるほど固く、薄く切ったトマトやたまねぎ、コショウが層をなしており、オリーヴ・オイルが滴《したた》り、舌がくらむような香辛料が充塡されていた。

僕はそのサンドイッチを食べた。

それが僕のホームルーム経営の最初の行動だった。僕の口はサンドイッチをほおばって、生徒の注目を集めていた。彼らは僕のことをぽかんと口を開けて見上げていた。三十四人の男女、平均年齢十六歳。彼らの目には賞賛が見て取れた。彼らの人生において床からサンドイッチを拾い、みんなが見ている前でそれを食べた最初の教師。サンドイッチ・マンだ。子供の頃アイルランドで、毎日リンゴの皮をむいて食べては、良い子に長い皮をご褒美にくれた先生を尊敬していた。生徒たちは僕のあごから、二ドルのクラインのネクタイによだれが滴り落ちるのをじっと見ていた。

ピーティは言った。先生よお、あんたの食べたのは俺のサンドイッチだぜ。

クラスの皆は言った。黙れよ、先生が今食べているのが見えないのか？

指をなめて言った。うまい。紙袋とパラフィン紙を丸め、ゴミ箱に投げ入れた。生徒たちが喝采した。すごいぜ、やるね。見ろよ。先生がサンドイッチを食べる。ゴールを決める。わお。

これは教育だろうか？　そうに決まってる、やったぜ。チャンピオンになった気持ちだ。サンドイッチを食べた。ゴールを決めた。このクラスでは何でもできるだろう。手中に収めた気になった。合格だ、ただし次にどうしたらいいかわからない。僕はここに教えるためにいるが、サンドイッチの状況から、スペルや文法やら文の構造やら、教えることになっている科目、英語に関することにどうやって持って行ったらいいか考えていた。

生徒たちは校長がドアの窓に見えるまで笑っていた。額の半分を占めているゲジゲジ眉がクエスチョン・マークになっていた。ドアを開け、僕に教室の外に出るように手招きした。ちょっと話がある、マコート先生。

ピーティがささやいた。先生、サンドイッチのことは心配しなくていいよ。俺はとにかく食べたくなかったんだから。

クラスの皆は言った、そうだ、心配しなくていい、もし校長ともめたら、先生の味方につくぜ、という風に。教師と生徒が団結する最初の経験だった。生徒は教室では言い訳を言ったり、文句を言ったりするが、校長や外部の人間が現れると、たちまち団結し、堅固な共同戦線を張る。

廊下に出ると、校長は言った。わかっているとは思いますが、マコート先生、教師が教室の中、生徒の目の前で朝の九時に昼食を摂るというのはいかがなものですかな。教員としての初仕事をサンドイッチを食べることから始めた、ということでしょうか？ それは適切な導入でしょうか、先生？ 学校にはそういう慣行はないし、生徒に間違った考えを与えます。理由はお判りでしょう。教師がすべてを投げだして、授業中、特にまだ朝食の時間である朝に、昼食を食べ始めたら、どういう問題が起きるか考えてみてください。子供たちが午前の授業中にこっそりスナックをかじって、ゴキブリやらネズミやらリスやらを引き付けているだけでも十分問題なんです。リスはこれまでも教室で目撃されましたし、ネズミは言うまでもありません。こういう子供たちへの警戒を怠れば、先生方が、マコート君、君の同僚たちがこの学校を巨大な食堂にしかねないことになりますな。

校長に本当のことを言いたかった。サンドイッチのこと、その状況をいかにうまく切り抜けたか、でももし言ったら、教師生命が終わるかもしれない。僕は言いたかった、校長先生、あれは僕の昼食ではありません。クラスの別の生徒に投げつけた男子生徒のサンドイッチです。僕がサンドイッチを拾ったのは僕が新米で、自分のクラスでたまたまそんなことが起きて、サンドイッチについて、その投げ方や回収方法を教えてくれる講義がなかったからです。確かに僕はサンドイッチを食べましたが、それはどうしようもなかったからです。あるいは物を捨てるということについて授業をしたかったからです。だれに責任があるかを示したかったからです、それとも、ええい、僕が食べたのはお腹がすいていたからですよ、このいい仕事を辞めたくありませんから、二度としないと約束します。ただし、授業は静かに行われていた、と認めてほしいのですが。もしこれが職業高校で生徒の注意を引き付ける方法なら、これから授業をやる四クラスのためにソーセージのサンドイッチを山ほど注文しなければなりません。

僕は何も言わなかった。

校長は僕を助けるために来た、と言った。ハッハッハ。君は助けを必要としているように見えたからね。生徒の注意を引き付けていたことは認めますが、もっと普通のやり方でやりたまえ。教育だよ。君はそのためにこの学校に来たんだろう、マコート君。教育だよ。今こそ教育を取り戻したまえ。以上だ。教室では教師も生徒も飲食は禁止だ。

わかりました、と僕は言った。校長は教室に戻るように手を振った。

クラスの生徒が訊いた。校長はなんて言ってた？

朝の九時にランチを教室で食べるなってさ。

ランチを食べてた訳じゃないのに。

その通り。でも校長が見たのはサンドイッチを食べている僕で、二度とするな、と言われたよ。

先生よお、そいつは間違ってる。

ピーティは言った、母ちゃんに先生がサンドイッチおいしかったと言ったよ、って言っておくよ。

サンドイッチのせいで大変なことになったってね。

かまわないけど、ピーティ、投げたことは言わない方がいいぞ。

あったりまえだよ、殺されちゃうよ。母ちゃんはシシリー出身なんだ。シシリーの人間はすぐに頭に来ちまうからね。

人生で最高においしいサンドイッチだった、と伝えてくれよ、ピーティ。

了解。


わが過失《メア・クルパ》。

教えるのではなく、話をしてしまった。

彼らを静かにさせ、席に着かせておくためならどんなことでも。

彼らは僕が教えていると思っていた。

僕も教えていると思っていた。

実は学んでいたんだ。

自分のことを教師だと呼べるだろうか？

僕は自分のことを教師とは定義しなかった。教師以上だった。そして教師以下だった。高校の教室での僕は、教練教官であり、ラビであり、悩みの相談役、規律監視人、歌手、低レベルの学者、店員、審判員、道化師、カウンセラー、服装指導者、指揮者、弁証家、哲学者、協力者、タップ・ダンサー、政治家、セラピスト、愚か者、交通巡査、司教、父母兄弟姉妹叔父叔母、帳簿係、批評家、心理学者、最後の藁一本なのだ。

職員食堂でベテランの先生方が僕に警告した。マコート君、自分のことは話さない方がいいよ。奴らはガキなんだ。君は教師で、自分のプライバシーを守る権利がある。ゲームを知っているだろ？　クソガキは最悪だぞ。本当の友達にはなれない、断じてなれっこない。いつ文法やなんかの授業を実際に始めるのかを嗅ぎ取り、方向をそらそうとするんだよ、君。あいつらをよく見ろ。生徒たちは何年も学校に通ってる、十一年も十二年も、教師というものがよくわかっているんだ。教師が文法や綴りのことを考えているかどうかも見わけられる。そして小さな手を挙げて興味を持ったふりをして、子供の頃にやっていたゲームは何か、とか、くだらないワールド・シリーズで誰が好きだったか、とか尋ねる。そうさ、罠にはまるんだ。次はすべてを吐き出すことになる。奴らは文章がどこで切れるかもわからないまま家に帰り、ママやパパに教師の人生の話をする。奴らにはどうでもいいことだ。奴らはそのまま生きていくだろうが、君はどうなる？　あいつらの小さな頭の中に残った君の人生は取り戻せないぞ。君の人生だぞ。君だけの。だから何も言うな。

そんなアドバイスは役に立たなかった。僕は試行錯誤の中で学ぶしかなかったし、高い代償も払った。大人になり教師になるべく自分なりの方法を見つけなければならなかった。そんな風にニューヨークの教室の内外で三十年奮闘し続けてきたのだ。そのとき生徒たちはまだ、この学校に、アイルランドの歴史とカトリック教義の保護被膜から逃げてきたにもかかわらず、その保護被膜の破片を至る所にまき散らす男が来たことを知らなかった。

僕の人生が僕の人生を救った。マッキー職業技術高校の二日目に一人の男子生徒が質問をする。過去へと僕を送り込み、それからの三十年間の教育法に色どりを与えてくれた質問だ。僕を過去へと、僕の人生という教材に向かわせてくれたのだ。

ジョーイ・サントスが大声を出す。よお、先生……

そんな大きな声は出さなくていい。手を挙げなさい。

わかった、わかったよ、とジョーイは言った。だが……

彼らのわかった、わかった、わかった、はかろうじてお前さんに我慢しているよ、という意味だ。わかった、わかった、はあんたの授業に耐えている、でも新米教師だからチャンスをあげるよ、と言っているのだ。

ジョーイは手をあげる。よお、先生……

マコート先生と呼びなさい。

わかったよ。OK。で、あんたはスコットランド人か何かかい?

ジョーイはおしゃべり屋だ。クラスに必ず一人はいる。文句屋、道化、ぶりっ子、美しき女王、何でもやってくれる子、運動選手、知性派、マザコン、霊感の強い子、弱虫、恋するやつ、批評家、クソガキ、どこにでも罪を見る熱狂的信者、後ろの方に座って机を見つめる思慮深いやつ、楽しいやつ、すべての人のいいところを見る聖人君主。先生に質問して、退屈な授業からそらすのがおしゃべり屋の仕事だ。僕は新米教師だが、ジョーイの授業そらせ作戦のことはよくわかる。世界共通なのだ。僕もアイルランドで同じ作戦をやっていた。僕はリーミ国民学校でクラスのおしゃべり屋だった。先生が黒板に代数の問題や動詞の活用を書くと、少年たちがささやく。マコート、質問しろよ。クソみたいな授業から気をそらせ。行け、行け。

先生、アイルランドには昔から代数はあったんですか？　僕は訊いた。

オハンロン先生は僕のことが好きだった。僕がいい子で、字がきれいで、いつも礼儀正しく、素直だったからだ。先生がチョークを置いて、話し出す前に教卓に座ってリラックスしている様子から判断すると、代数やアイルランド語の統語の授業から逃れられて先生がどんなに喜んでいるかわかるだろう。先生は言った、君たち、君たちには先人たちを誇りに思うあらゆる権利がある。ギリシャ人より、いやエジプト人よりもずっと前から、この愛すべき国の先人たちは冬至の太陽の光をつかまえて、暗い部屋の中に黄金の瞬間、光を導き入れたんだ。あの人たちは天体の動きを知っていたんだね。だから彼らは代数や微積分を超えたところに、はるかにはるかに超えたところにいたんだよ。

春の暖かい日には先生は椅子でうたた寝することがあった。僕たち四十人は静かに、先生が起きるのを待っていた。帰宅時間を過ぎて寝ていても僕たちが教室を出ることはなかった。

いや、僕はスコットランド人じゃない。アイルランド人だ。

ジョーイは誠実な奴らしい。そうなの？　アイルランド人って？

アイルランドから来る人は誰でもそうだ。

聖パトリックみたいに？

いや、正確に言うと違う。ここから聖パトリックの話をすることになって、た・い・く・つ・な英語の授業からは離れることになったり、別の質問につながったりするだろう。

先生、アイルランドではみんな英語をしゃべるの？

どんなスポーツをしたんだい？

アイルランドではみんなカトリックなの？

教室を生徒に乗っ取られるな。立ち向かえ。誰がここを仕切っているのかわからせてやれ。厳しくやるか、さもなくば死ぬか。ふざけるな。言ってやれ、ノートを開け。綴り教本の時間だ。

もう、先生、やめてくれよ。綴り、綴り、綴り。どうしてこんなことやらなきゃいけないの？

生徒たちは呻く。た・い・く・つ・な綴り教本。彼らは机に額をぶつけるふりをし、両腕に顔を埋める。退出許可証を求める。行かせて、行かせてよ。俺たちはあんたをいいやつだと思っていたんだぜ、若かったりするしさ。なんだって英語の教師はどいつもこいつも古臭いことをやりたがるんだ？　古臭い綴りの授業、古臭い語彙の授業、古臭いクソばかり、言葉が汚くてごめん。もっとアイルランドのことを教えてくれよ。

先生よお……ジョーイはまた言う。救いのおしゃべり屋。

ジョーイ、言っただろう、僕の名前はマコート先生、マコート先生、マコート先生だ。

わかった、わかったって。それで先生、アイルランドでは女の子とデートしたかい？

まさか、バカだな、女の子となんかするもんか。羊だよ。羊とデートしたんだ。いったい誰とデートしたと思っているんだ？

クラスは大爆笑。笑って、胸を押さえ、肘で互いにつつきあい、机から落っこちるふりをする。この先生ったら。頭おかしいけど、おもしれえ。羊とデート。羊を囲い込め。

さてと申しわけないが、そろそろノートを開いて下さい。綴り教本がありますね。

笑いは止まらない。羊は教本に出てくるかい？　先生。

うまく答えたと思ったが、間違いだった。問題になるだろう。ぶりっ子、聖人、批評家はきっと報告するだろう。ねぇママ、ねぇパパ、ねぇ校長先生、今日授業で先生が何て言ったと思う？　羊にひどいことを言ったんだよ。

僕はこういう状況に対する訓練をしたことはないし、心の準備もできていない。教師の仕事じゃない。英文学にも英文法にも英作文にも全く関係がない。教室に入って、すぐに注意を引き付け、教え始められる強さはいつ持てるようになるのだろう。この学校にだって、教員が統率をとっている静かで勤勉なクラスもある。職員食堂ではベテラン教師たちが言う、そうだな、少なくとも五年はかかるね。

翌日校長に呼び出される。彼は机の向こうに座り、タバコを吸いながら電話で話をしている。しゃべり続けている。申し訳ありません。もう二度と起こらないように致します。関係の職員には言って聞かせます。新任の先生なんです。

校長は電話を切る。羊。羊っていうのは何だね？

羊ですか？

君のことはどうしたらいいかわからんよ。授業で「バカ」と言ったという苦情が入っている。君は農業国からきて船を降りたばかりで、仕事のコツがつかめていないのだろうが、常識はわきまえてもらいたい。

違いますす。船を降りたばかりではありません。ニューヨークには八年半います。軍隊にいた二年は含んでいますが、子供時代のブルックリンの歳月は勘定に入れていません。

いいか。最初はサンドイッチ、今度は羊だ。電話が気が狂ったみたいに鳴りっぱなしだ。保護者が怒っている。わたしは言い繕《つくろ》わねばならない。学校に来て二日目で二日とも問題を起こしている。どうしてなんだ？　こんな言い方を許してほしいが、君は少しおかしなことをやりたがる。いったいどういうわけで生徒に羊の話なんかしたんだね？

申し訳ありません。質問ばかりするので、憤慨したんです。私を綴り教本からそらそうそらそうとしたんです。

それだけかね？

羊の話はそんな時にちょっと面白いんじゃないかと思ったんです。

そういうことか。そこに立っている君は獣姦を主張するんだな。十三人の保護者が君をクビにしろ、と言ってきている。スタテン島には高潔な方々がいるんだ。

冗談を言っただけですよ。

だめだ、マコート君。学校では冗談は通用しない。時と場所を選ばないといかん。授業で何か言ったら生徒はまじめにとるんだ。羊とデートしたといえば、言葉通りに受け取るんだ。アイルランド人の動物との交尾の習慣など知らんのだよ。

申し訳ありません。

今回は大目に見よう。保護者には君が船から降りたばかりのアイルランド移民だと言う。

僕はニューヨーク生まれです。

君を救ってやろうというのに、少しは黙って話が聞けんのか？　ええ？　今回は大目に見よう。勤務記録に報告書を入れたりはしない。勤務記録に報告書が入ることがどんなに重大なことか知るまい。もしもこの業界で、校長や教頭、進路主任に昇進しようという野心があるのなら、報告書は妨げとなる。長い下り坂の始まりとなるだろう。

校長先生、僕は校長にはなりたくありません。僕は教えたいだけです。

わかった、わかった。みんなそう言うんだよ。いずれわたしの言っていることがわかる。そんなことじゃ、ここの生徒たちに三十前に白髪にされちまうぞ。

生徒のあらゆる質問、要求、不満を無視して、出世ばかり考える上昇志向の教師に、僕が向いていないことは明らかだった。よく練られた授業をするだけだ。そのことは、授業が王様で生徒は何者でもなかったリムリックのあの学校を僕に思い出させる。僕はすでにその時、教師が案内人であり、精神的な師であって、決して宿題を課すだけではない学校を夢見ていた。僕はとりたてて特別な教育哲学を持ってはいなかったが、本来の教室の住人である教師や生徒に迷惑をかけることも考えず教室から逃げ出す管理職や先輩とは同じ空間にいたくなかった。そういう輩《やから》の書類を書いたり、指導に従ったり、試験を処理したり、詮索に耐え、プログラムや教育課程に合わせることはしたくなかった。

もし校長が、この授業は君のものだ、好きなようにやりなさい、と言ってくれたら、僕は生徒たちにこう言っただろう。椅子をどけて、床に座れ。そして寝るんだ。

何だって？

寝なさい、と言ったんだ。

どうして?

床に寝て、自分の力で答えを見つけるんだ。

彼らは床に横になり、眠りに入る者もいる。男子が女子にすり寄り、忍び笑いも起きるだろう。かわいいいびきも聞こえてくる。僕も彼らと一緒に大の字になり、だれか子守唄を知らないか、と尋ねる。一人の女子生徒が歌い始め、みんながそれに加わる。男子生徒がこう訊くかもしれない、先生よ、校長が入ってきたら、どうする? そうだな。子守唄は続き、部屋中から囁き声が聞こえる。マコート先生、いつ起きるの? 静かにしてよ、と言われ、その生徒は黙る。チャイムが鳴り、彼らはゆっくりと床から起き上がる。リラックスはできたものの戸惑いながら教室から出ていく。なぜそんな活動を行ったんだ、とは訊かないでほしい。そんな気にさせたのは妖精に違いない。

2

もし昔日のマッキー高校で僕のクラスにいたら、ぼさぼさの黒髪、慢性の感染症で悪化している目、虫歯、エリス島の移民の写真や逮捕されたスリに見られるような品のない顔をした、二十代後半の貧弱な青年教師を目にしただろう。

品のない顔には理由がある。

僕はニューヨークで生まれ、四歳になる前にアイルランドに連れていかれた。三人兄弟。父はアル中、野蛮人、いつでもアイルランドのために死ねる偉大なる愛国者。十一歳になろうというときに僕たちを捨てた。妹が死に、双子の兄弟が死に、ふたり弟が生まれた。母は食べ物、服、お茶を沸かす石炭を乞うた。隣人たちは僕と弟を孤児院に入れろと言った。だめ、ぜったいにだめ。そんなの恥よ。母は頑張った。僕たちは育った。弟たちと僕は十四歳で学校を終え、働き、アメリカを夢見、一人ひとり海を渡った。母は一番下の弟と一緒にやって来て、永遠に幸せに暮らすことを望んだ。それがアメリカですべきことだったが、永遠の幸せのときなど一瞬たりともなかった。

アメリカ陸軍に召集されるまで、ニューヨークで、僕はつまらない骨の折れる仕事をした。二年間のドイツで兵役に就いた後、教師になるために復員兵援護法で大学に行った。大学では文学と創作の授業があった。教育法などわかっていない教授による教育法の授業があった。

それでマコート先生、アイルランドで育ってどういう感じだったの？

僕は二十七歳、新米教師で、僕の過去をちょっと披露して、アメリカのティーンエージャーを満足させ、静かにさせ、席に座らせている。僕の過去がこんなに役立つとは思ってもみなかった。なんで僕の惨めな過去なんかを知りたいと思うのだろう。そして気づいた、これは父が暖炉のそばで話してくれたことだと。国中を旅して頭の中にある何百という話をして回る吟遊詩人たちのことを父は話してくれた。人は吟遊詩人たちを火のそばで暖め、酒を出し、彼らが普段食べているものを出し、何時間にもわたる話、永遠に続くかのように思える歌に耳を傾け、家の隅にある藁の寝床で眠れるように毛布や寝袋を与える。もし吟遊詩人が愛を望んで、婚期を逃した娘がいたら、差し出すこともあったかもしれない。

僕は自分の中で議論を始める。話をして、教えたつもりになっているんじゃないのか。

僕は教えている。話をすることは教育だ。

話なんて時間の無駄だぞ。

話さずにいられないんだ。講義は得意じゃない。ペテン師め。子供たちをだましているんだ。

生徒はそうは思っていないようだ。

バカなガキにはわからないいんだよ。

僕は、アイルランドの学校時代の話をするアメリカの学校の教師だ。そうすることで、教育課程の堅苦しいことばかり教える嘘っぽい授業の中でも生徒たちの雰囲気を和らげるのが日課になっている。

ある日、リーミ国民学校の校長先生が、君は猫が運んできたものみたいだな、と冗談を言った。クラス中が笑った。校長先生は大きな馬のような黄色の歯で笑い、大量の痰を吐き出し、喉でガラガラいわせた。クラスの生徒たちはそのガラガラも校長の笑いと受け止め、校長先生と一緒に笑った。僕は彼らを憎んだ。校長先生も憎んだ、この学校で、猫が運んできた奴と言われる日が来るのがわかっていたからだ。もし校長先生が他の少年について同じ発言をしたら、僕も笑いに加わっていただろう。僕だって浮くことを恐れる、皆と同じ臆病者だったからだ。

クラスに一人、他のみんなと一緒に笑わない少年がいた。ビリー・キャンベルだ。クラスが笑ったときでも、ビリーはまっすぐ前を見つめていて、校長先生は彼を見つめ、みんなと同じように笑うのを待った。校長先生がビリーを席から引きずり出すのを待ったが、そうはしなかった。校長先生は彼の独立心に感心したのだと思う。僕も彼に感心した。彼の勇気を持ちたいと思った。その勇気は僕にはついに訪れなかったけれど。

アイルランドの学校の少年たちは、ニューヨークで僕が身に付けたアメリカ訛りをからかった。自分のアクセントから逃れたり、どこかに置き去りにしたりはできない。訛りをからかわれたら、からかい攻撃が始まり、奴らが単に僕を怒らせようとしているだけだと気付くまで、何をし、何を考え、何を感じたらいいのかわからなくなる。リムリックの路地出身の四十人の少年を相手にこちらは一人だが、逃げることはできない。もし逃げたりしたら、残りの人生、弱虫とかめめしい奴と言われて過ごすことになるからだ。ギャング団の一員だとかインディアンだとか言われ、鼻を殴られ、血だらけになるまで喧嘩に次ぐ喧嘩だ。それは母にひどく面倒をかける。母は暖炉のそばの椅子から立ち上がり、理由はともかく喧嘩したことで頭をぶつ。母に、アメリカ訛りを守るために血まみれになった、と説明したところで無駄だ。そもそもアメリカ訛りが身に付いたのは、母のせいだ。違うよ、と母は言うだろう、そしてお湯を沸かして血の付いたシャツを洗濯し、明日までに学校へ着ていけるよう、暖炉の前であれば乾くかどうか、確かめている。そもそもトラブルに巻き込まれる元となったアメリカ訛りについては何も言わない。でもそのことは構わない、数か月もすれば、ありがたいことに、アメリカ訛りは消え、父以外のみんなが誇りに思うリムリック訛りが身に付いたからだ。

父のせいで僕の問題は終わりにならなかった。四歳で完全なリムリック訛りをしゃべる僕を、少年たちがいじめることはなくなるだろうと思ったが、今度は父の北アイルランド訛りをまねし始め、おまえの親父はプロテスタントと同類だ、などと言うものだから、僕は父を庇《かば》わねばならず、またもや母にはおなじみの血まみれのシャツで帰り、もう一度このシャツを洗ったら、洗っているうちに手の中でできっと破れちまうよ、と母は叫ぶ。最悪なのは朝までにシャツが乾かないときで、学校まで濡れたままのシャツで行かなければならなかった。家に帰ると、鼻には綿が詰め込まれ、今度は汗をかいて全身が濡れて震えていた。母は僕につらく当たったこと、喧嘩三昧でますます赤くなった濡れたシャツで学校に行かせたことで取り乱し、僕を抱きしめ泣いた。母は僕を寝かせ、震えが止まるまで自分のベッドから古いコートと毛布を持ってきて僕にかけてくれた。僕は母が階下で父にこう話すのを聞きながら、いつの間にか眠ってしまった。ブルックリンを離れたあの日は悲しい日だったわ。そして子供たちはリムリックの学校でいじめられることになってしまって。

二日間寝込んで、学校に戻った。今度は薄いピンクになったシャツを着て。少年たちはピンクはめめしい奴の色だと言い、お前は女か？　と訊いた。

ビリー・キャンベルは一番図体のでかい奴の前に立ち、アメリカ小僧のことはほっとけよ、と言った。

おい、図体のでかい奴は言った。俺に命令するやつは誰だ？

俺だよ、とビリーが言うと、図体のでかい奴は校庭の反対側に遊びに行ってしまった。ビリーは僕の悩みを理解していた。彼の父親はダブリン出身で、そのことで少年たちからからかわれていたのだ。

ビリーの話をしたのは、僕が賞賛する勇気というものを彼が持っていたからだ。するとマッキー高校の生徒の一人が手をあげ、先生だってアメリカ訛りのことで集団に立ち向かっていったんだから、自分のことを褒めてあげたっていいんじゃないか、と言ってくれた。いや、僕はあのアイルランドの学校で、いじめられたらそれに対して誰でもやっていることをしただけだ、と言った。だが、十五歳のマッキー高校の男子生徒は、自慢話になってしまうから認め過ぎは良くないが、自分の手柄を認めるべきだと言って譲らない。僕は言った、わかったよ、やられるだけじゃなくて立ち向かったことで自分を評価しよう、ただしビリーほどの勇気はなかったよ。彼は自分のためじゃなく、人のために戦ってくれたんだ。僕に借りなんてなかったのに、僕を庇ってくれた、いつかそんな勇気を持ちたかったたな。

生徒たちは僕の脳裏に浮かぶ家族や僕の過去について少しずつ尋ねる。僕は自分を再発見し、母が近所の人にするような調子で、こういった話をしているのに気づいた。

あたしは二歳になったばかりのマラキを乳母車に乗せて押しているところだった。フランクがあたしの横を歩いていた。オコンネル・ストリートのトッド店の外側の歩道に、長くて黒い車が横付けされ、毛皮と宝石で着飾った金持ちの女が出てきたの。なんとその女が乳母車を覗き込んだとたん、その場でマラキを買いたい、と申し出たのよ。あたしがどんなに驚いたかわかるかしら。ブロンドの髪、ピンク色の頬、可愛い真珠のような小さな歯並びをしたマラキをどこかの知らない女が買いたい、と言うのよ。乳母車の中のマラキはとてもかわいくて、あの子を手放したりしたら、心が壊れると思ったわ。それに、家に帰って、子供を売ったなんて言ったら、夫はなんて言うでしょう。だからその女にいやよ、と言ったの。そしたらその女があまりにも悲しそうな顔をするもんだから、かえって気の毒になっちゃったわ。

　大きくなって、母からその話を百回目に聞いたとき、マラキを売るべきだったよ、そうすれば家族にはもっと食べ物があっただろうからね、と僕は言った。母は、あのときお前を売るわ、って申し出たんだけど、その女、ちっとも興味を示さなかったのよ、と言った。

　クラスの女子生徒たちは言った、マコート先生、お母さんは先生にそんなことを言うべきじゃなかったわ。とにかく人は子供を売るだなんて申し出るべきじゃない。それに先生はそんなに不細工でもないわ。

　クラスの男子生徒たちは言った、だけど、クラーク・ゲーブルでもないぜ。冗談だよ、マコート先生。

わが過失《メア・クルパ》。

　六歳のとき、アイルランドの学校の先生は僕のことを悪い子だ、と言った。とても悪い子だ。このクラスの男子はみんなとても悪い子だ、と。このような特別な場合にだけ用いる言葉「とても」をその先生が使っていることに気づいた。もし僕たちが問題に答えたり、作文をするときにその言葉を使ったりしたら殴られたに違いない。この場合にはそれが許されたのだ。それくらい僕らは悪かったのだ。先生はこんなにひどいやつらは見たことがない、こんな悪ガキやバカ野郎を何のために教えているのだろう、と言った。僕たちの頭の中はリリック・シネマ〔リムリックにあった映画館〕で観たアメリカのガラクタでいっぱいだった。頭を垂れ、胸をたたき、わが過失《メア・クルパ》、わが過失《メア・クルパ》、わが《メア・》最大の過失《アキシマ・クルパ》、と唱えなければならなかった。先生が黒板に「わが過失《メア・クルパ》、私は罪を犯しました」と書くまでは、僕はその言葉がごめんなさい、の意味だと思っていた。先生は、おまえたちは原罪を持って生まれ、洗礼の水で洗い流すことになっている、と言った。洗礼の水がおまえらのようなものに無駄なことは明らかだ。おまえらの小さな目が定まらないのを一目見れば、邪悪なことははっきりしている。

先生は学校で初告解、初聖体の準備をし、僕たちの価値のない魂を救おうとした。良心の点検を教えた。僕たちは内面を覗き、魂の風景を求めなくてはならない。原罪を持って生まれ、その原罪からは魂の目もくらむ白さを台無しにする邪悪なものがにじみ出ている。洗礼は完璧な白さを回復する。だが今や僕たちは成長して、炎症や切り傷や腫物《はれもの》といったさまざまな罪を抱いていた。僕たちはのたうち、もがき、異臭を放つそれらを神の輝かしい光の中に引きずり込まなければならない。おまえたち、わが過失《メア・クルパ》、の次は良心の点検だ。強力な通じ薬だ。一盛りの塩をまくよりもきれいになる。

毎日僕たちは良心の点検の練習をし、罪を先生とクラスに告白した。先生は何も言わず、机に座り、うなずき、僕たちの品位を保つために使っていた細い杖を撫でた。僕たちは皆に七つの大罪を告白した。高慢、貪欲、肉欲、怒り、大食、嫉妬、怠惰。先生は杖を向けて言った、マディガン、どんな風に大罪の一つである嫉妬を犯したか、告白するんだ。告解のための僕たちのお気に入りの大罪は大食だった。先生が杖でパディー・クロヘシーを指し、クロヘシー、大食だ、と言うと、パディーは夢でしか見ることのできない食事を並べたてた。ポテト、キャベツ、マスタード付きの豚の頭、喉にいくら流し込んでも終わりのこないレモネード、そのあとにアイスクリーム、ビスケット、大量のミルクと砂糖と紅茶。まだ食べたければ、ちょっと休憩してから、もう一度同じ食事内容で。お母さんが僕たちの食欲に困ることはない。食事はみんなのために十分にあり、産地からどんどん送られてくるから。

先生は言った、クロヘシー、君は味覚の詩人だよ。僕たち三人が角を曲がって、アンドリュー・カーネギー図書館の図書館員が机の近くに置いてある大きな辞典で調べてくれるまで、誰も「味覚」の意味なんて知らなかった。彼女は訊いた、何で「味覚」の意味が知りたいの? パディー・クロヘシーが今調べてもらっている単語の詩人と言われたからだと告げると、彼女はその先生は正気じゃないわね、と言った。パディーはしつこかった。「味覚」って何ですか、と訊き、彼女が味の中心となる感覚よ、と答えると非常に喜んで舌打ちを始めた。ビリー・キャンベルが、腹が減るからやめてくれよ、と言うまで、通りを歩きながら舌打ちを続けた。

僕たちは十戒をすべて破りました、と告白した。姦通を犯し、隣りの家の人妻と恋に落ちました、と言っても、先生は、僕たちが自分で何をしゃべっているのかわかっていないことを知っているので、おまえら調子に乗るなよ、と言って次の告解へ移った。

初聖体の後でも次の秘跡、「堅信」のために良心の点検を続けた。司祭は良心の点検と告解を行えば、僕たちは地獄から救われる、と言った。司祭の名はホワイト神父、僕たちが彼に興味を持ったのは、友達の一人があの神父は全く司祭になるつもりがなかった、と言ったからだ。母親が無理やり神父の道を歩ませたのだ。そいつの言うことは疑わしかったが、そいつは神父の家のメイドの一人を知っていて、ホワイト神父が夕食の席で酔っ払って、他の司祭に、大きくなってからの夢は、リムリックからゴールウェイまでを往復するバスの運転手になることだけだったけれど、母親が許してくれなかった、という話をしたというのだ。母親が無理にならせた司祭に良心の点検をされるのは変な話だった。祭壇でミサを唱えているときも、頭の中ではバスのことを夢みているのだろうか。司祭が酔っ払った、というのも変な話だった。司祭がそんなことをするはずはない、と誰もが思っていたからだ。バスが通りすぎるのを見るたびに僕は、その神父が笑顔でバスを運転していて、司祭の服を着ていても夢をあきらめなかったんだとよく想像したものだった。

良心の点検の習慣がつくと、やめるのは難しい、特に、アイルランドのカトリックの少年にはそうだ。悪事を働いたりすると、自分の魂を覗き込み、罪が胸にわだかまる。すべては罪か罪でないかであり、その考えは終生頭の中について回る。だが、成長して教会から離れると、「わが過失《メア・クルパ》」は過去のささやかな囁《ささや》きとなる。年をとっても、それはまだ心の中にあるが、そう簡単におびえたりはしなくなる。

恩寵を受けている状態のとき、魂の表面は純粋に白く輝いているが、罪は染み出し臭い腫物を作り出す。自分と神にとって大事なことを意味する唯一のラテン語「わが過失《メア・クルパ》」で自らを救おうとする。

もしも二十七歳の自分の初任の年へ時間旅行ができるのなら、ステーキ、ベイクド・ポテト、一パイントの黒ビールを自分におごろう。自分にためになるアドバイスをしてやろう。なあ、頼むから背筋を伸ばせよ。惨めな骨ばった肩を引いて、胸を張れ。もごもごしゃべるのはやめろ。大声で話せ。卑下するのはやめろ。教育の分野なら、世界は喜んでおまえを受け入れてくれるだろう。おまえは教師の仕事を始めようとしている、楽な人生ではないぞ。わかっています。なんとか教師をやってきました。警官の方がもうかっただろう。少なくとも自分を守る銃や警棒を持てる。教師は口だけだ。しゃべることが好きになれなければ、地獄の片隅でのたうつことになるだろう。

誰かに言ってもらいたかった、おいマック、おまえの教師人生は、マック、これから三十年だ、マックよ、学校、学校、学校、生徒、生徒、生徒、作文、作文、作文、作文がすべてだ、学校でも家でも山のように積み上げられた作文を読んでは直し、読んでは直し、昼も夜も物語、詩、日記、遺書、非難、言い訳、演劇、随筆、小説まで、何千という（何千だよ！）ニューヨークのティーンエージャーの作品を、何百という働く学生の作品を読むことになる。だから、グレアム・グリーンやダシール・ハメット、F・スコット・フィッツジェラルド、あの懐かしいP・G・ウッドハウス、またはおまえの親分ジョナサン・スウィフトなど読む時間はない。ジョーイやサンドラ、トニーやミッシェルのまるっきり苦痛も情熱も歓喜も感じられない文章をわけもわからず読むだけだ。山ほどのガキの文章だよ、マック。自分の頭を開けてみたら、脳の中一杯に千人ものティーンエージャーがよじ登るのが見えるだろう。毎年六月、彼らは卒業し、大人になり、働き、前に進んでいく。あいつらは子供を持つんだよ、マック。その子供たちがいつか英語を学びにおまえのところへやって来る。またジョーイ、サンドラ、トニー、ミッシェルのような生徒と同じような作文に向かい合うことになる。どうしたっておまえは知りたくなる、これが意義のあることなのか？　これが二十年、三十年間の自分の世界なのか？　と。覚えておくがいい、もしそれがおまえの世界なら、おまえもティーンエージャーの一人だ。二つの世界に住むことになる。来る日も来る日も彼らと一緒だ。マック、おまえはそれがどういうことを心にもたらすのかがわかっていない。永遠のティーンエージャーだ。六月が来て、サヨナラだ。先生、出会えてよかったです。妹が九月から授業でお世話になります。でも他に必要なことがあるんだ、マック。どんな教室でもいつだって何かが起きている。それが気を引き締める。新鮮な気持ちにさせる。おまえは歳は取らないだろうが、危険なのは永遠に青春期の心を持ってしまうことだ。それが本当に問題だ、マック。おまえは生徒たちのレベルで話をすることに慣れている。だからビールを飲みにバーへ行っても、どう喋ったら良いか分からなくて、友人たちはおまえに目を据える。まるで別の惑星から来たように見られるが、彼らは正しい。毎日教室にいる、ということは別の世界にいる、ということなんだよ、マック。

それじゃ、先生、アメリカに来たりしたときはどんな風だったの？

生徒たちに十九歳のときにアメリカに来たことを話し、頭の中にもスーツケースの中にも、数年後に一日五クラスのニューヨークのティーンエージャーと顔を突き合わせることになるとは思いもしなかった、とも言った。

教師？　世の中でそんなに偉いものになれるとは夢にも思わなかった。

スーツケースの中の本は別にして、僕が身に付け、船で持ってきたものはすべて中古品だった。僕の頭の中にある者もすべて中古品だった。分別のない司教、教師、両親から叩き込まれたカトリックの教義だ、そしてアイルランドの悲しい歴史、苦悩と殉教の連禱。

僕が着ている茶色のスーツはリムリックのパーネル・ストリートにあるノージー・パーカーの質屋で買ったものだ。母が交渉をした。ノーズがそのスーツは四ポンドだ、と言うと、母は冗談よね？　パーカーさん、と言った。

いいや、冗談なんかじゃありませんよ、そのスーツはダンレーヴン伯爵の従兄本人が最初に着たもので、貴族が着たものは高い値打ちがあるんですよ。

母は言った、それが伯爵本人が着たものであろうとそんなこと関係ないね。伯爵や伯爵の家族はお城に住み召使いを使っていたんでしょうが、アイルランドのために役立ったことなんぞないし、庶民の苦しみなんてちっとも考えちゃいないんだから。三ポンド以上、びた一文払わないわよ。

ノーズは、質屋は愛国心を披露する所じゃございません、と言い返したが、母は、もし愛国心ってものがその棚の上に陳列できるようなものなら、伯爵はピカピカに磨いて貧乏人に法外な値段で買わせるんだろうさ、とさらに鋭く言い返した。彼は言った、何てことを言うんですか奥さん。以前のあなたはそんな人じゃなかった、一体どうされたんです？

母がそんな態度をとったのはカスターの最後の戦い〔一八七六年、アメリカの南北戦争時、カスター中佐率いる騎兵隊が先住民連合軍と戦い、全滅した〕のようなもので、母の最後のチャンスだったからだ。あたしの息子のフランクがアメリカに行くというのに、このシャツもズボンも年寄りのお下がり、そんな恰好で送り出すわけにはいかないよ。それから母は抜け目のなさを発揮した。お金はほとんど残っていないんですが、パーカーさん、靴と二枚のシャツ、靴下二足、あの金色のハープの付いた素敵な緑のネクタイを付けてくれたら、一生御恩は忘れません。遠からずフランクがアメリカから何ドルも送ってくるでしょうし、鍋やフライパン、目覚まし時計が必要になったら、まっ先にノーズ質屋を思い浮かべます。それどころかドルが降るように手に入ったら、あの棚にある生活に必要な物を半ダースほど買いに来るつもりです、と言った。

ノーズはバカではなかった。カウンターの後ろで何年もお客のたくらみを見てきた。また母が嘘をつけず、他の誰にもそこにあるスーツをとられたくないと思っていることもわかっていた。彼は今後のお引き立てありがとうございます、私としても息子さんにアメリカにみすぼらしい姿で上陸してほしくはありません、と言った。アメリカ野郎どもが何て言うでしょう？　だからもう一ポンド払ってくれたら、いやもう一シリング払ってくれたら、おまけをお付けしますよ。

あなたは立派な方です、天国に行けますわ、忘れません、と母は言った。不思議なのは、お互いに対する尊敬の念が二人の間に生まれていることだった。リムリックの路地の人たちは質屋のことは好きじゃなかったが、質屋がなかったら、どこで生きていけようか？

ノーズの店にはスーツケースはなかった。お客の中に世界を旅する者がいないんでさ、と彼は言って、母と大笑いした。彼は言った、世界を旅する者よ、ごきげんよう。母は、ノーズの顔をよく見ておきなよ、あの人が笑うなんてめったにあることじゃないんだからね、とでもいうように僕の顔を見た。

アイリッシュタウンのフェザリー・バークの店には売り物のスーツケースがあった。彼の店では古いもの、中古品、捨てられたもの、役に立たないもの、暖炉の薪の代わりになるものなら何でも売っていた。ああ、もちろんです、アメリカに行く若者にぴったりのものがありますよ、神の祝福あれ、そのスーツケースが貧しい年老いた母親の家にお金を送るきっかけを作るでしょう。

あたしは年寄りなんかじゃない、と母は言った。だからお世辞なんぞ通用しないよ。スーツケースはいくらだい？

はいはい、奥さん、二ポンドでお安くお分けしますよ、息子さんとアメリカでの財産との間に立ちはだかりたくはありませんからね。

母は、そのつばと祈りだけでくっつけたようなオンボロ段ボールケースに二ポンド払うくらいなら、息子の荷物をハトロン紙で包み、しっかり結んで、ニューヨークへ送るよ、と言った。

フェザリーはショックを受けたようだった。リムリックの路地裏に住む女はふつうこんなしゃべり方はしない。上の者に対しては敬意を払い、自分の立場を超えたりはしないものだ。母が喧嘩を吹っ掛けるような様子を見て、僕自身も驚いていた。

母の勝ちだった。フェザリーに向かって言った、値段の付いているものは全部盗品だろ、イギリス人の支配の下で儲けたんだね。もし値引きしなかったら、あたしはあのまっとうなノージー・パーカーの店に行くよ。フェザリーは折れた。

大変ですね、奥さん。私に子供がいなくてよかったと思うのは、もしいたら、毎日腹を空かせてあの角でしくしく泣いている、息子さんのような子供の相手をしなくてはいけなかったからね。

母は言った、あなたにもあなたが持たなかった子供たちにも哀れみを。

母は服をたたんで、スーツケースに入れて言った、荷物は全部あたしが持って帰るから、本を買いに行ってきなさい。母は煙草をふかしながら、パーネル・ストリートをどんどん歩いて行った。

その日、母は元気いっぱいだった。まるで服とスーツケースと僕がアメリカへ行くことが未来の扉を開いたかのように。

僕はオマホニー書店へ行って、人生で最初の本を買った。スーツケースに入れてアメリカに持って行った本だ。

『シェイクスピア作品集』全一巻、シェイクスピア・ヘッド出版部刊行、オルダム・プレス社、イラスト、ベイジル・ブラックウッド、一九四七年。見てくれよ、表紙はボロボロ、本体から切り離されそうになっていて、テープのおかげでかろうじてつながっている。手垢で汚れ、書き込みだらけ。今見るとほとんど書いた理由がわからないが、かつては僕にとって意味のあった下線を引いた文章がある。余白にあるのは、註、意見、賞賛するコメント、シェイクスピアの天才への祝杯、僕の賞賛と困惑を表す感嘆符だ。表紙には「ああ、このあまりにも頑丈な肉体が、など」〔『ハムレット』第一幕第二場〕と書き込んでいる。僕が憂鬱な青年だったとわかる。

十三、四歳の頃、隣りに住む盲目の女性、パーチェル夫人のラジオでシェイクスピア劇を聴いた。夫人は、シェイクスピアが自分の出自を恥じているアイルランド人だ、と言っていた。ヒューズが飛んだ夜、僕たちは『ジュリアス・シーザー』を聴いていて、ブルータスとマーク・アントニーに何が起きたのか、話の続きをどうしても知りたくて、オマホニー書店へ行った。本屋の店員は偉そうに、その本を買う気はあるのか、と尋ねた。僕は、今考えているところなんだけど、それよりもまず、最後がどうなるか知りたいんだ、特にお気に入りのブルータスが、と言った。店員は、ブルータスなどどうでもいい、と僕から本を取り上げ、ここは図書館じゃない、すまんが出てってくれ、と言った。僕は恥ずかしさのあまり赤くなって、通りに出た。同時になぜ人は人に嫌なことをするのだろうと思った。八歳か九歳の子供の頃でさえ、なぜ人は人に嫌なことをしないではいられないのだろう、と思ったが、以来ずっとそう思っている。

その本は十九シリングで、週給の半分だった。シェイクスピアにすごく興味があったからその本を買った、と言うことができれば良かったのだが、まったくそういうわけではなかった。僕がその本を欲しかったのは、イギリスにいるアメリカ兵士が、シェイクスピアをまくしたて、女の子たちがみな彼に狂ったように恋をする映画を観たためだ。それにシェイクスピアを読んだことがあると匂わせるだけで、人は尊敬の眼差しを向ける。長い一節を暗唱できれば、ニューヨークの女の子たちを引き付けられるだろう。すでに「友よ、ローマ市民よ、同胞諸君よ」〔『ジュリアス・シーザー』第三幕第二場〕という一節は覚えていたが、リムリックの女の子にこれを言ったところ、まるで僕が何かに取り付かれているような変な顔をされた。

オコンネル・ストリートを歩きながら、僕は包みを紐解《ひもと》いて、脇の下のシェイクスピアを世界中の人に見てもらいたいと思ったが、そんな勇気はなかった。一度旅の一座が『ハムレット』を演《や》ったのを観た小劇場を通りすぎ、自分もハムレットと同じ悩みに苦しんできたので、どんなに自分を憐れんだかを思い出した。その夜、芝居の終わりにハムレットその人が舞台に戻ってきて、観客に向かって、ここにいらして下さったことに自分も役者もどんなに感謝しているか、自分も役者もどんなに疲れ切っているか、小銭の形で助けてくだされればどんなに感謝するか、と語った。ドアの横のラードの缶に小銭を投げ入れる。僕がその芝居にとても感動したのは、芝居のほとんどが僕と僕の憂鬱な人生についてだったからだ。だから僕は六ペンスをラードの缶に入れ、ハムレットの役者に僕がどういう人間で、僕の悩みが芝居の中身をとび出してどれくらいリアルに描かれていたかを知らせるメモを入れることができたら、と思っていた。

翌日ハンラティー・ホテルに電報を届けると、『ハムレット』の役者たちがバーで飲んだり歌ったりしていた。ポーターが荷物を小型トラックに載せながら行ったり来たりしていた。ハムレットその人はバーの端に一人で座り、ウィスキーを啜っていた。自分でもどこから勇気が出たのかわからなかったが、彼に、こんにちは、と声をかけた。結局僕たちは二人とも母親に裏切られ、苦しみは大きかった。世の中の人は僕の悩みなど知る由もなく、僕は彼が毎晩怒りを表現できることを羨《うらや》んでいた。こんにちは、と僕が話しかけても、彼は白い顔の黒い眉の下の二つの黒い目で僕を見つめるだけだった。彼の頭の中にはシェイクスピアのあらゆる言葉があったのだが、今は頭の中にとどめていて、僕はバカみたいに赤くなり、躓いてしまった。

オコンネル・ストリートを自転車をこぎながら、恥ずかしさでいっぱいだった。それから僕はラードの缶に投げ入れた六ペンスを思い出した。戻ってそれからのバーでの彼らのウィスキー代と歌のためにと支払った六ペンス。戻って役者全員とハムレットその人に立ち向かい、疲労困憊したいつわりの芝居と貧しい庶民の金で飲んでいる彼らのことをどう思ったか言ってやりたかった。

六ペンスはくれてやる。戻ったところで、彼らはきっとシェイクスピアのセリフを投げつけてくるだけだろう。ハムレットは冷たい黒い目で僕をにらむだろう。僕は言葉を返せないだろうし、赤い目で睨み返したところで、間抜けに見えるだけだろう。

僕の生徒たちはシェイクスピアの本に有り金すべてを使うなんてバカげている、と言った、その言い方に失礼なところは全くなかったけれど。もし誰かにいい印象を与えたいのなら、どうして図書館に行って、名言を全部書きとめなかったの？　また、誰も読んでいないこんな古い作家を引用するだけで人を感動させられると思うなんて間抜けだよ、とも言った。テレビでシェイクスピアの劇を見たことがあるけど、一言も理解できないし、いったい何の役に立つんだよ？　その本に使ったお金は、靴や新しいジャケットや、そう、女の子を映画に誘うようなクールなことに使うべきだったというわけだ。

女子生徒の中には、僕が話している内容なんて全然分かってはいないのだが、人にいい印象を与えようとして、シェイクスピアを使うのはすごくカッコイイわ、と言ってくれた者もいた。でもどうしてシェイクスピアは誰も理解できない古い言葉で書く必要があったの？　どうして？

僕は答えられなかった。彼女たちはもう一度訊いた、どうしてよ？　僕はまずい状況になったと思ったが、僕にできたのは、わからないな、と言うことだけだった。もしもう少しだけ待ってくれたのなら、答えを見つけようとしただろう。生徒はお互い見つめ合う。教師がわからないだって？　そんなことがある？　彼は本物の教師？　ええっ。どうやって教師になったんだ？

先生よお、もっと話を頼むよ。

だめだ、だめだ、だめだ。

だめだ、だめだ、だめだばっかりだね。

その通り。その話はおしまい。今は英語の授業。保護者が文句を言う。

マコート先生、軍隊にいたことがあるの？　朝鮮で戦ったの？

自分の人生のことなどあまり考えたことがなかったが、人生を、父の飲酒を、アメリカを夢見たリムリックの貧民街での日々を、カトリックの教義を、ニューヨークのさえない日々を、僕は脚色して話し続けたのだが、驚いたことにニューヨークのティーンエージャーはもっともっと話をして、と言うのだった。

3

軍隊に二年いた後、復員兵援護法が、ニューヨーク大学で四年間居眠りをするのに役立ったことを生徒たちに話した。政府からの補助金を補うために夜働いた。聴講生として大学に行くこともできたが、僕は正式に卒業して、学位を取り、大学の知識で世の中と女性にいいところを見せたかった。レポートの提出遅れと試験をさぼる言い訳の専門家だった。忍耐強い教授に対して、自分の人生の不幸なできごとを作り直して口ごもりながら話し、大きな悲しみを匂わせた。アイルランド訛りが役に立った。いやはや、僕は危ない橋を渡りながら、なんとか卒業したのだ。

山積みの本の中でいびきをかいていると大学の図書館員に突つかれた。居眠り厳禁です、とある図書館員は言った。彼女は親切にも、ワシントン・スクエアにはたくさんベンチがあって、お巡りさんが来るまで寝転んでいられるわ、と言ってくれた。僕は彼女に感謝し、十進法分類をマスターしているだけでなく、日常生活で別の場所が役に立つことを教えてくれるので、いつも図書館員のことをどれほどすごいと思っているかを話した。

ニューヨーク大学の教育学教授はこれからの教育者としての日々について僕たちに警告を発した。第一印象が肝心だぞ、と言った。最初の授業での出会い、挨拶の仕方が君たちのその後の全キャリアを決める。全キャリアだ。生徒たちは君を見ている。君は彼らを見ている。アメリカのティーンエージャーという危険な人種を扱うのだ。彼らは全く慈悲など示さない。君の力量を判断し、どう対処するかを決める。自分たちが主導権を握っているとでも思っているのか？　考え直せ。生徒は熱探知追尾式ミサイルみたいなものだ。君の後を追いかけるとき、彼らは原始の本能に従っている。年輩者を根絶やしにし、地球上に居場所を作るのが若者の役目だ。わかっているな。その点ギリシャ人はよくわかっていた。ギリシャ人の書いたものを読め。

生徒が教室に入る前に、立ち位置をどこにするか――「姿勢と位置」――、そしてどういう人間であるか――「アイデンティティとイメージ」――を決めておかなくてはいかん、と教授は言った。僕は、教育がそんなに複雑なものだなんてまったく知らなかった。身体をどこに位置付けるかを知らなければ、教育はできない、と彼は言った。教室は君にとって戦場にも遊び場にもなる。ポープの言ったことを思い出せ。「汝を知れ、神の謎を解こうなどと思い上がるな。人間の正しい研究課題は人間である」〔イギリスの詩人アレグザンダー・ポープ『人間論』の一節〕教員としての一日目、教室のドアのところに立って、生徒たちに会えてどんなにうれしいか、知らせる。立って、と今私は言った、どんな劇作家も役者が座り込むと芝居も座り込むと言うだろう。最良の方法は自分を存在感のある人間として確立すること、それを教室の外側でしておくことだ。外側で、と今私は言った、そこが君の領域であり、そこに立つとき、何ものも恐れない、虫けらの群れに喜び勇んで立ち向かう力強い教師として見られるだろう。それがクラスというものだ、虫けらの群れだ。そして君は戦士だ。普通の人は考えもしないことだ。君の領域は君のオーラのようなものだ、廊下でも、階段でも、そして「確実に」教室でも、どこでも君にぴったりと寄り添う。生徒に君の領域を犯されてはならない。絶対に。覚えておけ。教卓に座ったり、教卓の横に立っているような教師は本質的に頼りにならない、別の仕事を見つけた方がいい。

僕は彼の「確実に」という言い方が気に入った。ヴィクトリア朝の小説以外ではじめて使われるのを聞いた。教師になったら、僕もこの言葉を使おうと心に誓った。人々の背筋を伸ばし、注意力を喚起する重要な響きを持っている。

演壇や教卓のあるあの小さな空間に立ち、生徒がノートをとる前に生徒全員に向けて一時間話をする、というやり方はすごい、と思った。もしルックスや性格が良かったら、女子生徒が夢中になって後で研究室や別の場所に会いに来るのではないか。それがそのとき僕が考えていたことだった。教授は、私は高校でティーンエージャーの行動を非公式に研究したことがあり、もし鋭い感性を持つ教師なら、授業のチャイムが鳴る前にある現象に気づくはずだ、と言った。思春期の生徒たちの体温は上がり、血液は高速で巡り、戦艦を動かせるほどのアドレナリンが出ることに気づくだろう。彼は微笑んでいて、この考えにいかに悦に入っているかがわかった。教授の笑みには力があり、僕たちも微笑み返した。教師は生徒がどのように自己を表現するかを観察しなければならない、と言った。非常に多くのことが――非常に多く、と今私は言った――どのように教室に入るかで決まる。彼らの教室の入り方をよく観察するんだ。彼らはゆっくり、気取って、すり足で、ぶつかり合って、冗談を言いながら、これ見よがしに入ってくる。君自身は教室に入ることについて何も思わないだろうが、ティーンエージャーにとっては、それがすべてになりうる。教室に入ることは一つの環境から別の環境に移ることで、ティーンエージャーにとっては心の痛手ともなる。ニキビでも何でも悪魔に見えて、日々の恐怖となる。

僕は教授の言っていることを全部理解できたわけではなかったが、とても感銘を受けた。教室に足を踏み入れることがそんなに難しいとは考えたこともなかった。教育とは単に知っていることを教え、テストをし、成績を付けることだと思っていた。今僕は教師の人生というものがどんなに複雑かを学び、それらすべてがわかっている教授を尊敬した。

教授の授業中に僕の隣りの学生が囁いた、こいつの言ってることはまったくのたわごとだ。これまでの人生で高校で教えたことなんかないんだ。その学生の名はシーモア。ヤムルカ帽〔正統派ユダヤ教徒の男性がかぶる小さな帽子〕をかぶっている。だから時々生意気なことを言うのも不思議ではなかった。また、前に座っている赤毛の女の子にいいところを見せることもできたのだろう。彼女が肩越しに振り返り、シーモアの発言に微笑んだとき、美人だとわかった。僕もいいところを見せたかったが、何を発言したらいいかわからなかった。一方シーモアはあらゆることに一家言を持っていた。赤毛の女の子は、そこまで強く思ったなら、大きな声で言うべきよ、と言った。

とんでもない、だめだ、とシーモアは言った。バカな真似をさせないでくれよ。

彼女はシーモアに微笑み、僕にも微笑んだ。僕は椅子から浮き上がってしまうかと思った。彼女は、ジューンよ、と言ってから、教授の注意を引くように手を挙げた。

何だね？

先生、どれだけの高校で教えたんですか？

ああ、何年もたくさんの高校を見てきた。

でも実際に高校で教えたことはあるんですか？

お嬢さん、名前は？

ジューン・ソマーズです。

言わなかったかね、私はたくさんの教育実習生の面倒を見て、指導してきたんだ。

先生、父は高校教師をしていますが、高校教育というのはやってみるまで何もわからないと言っています。

何を言いたいのかわからないが、と教授は言った。君は授業時間を無駄にしている、もしこの議論を続けたいのなら、秘書に言って私の研究室に来なさい。

彼女は立ち上がって、鞄を肩に掛けた。いいえ、面会の約束なんてするつもりはありませんし、教歴について質問しただけなのに、どうして答えていただけないのかわかりません。

もういい、ソマーズ君。

彼女は振り返り、シーモアを見、僕の方をちらっと見、ドアに向かって歩いて行った。教授はじっとそれを見ていて、手に持っていたチョークを落とした。チョークを拾うまでに、彼女は消えていた。

ジューン・ソマーズのことを教授はどうするだろう？

何もしなかった。授業は終わりだ、ではまた来週、と言って鞄を持ち、出て行った。ジューン・ソマーズは堂々と単位を落としたもんだ、とシーモアが言った。堂々とね。一つ言っておこう、教授とはトラブるな。勝てっこない。絶対に。

翌週彼は言った、知ってるかい？　参《ジーザス》ったね。

ヤムルカ帽をかぶった人間がそんな風にジーザスなんて言うとは思わなかった。もしエホヴァとかG－D〔GODのこと〕がののしり言葉で、その言葉で彼を非難したらどう思うだろう。だが笑われるのが嫌で何も言わなかった。

彼は言った、二人はデートしているんだぜ。マクドゥガル・ストリートのカフェでラブラブな様子でコーヒーを飲み、手をつなぎ、お互いの目を見つめあっているのを見たんだ。ちきしょう。思うに、彼女は彼の研究室でちょっとおしゃべりをして、その先に進んだんだ。

のどがカラカラだ。いつかジューンに偶然会って、映画に誘おうと思っていた。字幕付きの外国映画を選び、どんなに洗練された趣味をしているかを示すと、彼女は、素敵、と言って暗闇でキスをする。字幕を見逃し、話の糸口を見失う。大したことじゃない、これから僕たちはこぎれいなイタリアン・レストランで語り合うことがいっぱいあるからだ。そこではろうそくの炎がちらちら揺れて、彼女の赤毛がキラキラ輝く。その後どうなるかは誰にもわからない。僕の夢の中だけのことなんだから。自分を何様だと思っていたんだ。彼女が一瞬僕を見つめていただなんてどうして思ったんだろう。

僕はマクドゥガル・ストリートをうろついた、僕に会った彼女が微笑み、僕が微笑み返し、あまりにも何気なくコーヒーを上手にするするので、彼女は感心してもう一度見る、だなんて夢見ながら。きっと彼女は僕が読んでいる本の表紙を見るだろう。ニーチェとかショーペンハウアーとか。そしてドイツ哲学に浸っている繊細なアイルランド人と付き合うことができたのに、どうして教授なんかと時間を無駄にしたのか、と彼女は考える。失礼、と言ってトイレへ行くときに、電話番号を書いた紙きれを僕のテーブルに置く。

カフェ・フィガロで彼女を見かけたとき、彼女がしたことはまさにそれだった。彼女がテーブルを離れたとき、教授が自分の所有物ででもあるかのように自慢げに目で追っていたので、椅子から引きずりおろして殴り倒してやりたかった。それから彼は僕をちらっと見たが、自分のクラスの学生とは気付きもしなかった。

　教授がお勘定をと言い、ウェイトレスがテーブルのところに立って、彼の視界をさえぎったときに、ジューンは僕のテーブルに紙きれを落としたのだ。二人が出ていくのを待った。「フランク、明日電話ちょうだい」電話番号は口紅で殴り書きされていた。

　神様！　教職に向けて手探りで生きている港湾労働者のこの僕に彼女は気づいていたんだ。そして教授は、ちくしょう《ジーザス》、やはり教授だった。だが彼女は僕の名前を知っていた。幸福で頭の中はフラフラだった。紙ナプキンには彼女の唇に触れた口紅で僕の名前が書かれていた。その紙ナプキンを永遠に取っておこう。その紙ナプキンとともに埋葬してもらおう。

　彼女に電話すると、どこか静かに飲めるところを知ってる？　と訊いた。

　チャムリーズは？

　いいわね。

　どうしたらいい？　どう座る？　何を話す？　おそらくあの教授と毎晩寝ている、マンハッタン一の美女とこれから飲むのだ。あいつと一緒の彼女を思い浮かべるのは僕にとってゴルゴタの丘〔キリストはりつけの地〕だ。チャムリーズのお客たちは僕を見て、羨ましがり、僕はと言えば、彼らが何を考えているかがわかった。あの飛び切り生かした可愛い美女と一緒にいる情けない野郎は何者だ？　ああそうだな、たぶん兄貴か従兄だろう。いや、そいつもありえない。彼女の三番目か四番目の従兄と言っても、ルックス的には充分ではなかったからだ。

　彼女が飲み物を注文した。ノルマン人は出張中よ、と彼女は言った。週に二日、ヴァーモントで講座を持っているの。おしゃべりシーモアがいろいろしゃべったでしょうね。

いいや。

それじゃ何でここに来たの？

君が……君が呼んだから。

あなたは自分のことを一体どう思っているの？

え？

簡単な質問よ。あなたは自分のことをどう思っているの？

わからない。僕は……

彼女は不満気に見えた。あなたは電話しろ、と言われたから電話した。ここに来い、と言われたから来た。自分がどういう人間なのか、わかっていないのね。お願いだから自分のいい点を一つでも言ってみて。さあどうぞ。

顔にさっと血が上るのがわかった。何か言わないと、彼女は立って帰ってしまうだろう。埠頭で働いていたときの荷台のボスは、昔、僕のことをタフなアイルランド小僧と言っていたよ。

いいじゃない。その発言に十セント、これで地下鉄二駅分乗れるわ。あなたは迷える魂なのよ。見ればわかる。ノルマン人は迷える魂が好きなの。

口から言葉が飛び出た、ノルマン人が好きなものなんてクソ喰らえだ。

しまった。彼女は立ち上がって出ていってしまう。違った。彼女は大笑い、ワインをのどに詰まらせそうになった。それからすべてが違ってきた。彼女は僕に微笑み、さらに微笑みかけてきた。あまりに幸せでもう自分の身体じゃないみたいだ。

彼女はテーブル越しに手を伸ばし、僕の手に手を重ねた。僕の心臓は胸の中で暴れ馬になった。行きましょう、と彼女は言った。

僕たちはバロウ・ストリートの彼女のアパートまで歩いた。部屋に入ると振り向いてキスをした。彼女は頭を円形にぐるりと回し、口の中で彼女の舌が時計回りに回った。神様、僕は思った、僕にはもったいないです。なぜ二十六歳より前に僕にこれを教えてくれなかったのですか？

あなたは健康な無学者で、どう見ても愛に飢えているのよ、と彼女は言った。無学者なんて言われたくなかった――クソ、E・ローリー・ロングもP・G・ウッドハウスもマーク・トウェインもE・フィリップス・オッペンハイムもエドガー・ウォーレスも懐かしいディケンズも一言一句全部読破したじゃないか――今僕たちがここでしている行為は好意を示す以上のことだと思っていた。僕が何も言わなかったのはこのような行為の経験がなかったからだ。彼女はアンコウが好きか、と尋ね、僕はその魚の名前を聞くのは初めてだったので、わからない、と答えた。すべては料理の仕方にかかっているの、と彼女は言った。彼女の秘策はエシャロットだ。みんながそれに同意してくれるわけじゃないけど、自分はそれでおいしく料理できる。おいしい白ワインを使うと最高の味になる繊細な白身魚なの。普通の料理用のワインじゃなくておいしいやつ。ノルマン人は一度魚を料理したけど、カリフォルニアのおしっこワインを使ってだめにしたわ、魚を履き古した靴にしちゃったのよ。あの男、文学や講義の仕方はわかっているけど、ワインや魚についてはからきし駄目なの。

自分に自信を持て、と言っている女の両手に自分の顔をうずめて一緒にいるのは奇妙なことだった。父はリヴァプール出身、と彼女は言った、世の中が恐ろしくて飲み過ぎて死んだの。修道院に入って、二度と人間に会わなくて済むようにカトリック教徒になりたい、と言っていた。父に自分のいい点を言わせようとしていたのは母なの。父は言えなかった。そして飲み過ぎて死んだ。あなたはお酒は飲むの？

そんなには飲まないよ。

気を付けてね。アイルランド人なんだから。

君のお父さんはアイルランド人じゃないじゃないか。

そうね、でもアイルランド人だったかもしれない。リヴァプールの人間はみんなアイルランド人だわ。アンコウを調理しましょう。

彼女は僕にキモノを渡した。いいじゃないの。寝室で着替えて。サムライに似合うのなら、あまりタフじゃないけどタフになりたい小柄のアイルランド人にも似合うわよ。

彼女は服自体に生命が宿っているような銀のナイトガウンに着替えた。服は一瞬彼女にぴったりと貼り付き、それから中で自由に動けるように身体に合って垂れた。僕はぴったりしたところが気に入り、キモノの中のモノが元気づいた。

彼女は白ワインが好きか、と尋ね、僕はイエスと答えた。どんな質問にもイエスと答えるのが一番の答えだと、特にジューンに関してはそうだ、と知っていたからだ。僕はアンコウとアスパラガスとテーブルの上の二本のきらめくろうそくにイエスと言った。僕は彼女のワイングラスの掲げ方にイエスと言い、僕のグラスとかち合わせてカンと音を出すやり方にもイエスと言った。僕は人生で最も素晴らしい食事だよ、と彼女に言った。続けて、天国にいるようだ、と言いたかったが、それでは無理して言っているように聞こえるかもしれないし、彼女からこの夜のすべてと今後の人生を何もかも台無しにしてしまう怪訝な目つきをされてしまいかねなかった。

　アンコウの夜に続く六夜、ノルマン人のことが口にされることはなかった、彼女の寝室の花瓶に活《い》けてあるノルマン人の愛を込めたカードが付いた十二本の新着のバラを除いては。僕はさらにワインを飲んで、勇気を奮い起こして訊こうかと思った、ノルマン人から贈られたバラを前にしてどうして僕とベッドにいられるのかと。でも決してそんなことはしなかった。バラを買う余裕はないからカーネーションを買った。それを彼女はバラの横の大きなガラスの花瓶に入れた。比較にならなかった。ノルマン人のバラの横で僕のカーネーションは悲しげに見えたので、なけなしの金で一ダースのバラを買った。彼女は香りを嗅いで言った、ああ、いい匂い。僕はなんと言ったらいいかわからなかった、僕が育てたのではなくただ買ったものだったからだ。ノルマン人のバラはガラスの花瓶の中で干からびていて、僕のバラが取って代わるかと思うと幸せだったが、それから彼女のしたことは今まででもっとも手酷く僕の心を痛めつけるものだった。

　僕が座るキッチンの椅子からは彼女が寝室でしていることが見えた。僕のバラを一本ずつ抜いて、ノルマン人のバラの間や周りに慎重に並べ、離れて立って眺め、しおれ始めたノルマン人のバラを支えるのに僕の買ってきたばかりのバラを使い、奴のバラと僕のバラを撫《な》で、二人がくれたバラはどちらも同じくらい素晴らしいというかのように微笑む。

　僕が見ていることを彼女はわかっていたはずだ。こちらをふり返り、キッチンで悩み苦しみ、ほとんど泣き出さんばかりの僕に微笑んだ。いい匂い、と彼女はもう一度言った。彼女が言っているのが二ダースのバラのことで、僕の一ダースのバラのことでないのはわかっていた。だから僕は彼女に向かって何か叫びながら、真の男のように襲いかかりたかった。

そんなことはしなかった。留まった。彼女はアップルソースのポークチョップとマッシュポテトを作ったが、段ボールのような味がした。僕たちはベッドへ行ったが、僕の頭の中にあるのは、奴の、ヴァーモントにいるクソ野郎のバラと僕のバラが混じり合っているということだけだった。彼女は元気がないわね、と言った。僕は死んだ方がましだ、と彼女に言いたかった。まあいいわ、と彼女は言った。人間ってお互いに慣れてしまうから。いつも新鮮でいないと駄目よ。

これが彼女が新鮮でいられるやり方なのか？　われわれ二人の男と同時期に上手く付き合い、違った男からもらった花も一緒に自分の花瓶に活けることが？

その春の学期の終わり、僕はワシントン・スクエアでシーモアに会った。調子はどうだい、と彼は言って、すべてを知っているかのように笑った。華麗なるジューンさんはいかがかな？

僕は言葉に詰まり、身体の重心をずらした。彼は、心配すんな、彼女は俺にも同じことをした。でも二週間しか持たなかった。何が目的かわかったから、地獄へ堕ちろ、と言ってやったんだ。

目的？

すべてはノルマン老人のためなのさ。彼女は俺を食べ、君を食べ、他に誰を食べたかは神のみぞ知るだが、すべてをノルマン人に話していたのさ。

でも彼はヴァーモントに行っている。

ヴァーモントか、クソ。こちらが彼女の家を出たとたん、あの男は家に来て、詳しい話を聞いてお楽しみってわけさ。

どうしてそんなこと知っているんだ？

あの男が俺に言ったんだ。俺のことを気に入ってくれてね。あの男は俺のことを彼女に話し、彼女は君のことをあの男に話している。俺が君に二人のことを話したのも知っているよ。噂話でとんでもなく楽しい時間を過ごしているわけさ。二人は君のことも話していたな。何にも知らない世間知らず、と言っていたよ。

僕は黙って背を向けた。彼が後ろから声をかけてきた、またいつか会おう、またいつか。

教員試験になんとか合格した。すべて何とかこなした。教員試験の合格点は六十五点だ。僕は六十九点だった。合格点がもらえたのは、ブルックリン東高校の英語科主任のおかげだと思う。その先生は僕の模擬授業を判定し、戦争詩の知識が乏しい僕に運を与えてくれた。ニューヨーク大学のアル中の教授は嫌味のない調子で、この出来損ない、と僕に言った。頭に来たが、よく考えてみると彼が正しかった。僕はあらゆる面で出来損ないだった。だがいつかはしっかりし、集中し、自己を確立し、古い自分を捨てて前向きに進んでいく、と心に誓った、すべて古き良きアメリカのやり方で。

僕たちはブルックリン工業技術高校の廊下に座っていた。面接を待ち、書類を書き、アメリカへの忠誠を誓い、今も昔も共産党員でなかったことを証明する誓約書に署名した。

僕の横に座るずっと前から彼女だ、とわかっていた。緑のスカーフを巻き、サングラスをかけている。スカーフをとると、燃えるような赤毛が現れた。痛いほど愛しい気持ちになったが、こちらが見とれているとは思われたくなかった。

ハイ、フランク。

小説か映画の登場人物なら、誇り高く席を立って、歩み去っているだろう。ハイ、彼女はもう一度言った。疲れているようね。

彼女が僕に対してあんなことをした後で、礼儀正しくなどなれるわけがないことを示すため、厳しい口調で、いや、疲れてない、と言った。すると彼女は指で僕の顔に触れてきた。

小説の登場人物ならば、忘れていないことを示すために、顔をそらしただろう。二回挨拶し、顔に触れたくらいで態度を和《やわ》らげたりはしないだろう。彼女は微笑み、また頬に触れた。

廊下にいる誰もが彼女を見つめており、あの娘は一体僕と何をしているのだろうという顔をしていた。彼女は美人だが、僕はほとんど見るに値しない人間だ。彼女の手が僕の手の上にあった。

とにかく元気なの？

元気だよ、声がしわがれた。その手を見て、この手がノルマン人の身体をまさぐっていたのだ、と思った。

面接で緊張しているの？　彼女は訊いた。

もう一度厳しい調子で言った。いや、緊張してない。

あなたはいい先生になるわ。

どうでもいい。

どうでもいい？　じゃあ、どうしてここにいるのよ？

他にすることがないからだ。

まったく。彼女ときたら、一年間教師をやって、それについて本を書くために教員免許を取るの、と言った。これはノルマン人のアドバイスなのだ。ノルマン人、偉大なる教育専門家。彼は言った、アメリカの教育はめちゃくちゃだよ、だから学校の内側から暴露本を書けばベストセラーになる。

一、二年教えて、学校のひどい状況に苦言を呈すれば、きっと本は売れる。
僕の名前が面接に呼ばれた。終わったら、コーヒー飲みに行かない？　彼女が言った。

もしプライドか自尊心があるなら、断って背を向けただろう。だが、いいよと答え、心臓をドキドキさせて面接に向かった。

おはようございます、と三人の面接官に言ったが、彼らは受験者を見ないよう訓練されていた。

真ん中の男が言った、二分間で、机の上にある詩を読んで下さい。読み終えたら、その詩の分析と高校の授業でその詩をどう教えるかを尋ねます。

詩のタイトルはそのときの面接で自分がどう感じているかを見事に表現していた。「自分が自分であることを忘れたい」

右側の禿げた男が、詩の形式がわかりますか、と尋ねた。

はい、わかります。ソナタです。

何だって？

すみません。ソネットです。十四行です。

では韻は？

えーと……えーと……abbaabbacdcdcdcです。

面接官たちはお互いに目を見合わせるばかりで、正しいのか間違っているのかわからなかった。

それでは詩人は誰かね？

えーと、シェイクスピアだと思います。いや、ワーズワースかな。

どちらでもない、マコート君。サンタヤーナだ。

禿げた男は、まるで僕が怒らせてしまったかのように僕のことをにらんだ。サンタヤーナだよ、サンタヤーナ、と言った。自分の無知がたまらなく恥ずかしかった。

彼らの表情は険しかったが、サンタヤーナについて訊くのは公平じゃない、と大声で言いたかった。四年間居眠りしていたニューヨーク大学では、教科書でもアンソロジーでも一度も見たことがなかったからだ。彼らは訊かなかったが、僕はサンタヤーナについて唯一知っていることを述べた、歴史から学ばなければ、同じ間違いを繰り返すように運命づけられている、という言葉だ。僕がサンタヤーナの姓を知っています、ジョージです、と言ったときも心を動かしたようには見えなかった。

それで、と真ん中の男が言った、この詩をどのように教えるかね？

僕は口ごもった。そうですね……えーと……思うに……部分的には自殺についての詩で、サンタヤーナがいかに人生に飽き飽きしていたかを表しています。僕はジェームズ・ディーンについて話そうと思います。ティーンエージャーは彼のことが大好きですから。いかにして無意識のうちにオートバイで自殺したかを話します。それからハムレットの自殺の独白「生きるべきか死ぬべきか」を持ってきます。それから、生徒たちに自殺について思うことを言ってもらいます。

右側の男が言った、「強化」としては何をしますか？

わかりません、教官。「強化」とは何でしょうか？

彼は眉を吊り上げて、まるで必死に自分を抑えているかのように他の面接官に目をやった。「強化」とは、教材を豊かにし、追究していく活動で、生徒の記憶に定着するように学んだことを固定する課題のようなものだ。他のことと関連付けないでは教えられない。優れた教師は教材を実人生と関連付ける。わかるかね?

ああ。僕は絶望的な気分になり、うっかり言ってしまった、生徒たちに百五十語程度で遺書を書かせます。人生そのものについて考えることを促す良い方法となるでしょう。サミュエル・ジョンソンは言っています、朝絞首刑になると思うと、頭脳は素晴らしく集中する、と。

真ん中の男が激昂して言った。何だって?

右側の男が首を振った。我々はサミュエル・ジョンソンについて語るためにここにいるわけじゃない。

左側の男が怒って言った。遺書だと? そんなことはいかん。わかるか? 傷つきやすい年齢の子供たちを扱っているんだ。なんという奴だ! もう帰ってよろしい。

ありがとうございました、と僕は言ったが、それが何の役に立つ? 僕はきっと終わりだ。面接官が僕を好んでいないのは明らかだ。サンタヤーナも「強化」も知らない、遺書の教案が最後の決め手となった。面接官は高校教育課長か、または別の重要な仕事についていて、例えば上司とか司教、大学教授、税務調査官といった一般に人の上に立って僕に権力を行使する人が嫌いなように、彼らのことも嫌いだった。だとしても、なぜこういう面接官みたいな人たちは、あまりにも失礼で、人を無価値だと感じさせるのが好きなのだろう。もし僕が彼らの立場にいたら、受験者の緊張をときほぐそうとするだろう。もし若者が教師になりたいのなら、励ますべきで、サンタヤーナが宇宙の中心だと思っているような面接官に脅されるべきではない。

それがそのとき感じたことだったが、僕は世の中の成り立ちというものがよくわかっていなかった。上の者が下の者から自分を守らねばならない、ということなど知る由もなかった。地球上から年輩者を追い出そうとしている若者に対して自分を守らねばならないことなど知る由もなかった。面接が終わると、彼女は顎の下でスカーフを結んで、すでに廊下にいて僕に尋ねた。楽勝だったようね。

そんなわけないよ。サンタヤーナについて訊かれたんだ。

本当？　ノルマン人はサンタヤーナが大好きよ。

この女はいったいどういう感性をしているんだろう。ノルマン人とあのサンタヤーナの野郎で僕の一日を台無しにしたいのか？

ノルマン人なんてどうでもいい。サンタヤーナも。

あらまあ、元気じゃないの。アイルランド人ってちょっと短気なのかしら？

怒りを静めるために胸に手を当てたかった。そうせずに、僕は背を向け、彼女がフランク、フランク、私たち真剣にお付き合いしましょうと叫んでいるにもかかわらずどんどん歩き続けた。

僕はブルックリン・ブリッジを越え、はるばる東七丁目のマクソーリーの店まで、真剣にお付き合いしましょう、を何度も反芻しながら歩いた。彼女は一体どういうつもりなんだろう？

ビールを立て続けに飲み、クラッカーにレバーのソーセージとオニオンをのせて食べ、マクソーリーの巨大な便器に勢いよく小便をし、公衆電話から彼女に電話したが、ノルマン人が出たので切り、自分を憐れみ、歩道を歩いているときに、ノルマン人に決闘を申し込むためにもう一度電話したくなり、受話器を上げ、下ろし、家に帰り、枕を抱えてしくしく泣き、自分を軽蔑し、酔っ払って眠りに落ちるまでずっと自分のことをこの間抜け、と言い続けた。

翌日、二日酔いに苦しみながら、教員試験のためにブルックリン東高校に出向いた。免許のための最後のハードルだ。模擬授業の一時間前に着くはずだったが、地下鉄を間違えて乗ってしまい、三十分遅刻して到着した。英語科主任はまた別の機会に出直して来るように言ったが、特に受かりそうもないとわかっていたから、さっさと片付けてしまいたかった。

主任は僕に模擬授業のテーマを書いた紙を渡した。戦争詩だ。その詩は暗記している。ジーグフリード・サスーンの「それがどうした」とウィルフレッド・オーエンの「死すべき定めの若者のための賛歌」だ。

ニューヨークで教えるときは、教案を作る必要がある。まず、目標を示さなければならない。次にクラスの生徒を動議づける。知っての通り、生徒は何ひとつ学びたくないからだ。

叔母の夫の話をして、このクラスの生徒たちに詩を学ぶことを動議づける。第一次世界大戦でガス攻撃を経験した人だ。故郷に帰って、見つけたただ一つの仕事がリムリックのガス工場で石炭を掘ることだった。クラスは笑い、主任はかすかに微笑んだ。幸先良いぞ。

詩を教えるだけでは十分ではない。教材で生徒を「引き出し、呼び起こす」さらに、巻き込まなくてはならない。それが教育委員会の指示だ。授業参加を促す要点をついた質問をしなくてはならない。良い教師はクラスが四十五分間活気づく要点をついた質問で授業を始めなくてはならないのだ。

数人の生徒が、戦争について、第二次世界大戦と朝鮮戦争で生き残った家族について語っている。顔や足を失って帰還した人がいるなんて正しいことじゃない、と言う。腕を一本失うのはそんなに悪いことではない、もう一本がある。両方の腕をなくすのは本当につらい、誰かに食べさせてもらわないといけないから。顔を失うのはそれとはまた別の問題。顔は一つしかないし、無くなったらそれで終わり。可愛らしい容姿の、レースのピンクのブラウスを着た女子生徒が発言した。姉は平壌《ピョンヤン》で負傷した男と結婚したけれど、彼は腕が全くなく、義手を付ける付け根もないの。だから姉はご飯を食べさせ、髭をそり、何もかもしてあげないといけない。夫の求めるものと言えばセックスだけ。セックス、セックス、セックス、求めるものはただそれだけ。姉は疲れ切ってしまったわ。

主任が教室の後ろから、警告するように、ヘレン、もうやめなさい、と言う。彼女はクラス全体に向かって言う、これは本当のことなの。一日三回誰かを風呂に入れ、食事をさせ、ベッドに行くなんてことやりたいと思う？　男子の中にはくすくす笑うものもいるが、ヘレンが悪いけど静かにして、と言うと静かになる。姉はこんなこともう続けられないと言っていて、姉とロジャーがあまりにかわいそうで。姉は別れたいけど、そうするとロジャーが退役軍人病院に入院することになる。彼はそんなことになったら自殺する、と言っているの。ヘレンは教室の後ろの主任の方に向き直って言う。セックスについて発言したことは謝ります、でもそれが実際に私の家族に起きたことで、決して卑猥なことを言いたかったのではありません。

ヘレンの大人びた態度と勇気と豊かな胸にいたく感動して、僕はほとんど授業が続けられなかった。もし彼女が一日中そばにいてくれて、傷の手当てをし、身体を拭いて、毎日マッサージしてくれるなら、手足がなくても気にならないと思った。教師たるもの、そんな風に考えてはいけないのだろうが、二十七歳のときにヘレンのような女性が目の前にいてセックスの話題を持ち出し、あんな目つきで見つめられたらどうしたらいいというのだろう？

一人の男子生徒が発言して、話をそのまま終わらせない。ヘレンのお姉さんは旦那さんの自殺を心配することはないよ、腕がなければできないんだから、と言う。腕がなければ、死ぬ方法はない。

男子生徒が二人、わずか二十二歳で顔や足がない人の人生に直面する必要はない、と言って議論を始める。ああそうだな、義足ならいつでもつけられるけど、代わりの顔はつけられないから、そんな人と誰が一緒に暮らせるだろう？　そうなれば人生は終わり、子供だって作れない。実の母親だって息子の顔を見たくないだろうし、食べ物はストローを通して体に入れるしかない。顔が無くなって、見えるものも見えないものも怖くて、もう浴室の鏡を見たくなくなるのはあまりにも悲しい。息子がカミソリとシェービング・クリームをもう二度と使えないと知って、かわいそうな母親がそれらを捨てようと決意したとき、どんなにつらかったか想像してみてごらんよ。もう二度と使えないんだよ。実際には母親は息子の部屋へ入って、あんた、この髭剃り道具はもう使わないだろうし、ここにいろいろな物が山積みになっているから捨てますよ、とは言えないだろう。顔のない彼がそこに座って、母親からおまえはもう終わりだよ、と言われたらどんな気持ちになるか、想像できるか？　そんなこと言えるのは嫌いな人間に対してだけだ。顔がなくても、母親が息子を嫌いになるとは考えにくいだろ。どんな状況にあろうとも母親は息子のことが好きだし、味方になってくれるものさ。母親が息子を好きじゃなくなったら、息子の居場所はないし、生きている意味もなくなってしまう。

男子の中には自分たちにも戦争があればいいのに、そうすれば戦争に行って借りを返してやる、と言うものがいる。一人の男子が言う、おい、バカ言うな、借りなんか返せるもんか。その子はブーイングの嵐で黙らされる。彼の名はリチャード、学校中でよく知られた筋金入りの共産主義者らしい。主任はメモを取っている。おそらく教室内で意見が百出し、授業がコントロールできなくなっている、と書いているのだろう。気分が落ち込む。僕は声をあげる、ドイツ兵士についての映画

『西部戦線異状なし』を見たことがある者はいるか？ いえ、見ていません。ドイツ人が俺たちにしたことを考えたら、奴らの映画なんか見るのにどうして金を払うんですか？ ドイツ野郎め。

イタリア人はどれくらいいる？ クラスの半数だ。

イタリアも戦争でアメリカと戦ったから、イタリア映画も見ない、ということかな？

いや、戦争とは全く関係ありません。僕たちがイタリア映画を見たくないのはくだらないあの字幕のせいです。次の字幕に移るのが速すぎて話についていけないし、映画の雪のシーンで、字幕の色も白だったらいったいどうやって読んだらいいんですか？ イタリア映画の多くには雪と壁におしっこする犬のシーンがつきもので、何か事件が起きるのを待って、ぼんやり映画を見ている人にとってはこれが憂鬱の種なんです。

教育委員会は、授業では全体をまとめて、宿題や強化やある種の結論を導く要約が必要だと指導していたが、僕は失念しており、チャイムが鳴っても二人の男子の間では議論が行われている。一人はジョン・ウェインを弁護し、もう一人は戦争に行ったことがないとんでもないインチキ野郎だと言っている。僕は決定的な要約に入ろうとするが、議論はだらだらと続いている。僕は生徒たちに、ありがとう、と言うが、だれも聞いていない。主任は額をポリポリと掻き、メモを取っている。

自分をののしりながら、地下鉄に向かっていた。こんなことして何になるっていうんだ？ 教師なんてクソだ。犬と一緒に軍隊に残ればよかった。波止場や倉庫で荷物を持ち上げ、運び、ののしり、ヒーロー・サンドイッチ〔細長いパンにハム、野菜などをはさんだ大型サンドイッチ〕を食べ、ビールを飲み、海岸通りの尻の軽い女の子たちを追いかけていた方がいい暮らしができるかもしれない。少なくとも自分と同じ種類の人間、同じ階級の人間、偉そうじゃない人たちと一緒にいられる。虚栄心を持つな、運命を受け入れよ、さすれば、心の優しき人、魂の謙虚な人のために天国には寝床があると言っていた、アイルランドの司教や尊敬すべき人たちの言うことを聞くべきだった。

マコート君、マコート君、待ちたまえ。

半ブロック向こうから呼ぶのは主任だった。待ちたまえ。僕は彼の方に戻っていった。穏やかな顔をしていた。あまりにも出来の悪い青年を慰めに来てくれたのだと思った。

彼は息を切らしていた。いいかね、私は君と話をしてはいけないのだが、ただこれだけは言っておきたい。数週間後に試験の結果が出る。君には良い教師の素質がある。実際、サスーンとオーエンのことをよく知っていて驚いた。はっきり言って、この街を歩いている人の半分はエマソンとミッキー・スピレインの違いだって知らないだろう。だから結果が出て、仕事を求めているのなら、私に電話しなさい。いいね？

わかりました、もちろんです、電話します。ありがとうございます。

僕は、大喜びで踊りながら道を行く。鳥たちは高架鉄道のホームで鳴いていた。人々は微笑み、尊敬の念をもって僕を見ていた。ぼくが教職に就いた男に見えるらしい。結局のところ僕はそんなにバカでもなかったのだ。ああ、主よ。ああ、神よ。家族のみんなはなんていうだろう？　教師だぞ。その言葉がリムリック中を駆け巡る。フランキー・マコートのことを聞いたかい？　驚いたな、アメリカで教師になったそうだ。アイルランドを出たときは何だった？　何者でもない。それが奴だったんだ。猫が運んできたもののような貧しく惨めなガキだったんだ。ジューンに電話しよう。教職に就けた、と報告しよう。高校だぞ。ノルマン人教授ほど偉くはないが、それでも……公衆電話に十セントを入れた。硬貨が落ちた。僕はまた受話器を下ろした。彼女に電話するってことは電話する必要があったということだが、もうその必要はなくなった。彼女と一緒に風呂に入れなくても、アンコウや白ワインがなくても生きていける。列車がごうごうと音を立てて入ってきた。僕は乗客に、座っている人にも立っている人にも、教員の仕事をもらったんです、と言いたかった。そうすれば新聞から目をあげて微笑んでくれるだろう。そうだ、ジューンへ電話はしない。アンコウを滅茶滅茶にし、ワインのことも何も知らず、本当のジューンを何もわかってない下劣なノルマン人と付き合ってろ。そうだ、港湾倉庫へまっすぐ向かおう。教員免許が届くまで働こう。教員免許。エンパイア・ステート・ビルの天辺から免許を振り回したい。

教職について学校に電話すると、申し訳ありません、あの優しい主任は亡くなりました。残念ですが、本校に仕事の空きはありません。幸運を祈ります、と言われた。免許を持ってさえいれば、たやすく仕事が見つかる、と誰もが言った。いったい誰がそんなくだらない仕事に就きたいと思うのだ？　長時間労働、低賃金、アメリカの悪ガキどもを扱ったとして、誰かに感謝してもらえるだろうか？　だから国を挙げて声を大にして教師を求めているのだろう。

次の学校もその次の学校でも、残念だが、君のアクセントは問題だ、と言われた。生徒っていうのは物真似が好きだからね、学校中がアイルランド訛りになってしまう。子供が家に帰ってきて、たとえば、バリー・フィッツジェラルド〔アイルランド出身の映画俳優（一八八八―一九六一）〕みたいなしゃべり方をしていたら、親は何と言うでしょう？　我々の立場も理解してください。教務主任はそのアクセントでどうして免許が取れたのか不思議がっていた。教育委員会にはもう基準というものはなくなったのか？

僕は自信を無くした。偉大なるアメリカン・ドリームの中に僕の居場所はない。僕は臨海地区に戻った、そこにいるとずっとくつろいだ気分になれる。

4

ねえ、マコート先生、教師じゃなく、本当の仕事をしたことある？　本当の仕事を？　ふざけているのか？　教育が仕事でなくて何だって言うんだ？　この教室を見まわしてみて、毎日ここで寝起きして、君たちに会いたいと思うかどうか、自問してみてくれ。君たちにだよ。教育は波止場や臨海地区で働くよりも苛酷だ。この中に臨海地区で働いている親戚がいる人はどれくらいいる？

クラスの半分だ、ほとんどがイタリア人、アイルランド人が少し。

この学校に来るまで、マンハッタン、ホーボーケン、ブルックリンの埠頭で働いた、と僕は言った。俺の親父はホーボーケンのときから先生のこと知っていたよ、と一人の男子生徒が言った。

生徒たちに言った、大学卒業後、教員免許の試験に合格はしたが、教師人生に向いているとは思わなかった。アメリカのティーンエージャーについて何も知らなかったし、何を話したらいいかもわからなかった。波止場の仕事の方が簡単だ。トラックがバックしてくる。僕たちは手を振る。荷物を運び、持ち上げ、引き、押す。荷台に積む。フォークリフトが滑り込み、荷物を持ち上げ、Uターンし、倉庫に荷を積み、荷台に戻る。身体を使って働き、脳味噌は休暇を取る。八時から十二時まで働き、昼食には一フィートのサンドイッチと一クォートのビール、一時から五時まで汗を流し、家に向かい、夕食時には腹はペコペコ、映画を観に行く準備をし、三番街のバーでビールを二、三杯飲む。

コツをつかめば、ロボットのように動けるようになる。荷台で最も力の強い男についていく。身体の大きさは関係がない。背中を守るために膝を使う。もし忘れると、積卸台の男たちが吠える、まったくよお、おめえの背骨はゴムかなんかでできてんのか？　かぎ爪を、異なった荷物——箱、袋、かご、家具、大きな油まみれの機械——には異なった方法で使うことを学んだ。豆や胡椒《こしょう》の袋には独特の個性がある。その袋は中身によっていろいろ形が変わるので、人はそれに合わせなければならない。そのものの大きさ、形、重さを見て、即座にどうやって持ち上げるか、どうやって運ぶかを知る。トラック運転手と助手のやり方を学ぶ。独立したトラック運転手は気が楽だ。自分たちのやりたいように働き、自分たちのペースで仕事をする。会社に雇われたトラック運転手はせっかちだ。おい、早く荷物を載せろ、行くぞ、一刻も早くここを出てえんだ。トラックの助手たちは相手が誰であろうと無愛想だ。彼らは人を試したり、惑《まど》わせたりするようなちょっとしたゲームをする。特に船から降りたばかりの移民に対してはそうだ。埠頭や積卸台の端で仕事をしていると、彼らは突然、袋やかごを腕が取れんばかりの勢いで降ろしてくるので、どんな所でも端には立たないことを学んだ。それから彼らは笑いながら言う、お疲れさま、アイリッシュさんよ、あるいは、おはようさん、などとインチキなアイルランド訛りで声をかけてくる。こういった類《たぐ》いのことで上司に文句を言うべきではない。どうした小僧、ちょっとした冗談もわからねえのか？　と言われるだけだ。文句を言ったところでものごとを悪くするだけだ。文句がトラックの運転手や助手の耳に届いたりしたら、荷台や埠頭から偶然を装って落とされるかもしれない。メイヨー州から来た新顔のでかい男がサンドイッチにネズミのしっぽを入れられ、こんなことをしたやつはぶっ殺してやる、とすごんだとき、偶然を装ってハドソン川に落とされた。綱を投げて川のごみと一緒に引き上げられるまでみんな笑っていた。その男も笑うようになり、嫌がらせは終わった。埠頭ではしけた顔をしていては働けない。しばらくするといじめもなくなり、報いの受け方がわかったようだという噂が流れる。荷台のボス、エディ・リンチは僕のことをタフなアイルランド小僧と言った。その言葉は僕にとってアメリカ陸軍で、伍長に昇進した日よりも意味があった。自分はそれほどタフではないと落ち込んでいたからだ。

クラスの生徒たちには、教職には自信がなかったので、港湾倉庫で働こうと単純に考えていた、と話した。狭い世界だが、勢いのある職場だ。上司たちは僕が大学で学位を取得することに感心して、僕を監査役として雇い、確実に出世する事務職に昇進させよう、と言ってくれた。監査役のボスとなる方がましだ。倉庫における事務職、あるいはどこであっても事務職がどういうものかはわかっていた。書類を散らかし、積卸台で奴隷のように働いている人々を、窓から眺めてあくびをしている仕事だ。

クラスの生徒たちにはヘレナのことは言わなかった。倉庫の裏でドーナッツ以上のものを与えてくれる電話交換手の女性だ。彼女にちょっとでも触れてみろ、チンコから精液をしたたらせたまま聖ヴィンセント病院に行く羽目になるぜ、とエディに言われるまでは心をそそられていた。

埠頭を懐かしく思うのは、人々がいつでも本音で話をし、しかも余計なことは言わなかったからだ。大学教授は違った。一方ではイエスと言っておいて、もう一方でノーと言ったりする、何を考えているのかわからない人たちだ。口頭試験のときに反論できるように、教授が何を考えているかを知ることは重要だったのだが。倉庫では誰かが一線を越えて、かぎ爪が登場するまで、誰もがほかの人間を冗談っぽく侮辱している。いつ喧嘩になるかは明らかだ。笑いが次第に消え、微笑みが引きつり、大口をたたく奴の話がきわどくなり、次はかぎ爪かこぶしになることがわかる。

　埠頭や搬入口で喧嘩が起きると仕事がストップする。年がら年中、荷物を持ち上げたり運んだり積んだり、同じようなくだらないことをしていると人間は飽きちまう、とエディは言った。だから奴らはお互いに侮辱しあって、本当の喧嘩になるぎりぎりまで追い込むんだ。日常と長い沈黙の時間を破る何かが必要なんだ。僕は一日中働いて、一言も話さなくても気になりませんよ、と言うと、そうだな、と彼は言って、お前は特別だ。ここに来てまだ一年半だ。これを十五年も続けてみろよ、お前の口も冗舌になるだろうぜ。ここにはノルマンディーや太平洋で戦争をしてきたやつもいる。そいつらが今はどうなってる？　ただの愚か者だよ。もはや名誉負傷章を持ってるだけの愚か者だ。行き止まりの哀れなバカ野郎だ。ハドソン・ストリートで酔っ払い、世界中が注目しているかのように勲章を自慢する。そして、こう言うんだ、俺たちが働いているのはただ子供、子供、子供のためさ。子供のよりよい生活のためだ。何てことだ《ジーザス》！　俺は結婚しなくてよかったよ。

　エディがいなかったら、喧嘩は最悪の事態になっていただろう。彼は全てに目端の聞く男で、風の中にトラブルの匂いを嗅ぎつける。二人の男が喧嘩を始めたら、エディはその太鼓腹で間に割って入り、荷台から降りな、喧嘩は道の真ん中で終わらせろ、と言った。道の真ん中で喧嘩などできなかった。こぶしを、それにとくにかぎ爪を使わないで喧嘩を終わらせる言い訳が見つかって本当に感謝していたからだ。こぶしには何とか対処できるが、かぎ爪はどこから飛んでくるかわからない。まだ二人はぶつぶつ言い、お互いに中指を立てている。だがすべてはもうどうでもよくなっていた。峠を越え、挑発は終わり、残りの者は仕事に戻る。見物人がいなかったら、喧嘩なんて何の意味もない。

ヘレナは事務所から出てきて、喧嘩を見物、終わったら勝者に囁《ささや》き、倉庫の裏の暗い場所で素敵な時間を提供する。

ヘレナに良くしてもらおうと、喧嘩するふりをする腐れ野郎がいる、とエディが言った。もしおまえが喧嘩の後、裏に彼女といるところを見つけたら、ケツを川に放り込んでやるからな。エディがそう言うのは、僕が運転手のデブのドミニクと喧嘩をした、というか、喧嘩をしそうになったことがあるからだ。ドミニクはマフィアと関係しているという噂のある危険な奴だった。エディはそんなのは嘘っぱちだと言う。もし関係があるなら、運転手なんかしねえし、武器も身に付けずに頑張ったりしねえよ。残りの僕たちはといえば、ドミニクはおそらく知り合いにマフィアがいるのか、あるいはたとえそれが作り話にせよ、奴とは仲良くしておいた方が無難だ、と思っていた。だが、奴にこんな風にバカにされて、どうやって仲良くできるだろうか、どうした、アイルランド小僧？しゃべれねえのか？　とんま野郎がお前のかあちゃんに乗っかってできた出来損ないめ。そうだろ？

波止場や積卸台、いやどこでだって、誰かに母親を侮辱させてはいけないということは誰でも知っている。子供だってそんなことは言葉をしゃべれるようになったときからわかっている。母親のことが好きじゃないかもしれないが、そんなことは問題じゃない。何を言われてもかまわないが、母親を侮辱するのは度を越えている。それを放っておいたら尊敬されなくなる。積卸台や波止場で荷物を運ぶのに他の誰かが必要なときでも、背を向けられる。存在しないのも同じだ。ランチにレバーソーセージ・サンドイッチを分け合うこともなくなる。波止場や倉庫をさまよい歩いていると、一人で食事をしている男を見かけることがある。その男は深い悩みを抱えているか、母親への侮辱を我慢してしまったか、スト破りをしたかだ。スト破りは一年もすれば許してもらえるだろうが、母親への侮辱をそのままにしたやつは許されることはない。

僕は軍隊式の侮辱でドミニクに言い返した。おい、ドミニク、このデブ野郎、最後に自分のチンコを見たのはいつだよ、本当に付いてんのか？

奴はやおら振り向き、平手で僕を積卸台からなぐり倒した。地面に打ち付けられて、自制心を失い、積卸台に飛び乗ると、爪を立てて襲い掛かった。奴は今や笑いを浮かべて言った、惨めな小僧だな、死にたいのか。奴に突っかかっていくと、平手で僕の顔を押さえ、再び地面に押し倒した。平手で相手をするのは喧嘩では最も侮辱的な行為だ。固めたこぶしはまっすぐで名誉ある行為だ。ボクサーもやってることだ。だが、顔を平手で押さえるのは軽蔑にも値しないということだ。軽蔑にも値しないくらいならば、目の周りに黒いあざを作った方がましだ。あざはいずれ消えるが、軽蔑は永遠に残る。

それから奴は軽蔑の上にさらに軽蔑を加えてきた。僕が体勢を立て直そうと、積卸台の端をつかんだとき、手を踏みつけ、頭に唾を吐いた。怒り心頭に達して僕が、かぎ爪を振り回すと、それが奴のふくらはぎをとらえた。奴が大声をあげるまで引っ張った。このクソ小僧、足から血が出ていたら、ぶっ殺してやる。

血は出ていなかった。作業靴の皮が厚いので、かぎ爪が阻まれていた。だが、僕はエディが階段を駆け下り、僕を引き離すまで、その足に一撃を加えようとし続けていた。そのかぎ爪をこっちによこせ。頭のおかしいアイルランド野郎め。ドミニクの機嫌が悪かったら、お前は街の屑になってるぜ。

エディは僕に、中に入って着替えろ、別のドアから出て家に帰れ、ここから出ていけ、と言った。僕はクビですか？

クビにはならねえよ、バカ野郎。ここで喧嘩した奴らみんなをクビには出来ねえよ。ただし、俺たちがドミニクに払うはずの半日分の給料はお前が払え。

どうして僕がドミニクに金を払わなくちゃいけないんですか？　奴が喧嘩を始めたんですよ。

ドミニクは仕事を持ってくるが、お前はただの通りすがりだ。お前はいずれ大学を卒業するだろうが、あいつはまだ積荷を運んでいるだろう。生きているだけ運がいいと思え、小僧、だから自分の非を認めて家へ帰れ。頭を冷やせ。

帰るときにヘレナがいないかと振り返った。彼女は、いた。誘惑するように微笑んで。だが、エディもそこにいた。エディがにらんでいるのに彼女と暗い場所に行けるわけがなかった。

いつか自分にフォークリフトの番が来たら、デブのドミニクに復讐してやる。アクセルを踏んで、デブを壁に押し付け、大声あげさせてやる。それが夢だった。

だが、そんなことは起きなかった。奴がトラックをバックさせながら、運転席から電話をかけてきたその日に、奴と僕の関係が何もかも変わってしまったからだ。おい、エディ、今日の非番は誰だ？

ダーキンだ。

いや。ダーキンじゃだめだ。大口たたきのかぎ爪アイルランド野郎をよこせ。

ドミニク、頭は大丈夫か？　あいつは放っとけって。

いや。あの大口たたきをよこせ。

エディは僕に、うまくやれそうか、と訊いた。行きたくなければ行かなくていい。ドミニクはこの辺りのボスってわけじゃない。僕がどんなデブ野郎だってうまく扱えます、と言うと、エディはやめろ、と言った。口を慎め。今度はもう助けてやれないぞ。仕事に行け、言葉に気を付けろ。

ドミニクは積卸台ににこりともせずに立っていた。これは本物の仕事だぞ、アイリッシュ・ウィスキーの箱を降ろすが、道の途中で落ちた箱もあるかもしれん、と奴は言った。一、二本割れたかもしれんが、残りのウィスキーは俺たちのものだし、うまく処理できるさ。そして少しにこりとしたが、僕は戸惑いを感じて微笑み返すことができなかった。こぶしの代わりに平手を使った後でどうして微笑むなんてことができるのだろう？

まったく、陰気なアイルランド野郎だな、と奴は言った。

僕はイタ公、と呼んでやろうとしたが、もう平手でやられるのはごめんだった。

奴は二人の間に何ごともなかったかのように、陽気な調子でしゃべった。僕が戸惑ったのは、誰かと喧嘩した後は、いつだって長い間その相手には背を向けてきたからだ。台車に箱を載せ、普通のしゃべり方で、俺の最初の女房はアイルランド人でよ、結核で死んだんだ、と言った。

想像できるか？　結核の野郎だぞ。最初の女房は料理はへたくそだった、他のアイルランド人と同じようにな。怒るなよ。そんな目で見るな。でも歌がうまかった。オペラみたいなやつも歌っていた。今俺はイタリア人と結婚している。彼女の頭の中に音符はないが、料理は上手い。

奴は僕をじっと見た。上手い料理を作ってくれるんだ。だからデブ野郎になったのさ、膝も見えやしねえ。

僕が笑うと奴はエディに電話した。おい、クソエディ。十ドル払え。アイルランド小僧を笑わせたぜ。

僕たちは荷降ろしを終え、台車を戻し、破損個所を調べるためにウィスキーの箱を降ろし、トラックの運転手や倉庫の人と一緒に燻蒸《くんじょう》部屋で胡椒の袋をチェックし、処分する箱は一つもないことを確認する頃合いだった。

エディは親父になってほしいタイプの男だ。積荷の最中、作業台に座っているときに彼は僕にいろいろなことを説明してくれた。彼が説明しているとき、僕はまだこうしたことを知らない自分に戸惑った。僕は大学を終える予定だったが、彼はもっと物事を知っていて、どんな大学教授よりも彼のことを尊敬した。

彼自身の人生は行き止まりだった。第一次大戦で神経症になった父親の面倒を見ていた。在郷軍人病院に入れることもできたが、あそこは地獄だ、と彼は言った。仕事中はヘルパーの女性が毎日来て、食事を作り、お風呂に入れた。夜はエディが車椅子で公園に連れて行き、それから家に帰ってテレビのニュースを見た。それがエディの人生だった。不平は言わなかった。子供を持つのが夢だといつも言っていたが、現実になりそうもなかった。父親は頭がいってしまっていたが、身体はいたって健康、永遠に死にそうになく、エディには一人になれる場所がなかったのだ。

彼は積卸台で煙草をひっきりなしに吸い、巨大なミートボール・サンドイッチを食べるのに麦芽ココアを何杯も飲んで流し込んだ。デブのドミニクに、そのクソトラックをまっすぐにしてバックで入れろ、お前の運転はホーボーケンの娼婦のようだな、と叫んだある日、煙草による咳が彼を襲った。咳は笑いと絡まり、息ができなくなり、煙草を口にくわえたまま、積卸台に倒れこんだ。デブのドミニクはトラックの運転席から大声でののしり返したが、エディの顔はますます青白くなって、ハアハアあえぐばかりだった。デブのドミニクが運転席から積卸台に行く頃には、エディはすでに息絶えていた。デブのドミニクは映画の中のように彼のところへ来て死者に話しかけるようなことはせず、後ずさり、よたよたとトラックに乗り込むと、巨大なクジラのように泣いた。そして配達する荷物があることも忘れ、走り去った。

僕は救急車が連れ去るまでエディと一緒にいた。ヘレナが事務所から出てきて、ひどい顔ね、と言って、まるでエディが僕の父親であるかのように同情してくれた。僕は自分が恥ずかしいです、エディがいなくなった途端に彼と同じ仕事を志願することばかり考えているなんて、と彼女に言った。僕にもできますよね？　と訊いた。僕は学士号を取ります。エディならばあなたを即座に雇うわよ、と彼女は言った。港湾倉庫にただ一人大卒の監査役、臨海地区の積卸台のボスがいるんだ、と彼ならばきっと誇らしげに言うわ。エディの机に座って、その机に慣れなさい、そしてこの仕事に興味がある、という志願票を書きなさい、と彼女は言った。

エディの紙ばさみが机の上にある。デブのドミニクからの積荷記録がまだ保管されている。赤鉛筆が紙ばさみからぶら下がっている。ブラック・コーヒーが半分入ったコーヒー・マグが置いてある。コーヒー・マグの横には「エディ」と名前が書いてある。そんな風に「フランク」と印字されたマグを手に入れなければ、と思う。どこで買ったらいいか、ヘレナが知っているだろう。彼女がここで手伝ってくれると思うと心が慰められた。何を待っているのよ？　志願票を書きなさい。エディのマグをもう一度見た。窓から、彼が倒れ、死んだ積卸台を眺めた。志願票は書けなかった。これは生涯でまたとないチャンスよ、とヘレナは言った。あなたは今稼いでる週七十七ドルから、びっくりね、百ドル稼げるようになるわ。

だめだ、僕にはあの積卸台でエディの代わりは務められない。腹の中にも心の中にも彼の優しさを持っていない。わかった、わかった、あなたが正しいわ、ヘレナは言った。積卸台に立って、胡椒の袋をチェックするのに大学教育が何の役に立つの？　どんな落ちこぼれだってできるわ、エディを侮辱することにはならない。あなたはエディみたいになりたい？　デブのドミニクをチェックして一生を過ごす？　あなたは教師になるべきよ、マコート君。そうすればもっと尊敬されるわ。

僕を臨海地区から引き離し、教室へと向かわせたのはコーヒー・マグだったのか、ヘレナのちょっとしたひと押しだったのか、それとも僕の良心が、立ち向かえ、隠れるな、教えるんだ、と告げたからだろうか？

波止場の話をすると、生徒たちの僕に対する見方が変わった。ある男子生徒は、先生は本当の労働者のように働いたんだね、本なんかの話ばかりする大学出の先生とは違う先生が波止場にいたところが面白いね、と彼は言った。俺も以前は埠頭で働きたいと思っていた、残業代と落ちて割れた商品をあちこちでちょっと扱って大金を手にできると思ったからなんだけど、親父ときたら、もっと必死になって勉強しろ、と言うんだよ。ハハ、イタリア人の家族ってのは親父にだけは言い返せない。親父は言ったよ、もしあのアイルランド人が教師になれたんなら、ロニー、お前にだってなれるさ、絶対にな。だから波止場は忘れろ。金は稼げるかもしれんが、背中を伸ばせなくなったらどうする？

5

教師生活を終えたずっと後になって、僕は紙に数字を走り書きする、そしてその数字の意味することが心に残る。ニューヨークで僕は五つの異なる高校と一つのカレッジで教えた。スタテン島のマッキー職業技術高校、マンハッタンの服飾産業高校、マンハッタンのスーアドパーク高校、マンハッタンのスタイヴィサント高校、マンハッタンのワシントン・アーヴィング高校定時制、ブルックリンのニューヨーク・コミュニティ・カレッジ。僕は来る日も来る夜も、そしてサマースクールでも教えた。僕の計算は、およそ一万二千人の少年少女、男女が机に座り、僕は講義し、大声で繰り返し、励まし、とりとめなくしゃべり、歌い、演説し、暗唱し、説教し、言葉に詰まったことを教えてくれる。一万二千人の生徒を想い、彼らに何ができただろうかと考える。それから彼らが僕に何をしてくれたかを考える。

計算は僕が少なくとも三万三千クラスで授業をしたことを教えてくれる。

三十年間で三万三千クラス。昼、夜、サマースクール。

大学ではぼろぼろの古いノートを使って講義ができる。公立高校ではそんなもので逃げるわけにはいかない。アメリカのティーンエージャーは教師をからかう専門家だ。彼らに対してごまかそうとしたら、たちまちやられてしまう。

だからさ、先生よお、アイルランドでは他に何があったんだい？

今は話せない。教科書の語彙の章を終えなければならない。七二ページを開いて。

何だよ、他のクラスでは話してるくせに。たった一つでいいからさあ。

オーケー、じゃ、短いのを一つだけ。リムリックで子供だった頃、ニューヨークで教師になるなんて考えもしなかった。貧しかったんだ。

ああ、そうだったね。冷蔵庫もなかったんだってね。

その通りさ、トイレットペーパーもなかった。

何だって？ トイレットペーパーがなかった？ トイレットペーパーは誰の家にだってあるさ。

全国民が餓死しそうな中国でもトイレットペーパーはある。アフリカでも。

僕が話を大きくしていると思って気に入らないようだ。不幸な物語には限界がある。

先生はお尻を拭かないでパンツを穿いたって言いたいの？

ナンシー・カスティリャーノが手を挙げる。やめてください、マコート先生。もうすぐ昼食の時間です、トイレットペーパーがない話なんて聞きたくありません。

オーケー、ナンシー、授業を先に進めよう。

毎日何十人ものティーンエージャーを相手にするのは苦労だらけだ。朝八時、彼らはこちらがどういう気持ちかなど考えない。教師はこれからの一日のことを考えるのだ。授業が五つ、百七十五人にも上るアメリカの思春期の若者たち、気分屋で、腹を空かせ、恋をし、心配性で、発情して、活力があり、魅力的だ。逃げられない。そこには生徒たちがいて、こちらには頭痛や消化不良に悩み、配偶者や恋人、大家との口論を引きずり、エルヴィスになりたがるばかりで、してあげたことに何も感謝しないどら息子を抱える教師がいる。昨晩は眠れなかった。百七十五人の生徒が提出した宿題、いわゆる作文、実は散漫な落書きでいっぱいの鞄をまだ抱えている。あ、先生、私の作文読んだ？　教師の悩みなど気に掛けちゃいない。作文を書くことは彼らが残りの人生をどう生きるかとは関係がない。この退屈な授業で書かせるから、書いているだけだ。彼らは教師を見ている。隠れられない。待っている。先生よお、今日は何をするんだい？　パラグラフかい？　ああ、そうだ。おい、みんな、今日はパラグラフ、構造、トピック・センテンスを学ぶんだってよ。今晩おふくろに話をするのが待ちきれないぜ。おふくろは、いつも今日学校はどうだったって訊くんだ。パラグラフだよ、ママ。先生はパラグラフについて教えてくれたよ。いいじゃない、とおふくろは言って、メロドラマを見るのに戻るんだ。

　現実世界の自動車修理工場から彼らはだらだらとやって来る。そこではフォルクスワーゲンからキャデラックまですべてを分解し、再び組み立てている。この学校じゃ、この先生がパラグラフの組み立てについてしゃべり続けている。まったくの話《ジーザス》、自動車工場じゃパラグラフなんて必要ない。キレてがみがみ言ったりしたら彼らを失うことになる。生徒たちはたいてい両親や学校からがみがみ言われてきている。黙殺作戦で返してこられたら、教室では教師として終わることになる。彼らの顔つきが変わり、死んだ目をしている。ノートを開きなさい、と言う。彼らはじっとにらんで、時間を稼ぐ。わかったよ、彼らはノートを開くだろう。僕たちはちゃんとノートを開いている、だから何の問題もない。黒板に書いてあることを写すように言う。彼らはじっとにらむ。ああいいよ、彼らはお互いに言い合う、あの人は僕たちに黒板を写させたいらしい。見ろよ、黒板に何か書いたから、それを写させたいんだ。彼らはゆっくりと首を横に振る。質問はあるか？　と尋ねる。教室中が何もわからないという表情だ。僕はただ突っ立ったまま待つ。彼らは四十分の決戦だとわかっている。自分対三十四人のニューヨークのティーンエージャー、将来のアメリカの修理工と職人たち。

ただの先生よ、どう対処する？　クラス全員を睨み返すか？　クラス全員に赤点をつけるか？　気合いを入れろ、ベイビー。彼らに弱みを握られるような状況を作ったのは自分だ。彼らに対してあんなふうに言う必要はなかった。こっちの気分や頭痛や悩みなんか彼らにはどうでもいいんだ。彼らには彼らの問題がある、教師もその一つに過ぎない。

言葉に気を付けろ、先生よ。問題教師になるな。生徒たちにやられっちまうぞ。

雨は学校の雰囲気を変える、すべてを沈黙させる。一時間目の授業が静かに始まる。一人か二人、おはようございますと言う。上着から雨のしずくを振り払う。彼らは夢の中にいるようだ。席に着いて待つ。誰もしゃべらない。授業に出なくてもいいですか、という要求もない。文句も挑戦も言い返しもない。雨は魔法だ、王様だ。気合いを入れろ、先生。自分のペースでやれ。声のトーンを落とせ。英語を教えることも考えるな。出席など取らなくていい。葬式のあとの雰囲気。今日はひどいニュースはない、ヴェトナムからの残酷な知らせもない。教室の外ではフットボールをやっていて教師の笑い声が聞こえる。雨が窓に打ち付ける。教卓に座り、時間をやり過ごせ。一人の女子生徒が手を挙げる。あのお、マコート先生、今までに恋をしたことはありますか？　と言う。新米ではあるが、生徒がそんな質問をするときはその生徒自身が恋をしている、ということはすでに知っている。あるよ、と答える。

彼女に捨てられたの、それとも捨てたの？

両方だよ。

そうなの？　ということは一回以上恋をしたということね？

そうだよ。

ワオ。

一人の男子生徒が手を挙げて言う、なぜ先生たちは僕たちを人間として扱わないんですか？

わからない。そうだ、わからないなら、わからない、と答えるんだ。アイルランドの学校について話せばいい。いつも恐怖に怯えて学校に行っていた。学校が嫌いで、十四歳になって仕事に就くことを夢見ていた。以前はこんな風に学校にいた頃のことを思い出したこともないし、人に話したこともない。この雨が止まなければいい。生徒は席に着いている。上着をちゃんとハンガーに掛けろ、と言う必要もない。彼らは初めて僕という人間を発見したかのように僕のことを見ている。

毎日雨が降ればいい。

あるいは厚着が捨てさられ、胸や二の腕が見物《みもの》の春の日々。窓から入るささやかな西風が教師や生徒の頰を撫で、机から机、列から列へと笑みを送り、ついには教室がまぶしく輝く。鳩や雀も、元気出してよ、夏が来るんだから、と甘くさえずる。恥知らずの鳩たちは、教室のティーンエージャーにはお構いなしに、窓辺で交尾する。それは世界中で最高の教師による最高の授業よりも魅惑的だ。

こんな日にはとびきり難しくて、とびきり素晴らしい授業ができそうな気がする。どんなに悲しいことでも抱きしめ、慰めてやれる。

こんな日には西風、胸、二の腕、微笑み、夏を伴ってバック・グラウンド・ミュージックが流れている。

もし生徒たちがそんな音楽のような作文を書いてくれたら、彼らを普通高校へ送ってやろう。


マッキーでは年に二回、参観日を昼と夜に行っていた。保護者が学校を訪れて子供たちがどうしているかを見る日だ。教師は教室で座って、保護者と話したり、不満を聞いたりする。学校に来る保護者のほとんどは母親だ。それは女性の仕事だからだ。息子や娘の行いがよくないと気付いたときに対処するのは父親だ。もちろん父親が対処するのは息子だけだ。娘は母親の問題だ。父親が娘を台所で小突き回したり、一か月も外出禁止にしたりするのはよくないだろう。ある種の問題は母親の問題だ。また母親と子供は、父親にどれくらい情報を与えるかを決めなくてはならない。行いの良くない息子がいて、暴力的な夫がいる場合は、息子が鼻血を流しながら床を転がったりしないように、話を小さくするかもしれない。

ときには一家全員で担任のもとを訪れ、教室が父母、廊下を走り回る子供たちでいっぱいになることもある。女性陣はお互い親しげに語りあうのだが、男性陣ときたら身体に合わない机に静かに身を沈めているだけだ。

参観日に保護者をどう扱ったらいいかなんて、誰も教えてくれなかった。マッキーで初めての面談のときには、ノルマという補助教員がいた。保護者に次が誰の番かわかるように整理番号を渡す係だ。

まず僕には訛りの問題があった、特に御婦人方に対しては。口を開くやいなや、あらまあ、なんてかわいらしいアイルランド訛りなの、とくる。それから御婦人方は僕にどんな風に祖先が「古きアイルランド」からやって来たか、何も持たずにこの国へ来て、今ではニュー・ドープに自分のガソリンスタンドを持っていると話し出す。僕がこの国に来てからどれくらいになるのか、どのように教職に就いたのか知りたがる。アイルランド人は警官か司祭になることが多いことを考えると、教師になったことは素晴らしいと言い、学校にはあまりにもユダヤ人が多いと囁く。子供たちをカトリックの学校へやりたかった。ただしカトリックの学校は職業技術校としては名前が知られてはいない。歴史と祈りばかりで、それは来世にとってはいいが、子供たちには現世のことについて考えてほしい。不敬な意図はありません。最後に、かわいい息子のハリーはどうしていますか？　と質問する。

父親がそこに座っている場合には、気を付けないといけない。ハリーについてネガティヴなことを言ったりしたら、父親は家に帰って彼を殴るかもしれない。あげくあの教師は信用できないという噂が他の生徒に広まるだろう。僕は、保護者や管理職、世間一般の前で教師と生徒は連帯しなければならないということを学んでいた。

僕は全ての生徒たちについてポジティヴなことを述べた。集中力があって、時間を守り、思いやりがあって、勉強熱心、誰にも明るい未来が開けている。両親は誇りに思うべきだ。パパたちママたちはお互いに顔を見あわせて、微笑み、今の聞きました？　と言う。あるいは困ったような顔つきになって、うちの子について言っているんですか？　うちのハリーについて？

そうですよ。ハリー君についてです。

教室ではちゃんとしていますか？　尊敬されるような立派な生徒でしょうか？

もちろんですよ。ディスカッションに貢献してくれます。

え、そうなんですか？　それは私どもが知っているハリーとは違いますな。きっと学校では別人なんでしょう。家ではいつもクソ小僧ですから。汚い言葉を使って申し訳ない。家では何もしゃべらんし、何もせん。ただ昼も夜も、クソ一日中あのくだらないロックンロールを聞いてるだけなんだ。

父親は強烈な人だった。汚い言葉を使って申し訳ないが、あのエルヴィスって野郎がテレビでケツを振っているのは、この国で起きた出来事の中で最悪だ。このご時世にあんなくだらないものを見る娘は絶対に持ちたくないね。心ある奴ならあんなレコードはごみ箱に捨てるだろうよ。テレビだって捨てたいんだがね、波止場で働いた一日の終わりにちょっと息抜きも欲しい、わかるだろ？

他の保護者が我慢できなくなり、慇懃無礼な言い方で尋ねた、できればエルヴィス・プレスリーの話を遠慮していただき私どもの息子や娘の話に移ってもらえませんか。ハリーの両親は、今はうちの子の面談の時間だ、と言った。めったに耳にすることはないが、ここは自由の国なんだ、この「古きアイルランド」から来たいい先生の面接が途中で終わることはない。

だが、他の保護者が言う、だけどね、先生。急いでもらえませんか。一晩中ここにいるわけにはいきません。我々も労働者ですから。

どうしたらいいかわからなかった。もし机にいるハリーの両親に謝意を告げれば、それとなく察して帰ってくれるかもしれない。だが、強烈な父親は言った、おい、まだ終わっちゃいない。

補助教員ノルマが僕の窮地を察し、解決策を示してくれた。彼女は保護者に対し、もっと長い時間面談を希望されるのであれば、明日からの午後にアポイントを取って下さい、と告げたのだ。

ノルマにそんな話はしていなかった。毎日教室で、不満を持った保護者と一緒に人生を過ごしたくはなかった。だが、彼女は穏やかにことを進め、紙を回し、ぶつぶつ言う保護者に告げた、ブロック体で書いてください、筆記体はだめです、お名前と電話番号をブロック体でお願いします、マコートから連絡します。

不平の声は収まり、誰もがノルマの手際の良さを褒め、あなたこそ先生になるべきよ、と言った。ノルマは教師になるつもりはありません、と保護者に言った。私の大きな夢は旅行代理店で働くことで、どこでもタダで行くことなんです。ある母親が、身を落ち着けて子供を持ちたいとは思わないんですか？　と訊いた。きっといい母親になるでしょう。

するとノルマが言ってはならないことを言い、教室に緊張が戻った。いいえ、と彼女は言った、私は子供は欲しくありません。子供は悩みの種です。おむつを替えなければならないし、それに子供がどうしているかを見に、学校へも来なくてはいけません。決して自由になれません。

彼女はそんな話をするつもりはなかった。教室の中に彼女に対する敵意が生じているのが感じられた。数分前まで保護者たちはノルマの手際の良さを褒めていたのに、今や親子関係と子供についての彼女の発言に侮辱を感じている。ある父親は名前と電話番号を書くために渡された紙を破り捨て、僕が座っている教室の前方に投げてよこした。おい、誰かそれをごみ箱に捨ててくれ。彼はコートをつかむと妻に言った、こんなところ出よう。ここは気ちがい病院だ。妻の方は僕に怒鳴った、あなたはこんな暴言を抑えられないの？　私の娘ならひっぱたいているところよ。こんな風にアメリカの母親を侮辱する権利はないんじゃないの。

僕の顔は火のように熱くなった。教室の保護者たちとアメリカの母親たちに謝りたかった。ノルマに対して出て行ってくれ、君は僕の最初の参観日を台無しにしたんだ、と言ってやりたかった。彼女は出口のところに立ち、出ていく親たちに睨みつけられても無視して、冷静に、おやすみなさい、と言っていた。こうなったら僕はどうしたらいいだろう？　教育学教授が書いた役に立つ本はどこにある？　十五人の保護者がまだ教室に座り、息子や娘について話してくれるのを待っている。何を話したらいいのだろう？

ノルマがまた口を開いたので、僕の心は沈み始めた。皆さん、私はひどいことを言ってしまいました、申し訳ありません。マコート先生が悪いのではありません。彼はいい先生です。ご存知のように数か月前にこの学校に来たばかりの新任で、修行中の先生です。黙っているべきでした。先生をトラブルに巻き込んでしまいました。申し訳ありません。

それから彼女が泣き始めたので、僕は自分の机に座ったままだったが、たくさんの母親が彼女を慰めようと駆け付けた。保護者を一人一人呼び出すのはノルマの仕事だったが、彼女は慰めようとする母親の集団に取り囲まれていて、僕はと言えば、こちらの都合だけで動いて、次の方どうぞ、と言っていいかどうかがわからなかった。保護者は自分の子供たちの将来よりもノルマの苦しい立場に関心があるようで、参観日の終わりを告げるチャイムが鳴ると、皆微笑み、この面談は素晴らしかった、これからも頑張ってくださいね、と言って帰っていった。

ポーリーの母親はきっと正しかったのだろう。参観日二日目、彼女は僕のことをインチキ教師、と言った。うちのポーリーは、将来は配管工になり、いずれは自分で仕事を始めて、素敵なお嬢さんと結婚し、家庭を築く、面倒なこととは無縁の自慢の息子なのよ。

僕は憤慨して、いったい全体誰に向かって話しているんだ、と言うべきだった。だが、頭のどこかでニセモノの自分が教えているのではないか、という疑問がいつも付きまとっていた。

息子に学校で何を習ったのか訊くと、こう言ったわ、アイルランドの話とニューヨークにやって来た話ですって。話、話、話ばっかり。自分がどういう人間かわかってる？　インチキよ、インチキ野郎よ。私は善意で言っているのよ、あなたのためになるように。

僕はいい先生になりたかった。生徒の頭の中を綴りと語彙でいっぱいにして家に帰し、よりよい生活に導いていくことで褒めてもらいたかった。しかし、わが過失《メア・クルパ》、どうやって教えたらいいかがわからなかったのだ。

その母親は自分がアイルランド人だと言った。イタリア人と結婚した。あなたという人間はお見通しだわ。すぐに先生の手口がわかったわよ。お母さんの意見に同感です、と僕が言うと、彼女は、え、同感ですって？　本当に自分がインチキ野郎だってわかってるっていうの？　と言った。

僕はいい授業をしようとしているだけです。彼らが僕の人生について訊くものだから答えているだけです。英語を教えようとしても聞こうとしないからです。窓の外を見たり、居眠りしたり。サンドイッチを齧ったり。出て行っていいか、と訊いたりします。

綴りや大切な言葉、学ぶべきものを教えればいいのよ。息子のポーリーが世の中に出て行って、大切な言葉の綴りが書けなかったり、使えなかったりしたらどうするのよ、ええ？

ポーリーの母親に、いつか教室で自信に満ちた教育の達人になりたいと思います、と言った。それまでひたすら努力します。その言葉がなぜか心の琴線に触れたようで、彼女の目から涙がこぼれた。ハンドバッグの中のハンカチを探し回るが、時間がかかるので、僕のハンカチを差し出した。

でも首を横に振る。誰が洗濯したの？　そのハンカチ。まったく、そのハンカチじゃお尻だって拭かないわよ。独身でしょ、どうなの？

そうです。

ハンカチを見ればわかるわ。これまでの人生で私が見たハンカチの中で最も悲しげな灰色をしている。独身の灰色、まさにそれね。靴もそう、そんなに悲しい靴を見たことない。女はそんな靴を買わせないものよ。結婚してないのは見てすぐにわかったわ。

彼女は手の甲で頬を拭いた。ポーリーはハンカチの綴りが書けると思う？

書けないと思います。リストにもありませんし。

だから言ったでしょ？　先生たちは時代遅れなのよ。ハンカチはリストにないのに、息子はこれからの人生でずっとそれで鼻をかむのよ。何がリストに載っているの？　Usufruct（用益権）？驚くわね、よ・う・え・き・け・ん。誰がそんな言葉を提案したの？　そんなのはマンハッタンのカクテルパーティーでまき散らす言葉でしょ？　いったいポーリーがそんな言葉どう使うのかしら？　もう一つはc-o-n-d-i-g-n（妥当な）ね。六人にどういう意味か訊いてみたわ。廊下で教頭にも訊いてみたわよ。知っているふりをしてたけど、どう見ても知らなかったわ。配管工よ。息子は配管工になって、医者の往診みたいに訪問販売で大儲けするの。だからなんで息子がusufructやもう一つのみたいな高級な言葉で頭を悩ませなきゃいけないのかわからないわ。そうじゃない？

誰でも何で頭を満たすのかについては充分な注意が必要です、と僕は言った。僕の頭にはアイルランドとヴァチカンがいっぱいに詰まっていて、自分で考えることがほとんどできないんです。

彼女は、先生の頭の中なんかどうでもいいんです、と言った。お好きなように、御自身で大切になさって。毎日ポーリーは帰ってくるとそんな話をしてくれるけど、聞く必要はないわ。私たちには私たちの悩みがあるんです。先生が船を降りたばかりなのはよくわかりました、巣から落ちた小さな雀のように純朴なのね。

いいえ、船を降りたばかりではありません。軍隊にいたんです。どうして純朴でいられますか？あらゆる仕事をしてきました。波止場でも働きました。ニューヨーク大学を出たんです。

そうでしょ？ それが私が言いたいこと。私が訊いたのは単純なことだったのに、先生は御自身の人生を語る。気を付けないといけませんわ、マッカード先生。子供たちは学校の先生の人生物語を知る必要はありません。私は修道院に行ったことがあります。修道女は無駄話をしません。人生について尋ねたりしたら、余計なお世話です、公私をわきまえなさい、指の関節をぴしゃりとしますよ、と言われるでしょう。言葉の綴りや使い方に絞るのよ、マッカード先生、そうすればこの学校の保護者はあなたに永久に感謝するでしょう。物語を話すのは忘れるのよ。物語がほしければ、家で『テレビ・ガイド』や『リーダーズ・ダイジェスト』を読みますから。

僕はあがいた。タフで正統派の英語教師になりたい、と思っていた。厳しく、知識があり、時には面白い話もするが、それ以上ではない。職員食堂でベテランの教員たちは僕に言った、小僧どもは管理下に置かなければいけない。ちょっとでも譲ってみろ、もう取り戻せない。

組織することがすべてだ。最初からやり直そう。各クラス、学期の残りの時間に行う教案を作ろう。僕はこの船の主人であり、僕が進路を定める。生徒たちは僕の目的を感じるだろう。自分たちがどこに向かっているのか、何を期待されているのかを知るだろう……さもないと。

さもないと……それだよ、先生、先生はみんなそう言うんだ。さもないと……先生はほかの先生とは違うアイルランド人か何かだと思っていたのに。

義務を果たすときが来た。もう十分だ、と僕は言った。アイルランド人は忘れてくれ。話は終わりだ。戯言《ざれごと》は終わりだ。英語教師たるもの英語を教え、小僧どもの罠には引っかからない。

ノートを出しなさい。そうだ、君たちのノートだ。

"John went to the store."と板書した。

クラス中のうめき声が教室に轟いた。あいつは俺たちに何をさせようとしているんだ？ 英語教師はみんな同じさ。あいつもまた同じ穴の狢《むじな》だった。おなじみジョンが店へ。文法かよ、まったく。

よし。この文の主語は何だ？ 誰かこの文の主語がわかるか？ よし、マリオ。

店に行きたい奴の話です。誰だってわかります。

そうだ、この文の意味はそうだ、でも、主語はどれだ？ 一語だ。よし、ドナ。

マリオが正しいと思います。つまり、この文は――

違う、ドナ。主語はここでは一語だ。

どうしてですか？

どうして？ とは何だ。スペイン語をやってないのか？ スペイン語に文法はないのか？ ミス・グローバーは品詞を教えてくれないのか？

教わりました、でもあの先生、ジョンは店に行った、みたいな例文でいつも私たちを悩ませたりはしません。

頭が熱くなり、叫びたくなる、お前たちはなんでそんなにバカなんだ？ 前に文法の授業を受けたことがないのか？ やれやれ、僕ですら文法の授業を受けたことがある、アイルランド語にだって文法はある。こんな天気のいい日に、外では春の鳥がさえずっているというのに、どうして僕はこんなところでもがいていなければいけないのか？　どうしてお前たちの不機嫌なふくれっ面を見なくてはならないのか？　お前らは腹いっぱい食って、ここに座っている。いい服を着ているから、暖かい。無料の高校教育を満喫しているのに、ちっとも感謝の気持ちがない。お前たちがしなければいけないことは、協力し、ちょっとでもいいから参加することだ。品詞を勉強しろ。クソったれ。これって求めすぎだろうか？

学校から飛び出し、背後のドアをぴしゃりと閉め、校長にクソ喰らえと言い、丘を下りてフェリーに乗り、マンハッタンへ渡り、通りを歩き、ホワイト・ホースでビールとハンバーガーを注文し、ワシントン・スクエアに腰を下ろし、ニューヨーク大学の素敵な女子大生がそぞろ歩くのを眺め、マッキー職業技術高校のことを永遠に忘れたい日がある。永遠に。どんなに簡単なことを教えるにも生徒が反論するのは明らかだ。彼らの抵抗《レジスタンス》。簡単な文章。主語、述語、そしておそらくいつか時間に余裕があれば、直接目的語、間接目的語。彼らをどう扱ったらいいかわからない。おなじみの脅しで行くか。集中しろ、さもないと単位を落とすぞ。単位を落とすと卒業できない、卒業できないと、とかなんとか。お前たちの友達は皆、高校の卒業証書を会社の壁に貼り付けて、成功して、みんなから尊敬され、大きくて広い世界に出て行く。この文章に目を向け、惨めな十代の生活の中で今度だけ学ぼうとしてみたらどうだ。

どのクラスにもそのクラス特有の化学反応がある。楽しくて授業に行きたくなるクラスがある。彼らは自分たちが愛されているとわかっているし、お返しに愛してくれる。時にはすごくいい授業でした、と言ってくれたりして天にも上る気持ちになる。ともかく活力を与えてくれるし、家に帰る途中に歌いたい気分にさせてくれる。

フェリーでマンハッタンへ行って、二度と戻りたくないクラスもある。彼らの教室への出入りの仕方一つとっても、教師をどう思っているかを表すような敵意が感じられる。単なる思い過ごしかもしれないが、どうしたら彼らを自分の味方にできるだろうかと考える。他のクラスでうまく行った授業をやってみるが、それもうまくいかない。それもこれも例の化学反応のためだ。

彼らは教師をいつ追い詰めたらいいかわかっている。僕の欲求不満を感知する本能を持っているのだ。教卓の後ろに隠れて、好きにやらせ放題にしたいときだってあった。ただ生徒に届かなかったのだ。一九六二年、教職について四年目、それももう気にならなくなった。何はさておき気にするな、と自分自身に言い聞かせた。惨めな子供時代の話で彼らを楽しませる。彼らはインチキな発言をする。かわいそうなマコート先生、アイルランドでそんなひどい育ち方をしたんですね。まるで同情しているかのように。違う。彼らは満足していない。減らず口をたたくな、と言ったベテラン教師のアドバイスに従うべきだった。何も語るな。ただ利用されるだけだ。どんな人間かを見抜いて、熱探知追尾式ミサイルのように追ってくる。何が弱みかわかっている。生徒たちは「ジョンは店に行った」という例文が文法においてどんなに深い文章かわかってくれるだろうか？　動名詞や懸垂分詞、同族目的語には行きたくない。僕はきっと途方に暮れるだろう。

僕はいかめしい目つきをして教卓に座った。もういい。文法教師のゲームをこれ以上は続けられない。

僕は質問した、なぜジョンは店に行ったのだろう？

彼らは驚いたようだ。よお、先生、なんだいそれは？　文法とは関係がないよ。

単純な質問をしているんだ。文法は関係ない。なぜジョンは店に行ったのだろう？　考えてみてくれ。

教室の後方で手が上がった。よし、ロン。

ジョンが店に行ったのは英文法の本を買うためだと思います。

ではなぜ英文法の本を買いにジョンは店に行ったのだろう？

英文法のすべてを知りたくて学校に来ているのだから、素晴らしいマコート先生にいい印象を与えたかったからです。

なぜ素晴らしいマコート先生にいい印象を与えたかったのだろう？

ジョンにはローズというガールフレンドがいます。文法についてはほとんど全部わかっているいい娘で、卒業してマンハッタンの大会社の秘書になるから、ジョンはローズと結婚するのにクソ野郎にはなりたくないんです。それがジョンが文法書を買いに店に行った理由です。優等生になって、文法書をよく勉強して、何かわからないことがあったらマコート先生に質問します。なぜならマコート先生は知らないことはないからです。ジョンがローズと結婚するときには結婚式にマコート先生を呼んで、最初の子供の名付け親になってもらいます。先生の名にちなんでフランクという名前にするでしょう。

ありがとう、ロン。

クラスは大爆笑、大歓声、大拍手だ。だが、ロンの話はそこで終わらなかった。再び手を挙げた。

何だね、ロン。

ジョンは店に着いたけれど、お金を持っていなかったので、文法書を盗まなければなりませんでした。店を出ようとしたとき店員に止められ、警察が呼ばれ、今はシンシン刑務所〔ニューヨーク州にある州立刑務所〕にいて、かわいそうなローズは目を泣き腫《は》らしています。

生徒たちは同情の声を上げた。かわいそうなローズ。男子生徒は彼女がどこにいるのか知りたい、そしてジョンを支えたいと思っている。女子生徒は目頭を押さえている。ついにクラスの現実主義者ケニー・ボールが、ただの作り話だろ、とにかくこのくだらなさは一体全体何なんだ？ 教師が黒板に文章を書き、そいつが店で本を盗み、シンシン刑務所に行きつく。そんなバカな話、聞いたことがない。だいたいこれは英語の授業か、それとも他の何かかい？

ロンは言った、それなら君はもっといい話ができるというのか？

こうした作り話はどれ一つとして何の意味もないし、就職の役にも立たない。

チャイムが鳴った。生徒は去り、僕は黒板の“John went to the store.”を消した。

翌日ロンがまた手を挙げた。ねえ、先生、昨日の文章の言葉を入れ替えるとどうなりますか？

どういうことだ？

オーケー、そこに“To the store John went.”と書いてください。この文はどうですか？

同じだよ。Johnがこの文章の主語だ。

オーケー。では“Went John to the store”はどうでしょう？

同じだ。

では“John to the store went.”は。これも大丈夫ですか？

もちろんだ。意味がわかるだろう？ でもわからないときもある。誰かに急にJohn store to the went と話しかけたりしたら、その人はちんぷんかんぷん《ジバリッシュ》だと思うだろう。

ちんぷんかんぷんって？

意味のない言葉だ。

ある考えが急にひらめいた。僕は言った、心理学は人間がどのように行動するかの研究だ。文法は言語がどのように行動するかの研究なんだ。

先生よ、続けるんだ。生徒たちに素晴らしい発見を、偉大なる躍進を伝えろ。質問するんだ、誰か心理学を知っている者はいるか？

黒板にその言葉を書いた。生徒たちは大げさな言葉が好きだ。彼らは家に持ち帰り、家族をそれで脅すのだ。

心理学。知っている者はいるか？

頭がおかしくなったとき、その人を精神病院に入れる前にどこが悪いのか見つける学問です。

クラス中が笑った。そうそう、この学校みたいなところだな。

さらに話を進めた。誰かがおかしな行動をしたら、心理学者はどこが悪いかを確かめるために診察する。誰かがおかしなしゃべり方をして、言っていることが理解できないなら、文法のことを考えるんだ。ちょうどJohn store to the went. みたいな文が出てきたら。

それがちんぷんかんぷんなんですね？

生徒たちはその言葉が気に入ったようだ。英語の広大な世界からの新語であるこの言葉を彼らに教えたことで自分を褒めた。教育とは新しい視点を持ち込むことだ。新米教師にとっての大きな突破口。ちんぷんかんぷん。彼らはその言葉をお互いに言い合って、笑っている。だがしっかり彼らの頭の中には入った。教員歴二、三年で、何とか一つの言葉を定着させた。今から十年経っても彼らは「ちんぷんかんぷん」と聞けば、僕を思い出すだろう。何かが起きていた。彼らは文法が何なのか理解し始めていた。この調子で続けて行けば、僕自身も文法を理解できるかもしれない。

言語がどのように行動するかの研究。

もう止められなかった。僕は言った、Store the to went John. この文章は意味をなしているだろうか？　もちろんなしていない。だから、わかるだろう、言葉はきちんとした順番に並べなければならないんだ。正しい順序が意味を作る、意味がないということは、ただぶつぶつわけのわからないことを言っていることで、白衣を着た人たちが君たちを連れ去っていくことになる。ベルヴュー病院のちんぷんかんぷん科に入れられるだろう。それが文法だ。

ロンのガールフレンド、ドナが手を挙げた。ジョンはどうなったの、文法書を盗んで刑務所に入った最初の少年は？　彼は卑しい人たちとシンシン刑務所に置き去りにされたままよ。ローズはどうなったの？　ジョンを待っていた？　彼に誠実だったの？

タフガイのケンは言った、いいや、誰も待ったりしねえよ。

悪いけど、とドナは小馬鹿にした態度で言った。もし文法書を強盗《ロビング》したことで刑務所に入ったら、私はロンのことを待つわよ。

万引き《スティーリング》だ、と僕は言った。英語教師は先輩からこうした小さな間違いを正すように言われている。

はぁ？　とドナが言った。

強盗《ロビング》じゃない。正しい言葉は万引き《スティーリング》だ。

ああ。わかったわ。

僕は自分に言った、黙れ。邪魔をするな。強盗と万引きの違いなんてどうでもいい。生徒にしゃべらせろ。

ケンはドナを鼻であしらった。そうだよな。君なら待つだろうぜ。こうした男どもはみんなフランスや朝鮮で戦争でやばいことになって、気がつくとガールフレンドや妻から届けられる親愛なるジョン宛の手紙をひたすら待っているんだ。ああ、やだね。

間に入るときが来た。もういいだろう。僕たちは文法書を万引きしてシンシン刑務所に送られたジョンの話をしているんだ。

ケンはまた鼻で笑った。そうさ、シンシンの奴らは文法に夢中さ。殺し屋たちはみんな囚人棟で一日中特にすることもなくぶらぶらして文法の話ばっかしてるのさ。

ケン、と僕は言った。ロンの話じゃない、ジョンだ。

その通りよ、ドナが言った。シンシンにいるのはジョン、彼はみんなに文法を教えて、シンシンを出た人たちはみんな大学教授のようなしゃべり方をして、政府はジョンに感謝、マッキー職業技術高校で文法を教える仕事を彼に与えるの。

ケンは反論しようとしたが、クラスのみんなが、囃《はや》し立て、手をたたき、いいぞ、ドナ、続けろ続けろ、と言う声に、かき消されてしまった。

英語教師は職業高校で文法を教えられれば、どこでも何でも教えられると言う。僕のクラスの生徒たちは授業を聞いていた。参加していた。僕が文法を教えていることには気付かなかっただろう。おそらくシンシン刑務所のジョンの話をでっち上げていただけだ、と考えただろうが、彼らが教室を出るとき、僕を見る目は変わっていた。もし毎日の授業がこのようなものなら、八十歳まで続けられるだろう。白髪の仙人のような老人、若干腰は曲がっているが、侮ってはいけない。文章の構造についで尋ねてみるがいい。彼は背筋を伸ばし、はるか二十世紀の中頃にどうやって心理学と文法を結び付けたかを語ってくれるだろう。

6

マイキー・ドーランが昨日の欠席理由を説明する母の手紙を持ってきた。

親愛なるマコート先生、マイキーの祖母、つまり八十になる私の母はコーヒーを飲み過ぎて階段から転げ落ちたので、祖母と妹の面倒を見るためマイキーに家にいてもらいました。おかげでフェリー乗り場のコーヒー・ショップの仕事に行くことができました。マイキーの欠席を許してやって下さい。息子は先生の授業が好きですので、これから頑張ると思います。かしこ。イメルダ・ドーラン。追伸、祖母は大丈夫です。

マイキーが、代筆が見え透いたその手紙を目の前に持ってきても、僕は何も言わなかった。彼が自分の筆跡をごまかすために机で左手で書いているのを見かけた。彼はカトリックの小学校で鍛えられていたから、字はクラスで一番上手だった。修道女にとっては筆跡が明確で端正でありさえすれば、天国に行こうが地獄に行こうが、プロテスタントと結婚しようが、どうでもよかった。しかし字がへたくそだと、許してと叫びを上げるまで親指を逆に曲げられ、天国の扉を開くために書き方の練習をすることを約束させられた。それに、左手で書くことは悪魔の家に誕生した明白な証拠であり、自由の国、勇敢さの本場であるここアメリカにおいてでさえ、親指をひん曲げるのが修道女の仕事となった。

そう、左手で苦労して端正なカトリックの書き方をごまかすのがマイキーだ。これは彼が代筆した最初の手紙ではないのだが、僕が何も言わなかったのは、僕の教卓の引き出しの中にある保護者からもらった欠席届は、ほとんどがマッキー職業技術高校の少年少女たちによって書かれたものだからだ。もし一つ一つの代筆に対処していたら、一日二十四時間じゃ足りないだろう。おまけに頭にだってくるし、気持ちも傷つく。彼らと僕の間の関係が緊迫したものになる。

僕はある男子生徒に訊いた、これは本当に君のお母さんが書いたのかい、ダニー？

彼は身構え、敵意を見せた。そうです、母が書きました。

素晴らしい手紙だ、ダニー。文章が上手だね。

マッキーの生徒たちは母親を誇りに思っている。一部のバカ者だけがその褒め言葉をありがたくも思わず、受け流す。

彼はありがとうございます、と言って席に戻った。

手紙は君が書いたんじゃないのか、と訊くこともできたが、僕には分別がある。彼に対しては好感を持っていたし、三列目で不機嫌になって欲しくなかった。クラスメートにマコートの奴に疑われた、と言うだろうし、そうなると、クラスメートも不機嫌になる。というのは彼らは書くことを覚えてからずっと欠席届を代筆してきたし、それから何年もたって、突如として道徳的になった教師に妨害されたくはないからだ。

欠席届なんて学校生活のほんの一部だ。それが嘘だとわかったところで、どうだっていうんだ？

朝、子供を家から送り出す親たちには、最後には学校のごみ箱に行く羽目になる欠席届なんて書く時間はほとんどない。書いてくれ書いてくれ、と追い立てられて、こう言うだろう。もう、そんなに昨日休んだ理由を書いてほしいのかい、坊主？　自分で書きな、サインはするから。親たちは書いたものを見もしないで、サインする。何が悲しいかって親は子供の書いたものを読んでいないのだ。その文章を読めば、自分の子供が素晴らしいアメリカの散文を書けることを発見するだろう。よどみなく、想像力に富み、明確で、劇的、奇抜で、説得力があり、実によくできている。

マイキーの手紙を教卓の引き出しに投げ入れた、あらゆるサイズと色の紙に乱暴に殴り書きされ、染みの付いたほかの何十という手紙と一緒に。その日、僕の授業はテストだったので、今までざっとしか読んだことのなかったそれらの手紙を読み始めた。二つの大きな山に分ける、一つは純粋に母親によって書かれた手紙、もう一つは偽物の山。想像力豊かなものから気がふれたようなものにわたる、二つ目の方がより大きな山になった。

僕は神の顕現を感じていた。顕現がどのようなものなのか、いつも考えていたが、今やっとわかった。今までどうしてこのような特別な顕現が降りてこなかったのだろう、とも考えていた。

授業や宿題で作文の課題を出すと、彼らはあらゆる手を使って抵抗するが、その抵抗の仕方には激しいものがある、と思っていた。忙しいんだから、どんなテーマだろうと、二百語にまとめるのは難しいよ、と訴えるように言う。しかしこうした偽の理由書を書くとなると、素晴らしい才能を発揮する。どうしてだろう？　僕の引き出しには「偉大なるアメリカの弁明」、「偉大なるアメリカの嘘」のアンソロジーになりうる溢れんばかりの理由書が入っている。

引き出しの中は歌や小説や学術論文では決して語られることのない、アメリカの天才の見本でいっぱいだ。この埋蔵物、これらの宝のような小説、ファンタジー、想像力、信心深さ、自己憐憫、家族問題、湯沸かし器破裂、天井落下、火事で全焼、赤ん坊とペットが宿題におしっこ、予期せぬ誕生、心臓発作、脳卒中、流産、強盗などをどうして無視できるだろう？　ここにアメリカの高校の作文の最高峰がある——生々しく、真実、切迫し、明快、簡潔にして嘘だ。

ストーブから火が付き、壁紙に燃え移り、消防署に一晩中家の外に追い出されていました。

トイレが詰まって、用を足すのに、通りを渡って、従弟が働くキルケニー・バーへ行かなくてはならないのですが、そのトイレも昨晩から詰まっていて、息子のロニーが学校の予習をするのがいかに困難な状態にあるかおわかりいただけると思います。こういうことはもう二度とないようにしますので、今回だけはお許しください。キルケニー・バーの方は先生の弟のマコードさんをよくご存知のようでとてもいい人です。

アーノルドは昨日、電車に乗ろうとしたときに、学校かばんをドアに挟まれ持って行かれてしまったので、今日は勉強道具を持っていません。息子は運転手に叫びましたが、運転手は電車を発車するときとても卑猥な言葉を発したそうです。何とかすべきです。

妹の飼っている犬が宿題を食べてしまいました。のどに詰まればいいのに、と思います。

赤ん坊の弟が、今朝トイレに入っているときに、私の書いたものにおしっこをしました。

二階に住んでいる男が風呂場で死んでしまい、お湯があふれてテーブルの上にあったロバータの宿題を全部台無しにしてしまいました。

兄が妹に怒り狂って、妹の書いたものを窓から投げ捨てました。それはスタテン島中に飛び散りました。良くないのは、すべてが説明されるエンディングを読まないと、読んだ人が間違った印象を持つことです。

書くように言われた作文を持っていたのですが、フェリーで読み返しているときに強い風が吹き、飛ばされてしまいました。

アパートの立ち退きを迫られ、意地悪な保安官に、息子が家に置いたままのノートを取りに行きたいと叫び続けるなら、家族全員逮捕する、と言われました。

バスや電車やフェリー、コーヒー・ショップや公園のベンチで書かれた理由書の作者は新鮮で論理的な言い訳を見つけようとしたり、自分の親ならこう書くだろうと思って書こうとしたりしている、と僕は想像した。

保護者によって正直に書かれた理由書はたいてい面白くない、ということを生徒たちは知らなかった。「目覚まし時計が鳴らなかったので、ピーターは遅刻します」そんな文書はごみ箱の中に位置を占めるにも値しない。

学期末の頃に、僕は一ダースほど理由書をタイプしてガリ版で印刷し、三年生の二クラスで配った。彼らは黙って、熱心に読んだ。

よお、マコート先生、これは何だよ？

理由書だ。

何だいそれ、理由書って？　誰が書いたんだい？

君たちだよ、君たちの中の何人かが書いたものだ。犯罪にならないよう名前は省いた。保護者が書いたことになっているが、本当の作者が誰かはみんな知っている。そうだよな、マイキー？

それでこの理由書をどうすればいいんですか？

皆で大きな声で読み上げるんだ。これが理由書の技術を勉強する世界初の授業であり、理由書を書く練習をする世界初の授業であることをわかってもらいたい。理由書を最も素晴らしい作文だと受け止め、勉強する価値のある科目にした、僕のような教師に教わって君たちは幸運だ。

彼らはにやにやしている。わかっているのだ。共犯だということが。罪人同士なのだ。

プリントした文書の中にはこのクラスの生徒が書いたものもある。誰が書いたかわかるだろう。君たちは想像力を使って書き、おなじみの目覚まし時計の話にするのをよしとはしなかった。これからの人生でも弁明をするだろうし、それを信じるに足る独創的なものにしたい、と望むだろう。遅刻や欠席や何かのいたずらで自分の子供のために理由書を書くことになるかもしれない。さあ書いてみよう。十五歳の息子や娘がいると想像して、その子たちが英語の授業に遅れた言い訳を必要としている。書きまくるんだ。

生徒たちは周りを見たりしなかった。ペンを噛むこともしない。だらだらすることもない。十五歳の息子と娘のために理由を作り上げることに一心不乱に必死に取り組んだ。真心と愛の成せる業だった。いつかこの文書が本当に必要になるかもしれない、とは決して気づいていないだろうが。

彼らは弁明の叙事詩を作り上げた。家族に下痢がはやっていることから、十六個のタイヤを持ったトラックが家に突っ込んだ、マッキー職業技術高校の学食の責任で、食べ物に毒が混入していたなどという深刻な例まで広がっていく。

彼らは言う、もっと、もっと。もっと書いてもいい?

我に返った。この熱心さをどう扱えばいいだろう?

新たな顕現、閃き、啓蒙、何ものかが降って来た。黒板に行って、板書した、「今日の宿題にする」

間違いだ。宿題という言葉にはネガティヴな感じがある。消したら、いいよ、いいよ、と彼らは言った。

僕は言った、授業で始めた作文を家で続けてもいいし、あるいは月の裏側で続けたっていい。書いてきてもらうのは……

黒板に書いた。『アダムから神様への理由書』あるいは『イヴから神様への理由書』

一斉に顔が下を向いた。ペンが紙の上で競争している。背中の後ろで片手をしばりつけたとしても書くだろう。目をつぶっても書けるだろう。教室中に秘密の笑いが広がる。おお、これはいいフレーズだ、ベイビー、次にどんな文が来るかわかっているよな？　アダムがイヴを非難し、イヴがアダムを非難する。二人とも神様だろうと悪魔だろうと非難する。神様は別として、みんな同じように非難せよ。神様は二人を支配し、エデンの園から追放した。その結果、子孫たちはマッキー職業技術高校で最初の男女のために理由書を書くことになった。そして多分、神様自身も大きな間違いのために理由書を必要としている。

チャイムが鳴った、僕の三年半の教員生活で初めて、生徒があまりにも授業に集中して、腹をすかせた友人に昼食のために教室から連れ出されるのを見た。

よう、レニー。行くぞ。課題は食堂で終わらせろ。

翌日全員が理由書を持ってきた。アダムやイヴからだけでなく、神様や悪魔からのものもあった。情熱的なものもあれば、品のないものもある。イヴの代理人としてリサ・クインは、楽園で日がな一日中何もしないで寝転んでいるのに飽き飽きしていたところだから、という理由でアダムの誘惑を擁護した。また彼女は、神様が二人のことに鼻を突っ込み過ぎ、プライヴェートな時間を許可しなかったことにうんざりした、と書いている。神様に落ち度はないけれど、どこか雲の後ろに隠れていて、神様の大事なリンゴの木にアダムかイヴが近づいたら、そのときに大声を出せばいいのではないか。

アダムとイヴが犯した罪と罪深さについては熱い議論がある。悪魔の蛇はバカ野郎クソ野郎で最低だ、という点については全員一致の賛成だ。人類最初の男と女についてはもう少し理解があってもよかったのでは、というほのめかしや提案はあるものの、さすがに神様についてネガティヴなことを言う度胸がある生徒はいなかった。

マイキー・ドーランはカトリックの学校ではこんな風に意見は言えない、と言う。最低だよ《ジーザス》（ごめん）、修道女に耳をつかまれ、教室の座席から連れ出され、両親が呼ばれて、異教思想をどこで学んだか、説明させられるんだ。

クラスのカトリック教徒ではない男子生徒たちは、そんな嫌がらせは我慢できねえな、と言いたてる。修道女のケツを蹴っ飛ばしてやるぜ。それにしてもなんだってカトリックのお坊ちゃまたちは、どいつもこいつもそんなに情けないんだ？

議論があちこちへ飛び、つまらないことだが、話がカトリック教徒の保護者の耳に入ると、修道女が乱暴に扱われている、とねじこまれることを懸念した。現在か、あるいは歴史上の世界の人物で上手な理由書を書いたものを考えるように指示した。

黒板に例を書いた。

エヴァ・ブラウン、ヒトラーの愛人だ。

ヒトラー自身については書けるかな、と訊いた。

ノー、ノー、絶対無理。弁明の余地無し。

でもたしか惨めな子供時代を送っている。

彼らは賛成しなかった。ヒトラーのための理由書は作家にとって大いに意欲をそそる挑戦かもしれないが、このクラスには弁明しようという者はいなかった。

板書する。ジュリアス＆エセル・ローゼンバーグ、反逆罪で一九五三年に処刑。

情報漏洩をしたものについての理由書はどうだろう？

そうだね、マコート先生。この人たちには大いなる理由書があるよ。彼らは国のために戦いたくなかったんだ。でも俺たちはそうじゃない。

板書する。ユダ、フン族の王アッティラ、リー・ハーヴェイ・オズワルド〔ケネディ大統領暗殺の容疑者〕、アル・カポネ、アメリカのすべての政治家。

よお、マコート先生、そこにこの学校の先生たちも挙げてくれないかな？　マコート先生を除いて、一日おきにテストをするあのうんざりするやつらも。

ああ、それはできないよ。僕の同僚だ。

オーケー。オーケー、その先生たちがどうしてそんな風になってしまったかを説明する理由書なら書いていいだろ。

マコート先生、校長先生がドアのところにいる。

心が沈んだ。

校長はスタテン島の教育長、マーティン・ウルフソン氏を連れて教室に入ってきた。僕の存在には目もくれない。授業の邪魔をしたことを謝りもしない。机の間を行ったり来たりし、生徒の書いたものを覗き込む。取り上げてじっくり見る。教育長がその一つを校長に見せる。教育長は眉をひそめ、考え込んでいる。校長も考え込んでいる。生徒たちはこの人たちが要人、大物だとわかっている。忠誠心と団結を示すために、授業の退出許可を求めたりはしない。

教室を出るときに校長は眉をひそめ、次の時間に教育長が会いたいと言っている、誰かを自習監督にしてでも必ず来なさい、と僕に囁いた。やっちまった。また何かへまをやらかしてしまった。面倒なことになりそうだが、理由がわからない。僕のファイルにはマイナス評価の文書が入る。最善を尽くしたんだ。不意にいいアイディアがひらめいたんだ。世界中の全歴史の中でいまだかつて行われたことがないことをやろうとしたんだ。生徒たちを理由書で盛り上げた。だが今や、清算のときが来たんだ、先生よ。廊下を行けば校長室だ。

校長は自分の机に座っている。教育長が部屋の中央でじっと立っている様子は、高校生が反省している様を思い出させる。

えーと、君は……君は……

マコートです。

入りたまえ。入りたまえ。すぐに済む。私が言いたいのは、あの授業、あの教材、何をしていたにせよ、最高だった、ということだ。最高だよ。マコート君、あれこそ我々に必要な、地に足のついた教育だ。あの生徒たちは大学レベルの文章を書いていた。

教育長は校長の方を向いて言った、ユダのための理由書を書いていたあの生徒。素晴らしい。だが二、三、懸念もある。悪人や犯罪者のための理由書が正当なものなのか賢明なものなのかが私にはわからない。考えてみれば、それは弁護士の仕事だろうからね、そうではないかね？　君の授業を見たところ、クラスに将来有望な法律家がいそうだ。だから握手を求めたい。そして君のファイルに君の熱意ある創造的な教育を認証する文書を入れても驚かないでほしい。お礼を言いたい。そして歴史上彼らの知らない人物にもっと注意を向けさせるのもいいかもしれない。アル・カポネの理由書は少々危険だな。もう一度礼を言う、ありがとう。

神様ありがとう。スタテン島の教育長から最高の褒め言葉をいただいた。廊下でダンスを踊り、空を飛びたい気分だ。大きな声で歌ったって世界は反対しないだろう。

僕は歌う。翌日僕はクラスで言う、君たちが気に入ってくれるだろう歌を知っているんだ、早口言葉の歌だ。こんな感じだ。

ハイホー、素晴らしい沼に行こう、あの谷間の沼に、オー。
ハイホー、素晴らしい沼に行こう、あの谷間の沼に、オー。
あの沼には、木が、珍しい木が、素晴らしい木があった、
あの沼には木が、あの谷間には沼が、オー。
［アイルランド民謡ザ・ラットリン・ボグ。歌詞の一部を替えて二番三番と進み、曲のスピードも速くなる］

僕たちは一番から二番、三番へと歌っていった。生徒たちは早口で歌詞をうまく歌おうとしては笑った。教室で教師が歌ったっていいじゃないか。センセイ、学校が毎日こんな風だといいね、私たちは理由書を書き、先生は理由が何だかわからないけど、突如として歌いだす。

歌いだしたのは、人類の歴史には、何百万という理由書のための十分な事例があることに気付い

たからだった。遅かれ早かれ、誰もが弁明を必要とする。だが、歌は今日歌ったとしても明日だって歌える、だから歌おうじゃないか。歌うのに理由は要らないから。

7

　オーギーはクラスの問題児だ、口応えはするし、女の子たちに嫌がらせをする。母親に電話をした。翌日、ドアが急に開いて、重量挙げ選手の肉体を持った黒Tシャツの男が叫んだ、おい、オーギー、こっちに来い。

　オーギーが息をのむのが聞こえる。

　お前に言っているんだ、オーギー。俺をそっちに行かせるくらいなら、死んだほうがましだぞ。こっちへ来い。

　オーギーが叫ぶ、僕は何もしていない。

　男は教室の中にずかずかと入ってくると、机の間を縫ってオーギーの席まで行き、オーギーを宙に持ち上げ、壁際に運んで行き、何度も壁に打ち付ける。

　言っただろ――ガン――二度と――ガン――先生に――ガン――迷惑をかけないと――ガン。先生に迷惑をかけたって聞いたぞ――ガン――首根っこをへし折ってやる――ガン――そしてケツに突っ込んでやる――ガン。わかったか？――ガン。

　おい。ちょっと待てよ。ここは僕の教室だ。担任は僕だ。こんな風にガンガンするところじゃない。思うに責任は僕にある。

すみません。

男は僕を無視する。彼は息子を壁に激しく打ち付けるのに忙しく、オーギーは親父の手の中でぐったりしている。

この教室は誰が仕切っているのかを示す必要がある。親がいきなり教室に入ってきて、息子をゼリー状態にするなど許されることではない。僕はくり返す、すみません。

男はオーギーを引きずって席に戻し、僕の方を振り返る。またこいつが迷惑をかけたようだな、先生、こいつのケツを蹴ってここからニュージャージーまで飛ばしてやるよ。先生には敬意を持つように育てたのによ。

男は生徒たちの方を向く。この先生はお前らを教えるためにここにいるんだ。先生の言うことが聞けねえのなら卒業できねえぞ。卒業できなきゃ、埠頭の最低の仕事で人生が終わる。先生の言うことが聞けねえのなら、どんな願いもかなわねえ。俺が言ってることとわかるか？

生徒たちは何も言わない。

俺の言ってることがわかったのか、それとも口がきけねえのか？　何か言いたいタフな奴はいねえのか？

生徒は、わかりましたと言う。タフなやつらはみんな黙っている。

オーケー、先生、仕事に戻ってくれ。

帰るとき、男はドアを大きな音を立てて閉めたので、チョークの粉が黒板を滑り落ち、窓がガタガタ鳴った。教室に漂う冷たい敵意の沈黙が、先生がオーギーの親父に電話したことは皆知っている、と言っている。俺たちは親父に電話する教師は嫌いだ。

ああ、ちょっと待ってくれ。僕はオーギーのお父さんにこんな風にしてほしい、とは頼んではいなかった、と弁解したところで無駄だろう。僕は彼の母親に電話して、お子さんとよく話して、教室できちんとするように言ってほしい、と言っただけだ。もう遅すぎる。内緒で親に電話したりして、自分の力ではクラスの状況を何とかできないことを露呈してしまった。生徒を職員室送りにしたり、親に電話したりする教師は尊敬されない。自分で何とかできないなら、教師になるべきではないのだ。道を掃除したりごみを拾ったりする仕事に就くべきだ。


サル・バタグリアは毎朝ニコッと笑って、おはよう、先生、と言う。ガールフレンドのルイーズと座って、幸せそうだった。二人が机の間で手をつないでいると、みんなはそれを邪魔しないように歩く。これが本物の愛だとわかっていたから。いつかサルとルイーズは結婚する、それは神聖なことだった。

サルのイタリア人の家族とルイーズのアイルランド人の家族はこの交際に賛成ではなかったが、結婚式は少なくともカトリックで行うことになるだろうから、それは問題なかった。サルはクラスの生徒に、うちの家族は、アイルランド人を妻にしたら料理が下手だからこの俺が餓死すると言ってるんだ、と冗談を言った。おふくろは、アイルランド人がよくもまあこれまで生きてこられたね、と言っているよ。ルイーズが声を張りあげた、言いたいことを言えばいいわ、でもアイルランド人から生まれる赤ん坊は世界で一番美しいのよ。サルは真っ赤になった。黒い縮れ毛をした、もうすぐ十八歳になるクールなイタリア人が本当に真っ赤になった。ルイーズが笑い、みんなが笑ったそのときルイーズが通路越しに手を伸ばして、繊細な白い指で彼の顔の赤味に触れた。

サルが彼女の手を取って、自分の頬にあてたとき、クラスは静かになった。彼の目が涙で輝いているのが見える。どうしたんだ？　何を言ったらいいか、何をしたらいいかわからないまま、魔法を解きたくなくて、黒板を背に立っていた。こんなときにどうして『緋文字』の議論など続けられようか？

僕は教卓の後ろに行き、忙しいふりをし、静かにもう一度出席を取り、出席簿をつけ、チャイムがあと十分で鳴るのを待ち、サルとルイーズが手をつないだまま教室を出て行くのを見ていた。二人の在り方のすべてをうらやましく思った。卒業したら婚約するだろう。サルは配管工長になり、ルイーズは弁護士の速記者になる。弁護士になろう、などという愚かな考えを抱かなければ、秘書の世界では一番の仕事だ。僕はルイーズに、頭が良いんだからなんにでもなれるよ、と言ったが、彼女はそんなことないわ、先生にそんな風に言われたと聞いてうちの家族が何て言うかしら？　と言った。サルと暮らす準備で彼女は金を稼がなくてはならなかった。サルの母親に四六時中監視されぬようにイタリア料理を学ぶだろう。結婚式の一年後には赤ん坊が生まれ、小さく丸々として元気なイタリア系アイルランド系アメリカ人の赤ん坊は二つの家族を永遠に結びつけ、両親がどこの国の出身かなど誰も気に掛けなくなるだろう。

だがそうはならなかった。プロスペクト・パークで、アイルランド人の少年がサルの後を追いかけ、襲い掛かり、角材で殴りつけたからだ。サルはギャング団に入ってすらいなかった。夜と週末にバイトしていたレストランの注文を配達中にただ通りかかっただけだった。サルもルイーズもこういったギャング団抗争が愚かなことはわかっていた。アイルランド系とイタリア系に関しては、どちらもカトリック教徒だし白人だったから特にそうだった。それなのにどうして？　いったいなんのために？　縄張り争い、さらに悪いのは少女たちがからむことだ。おい、俺の女からそのイタ公の手を離せ。俺たちの仲間からそのアイルランド野郎のデカケツをどけろ。サルとルイーズはプエルトリコ人と黒人の抗争は理解できたが、どうしても自分たちの争いは理解できなかった。

サルは傷口を隠すために包帯を巻いて登校してきた。教室の右側のルイーズから遠く離れたところに座った。クラスの生徒を無視し、他の生徒もサルを見ようとも話しかけようともしなかった。ルイーズは元の自分の席に座り、彼の視線をとらえようとした。彼女は先生が何か言ってくれる、うまく処理してくれるとでもいうかのように僕の方を見た。自分にはその資格がない、決断力がないと感じた。ルイーズのところへ行って、肩を揺さぶり、どうやってサルがこの件を乗り越えるか励ましの言葉をささやくべきだろうか？　サルのところへ行って、アイルランド民族のことを謝罪し、プロスペクト・パークの一人のクソガキの行動で民族全体を判断するなと言い、ルイーズは相変わらずかわいいし、まだ君のことを愛している、と伝えるべきだろうか？

『緋文字』の結末、ヘスターとパールのハッピーエンドについての議論はどうしたらいいのだろう？　数列離れたところに、傷心のルイーズが座っているというのに。最初に目に入ったアイルランド人をぶっ殺してやると、サルが前方をにらんでいるというのに。

レイ・ブラウンが手を挙げた。いい奴だ、レイ、いつも場を盛り上げてくれる。マコート先生、なぜこの本には黒人が出てこないんですか？

僕がぽかんとしてしまったからだろう。サルとルイーズ以外の皆は大笑いだ。わからないよ、レイ。昔のニュー・イングランドには黒人はいなかったんじゃないかな。

サルがいきなり席から立ち上がった。いや、黒人はいたんだ、レイ、だけどアイルランド人が皆殺しにしたんだ。後ろから忍び寄って、頭をぶん殴ったのさ。

本当かよ？　とレイが言った。

そうさ、とサルが言った。自分の鞄を取ると、教室を出て、相談室に向かった。カウンセラーの話によると、サルはキャンベル先生のクラスに移ることを求めているらしい。少なくともキャンベル先生はアイルランド人じゃないから、あのいやらしい訛りもねえ。キャンベル先生は角材で後ろからぶん殴るなんてことはしないが、あのマコートの奴は、あの野郎はアイルランド人だし、あいつら卑怯な連中は全く信用できねえよ。

サルにどう対応したらいいかわからなかった。卒業まであと三か月、彼と話をしたかったが、何を言ったらいいかわからなかった。学校の廊下では、よく先生が生徒を慰めている風景を見かけた。肩に腕を回す。暖かい抱擁。心配するな、すべてうまくいく。生徒たちは涙ながらにありがとうと言い、先生は最後にもう一度肩を抱きしめている。そんな風に僕もやりたかった。サルに、僕は角材を振り回したりしないぞ、と言うべきだったろうか？　おそらく酒に酔っぱらっていたガキの行動だけでルイーズを苦しめていいのか、と強く言い続ければよかったのだろうか？　アイルランド人がどんな道をたどってきたか、わかってるだろ、サル。そうすれば、サルは大笑いして、オーケー、アイルランド人はそんなに問題を抱えているんだな、ルイーズと仲直りするよ、と言ってくれただろう。

それともルイーズに話しかけて、月並みな慰めをいくつかすればよかったのだろうか。例えば、そのうち乗り越えられるさ、とか、海にいる魚は一匹だけじゃないぞ、とか、ルイーズ、君が長く一人でいるわけがない、男の子たちは君の心の扉をノックするよ、とか。

二人のうちのどちらに話しても、へまをして口ごもってしまうことがわかっていた。一番いいのは何もしないことだ、とにかく僕にできるのはそれだけだ。いつの日か廊下で誰かを慰めよう、力強い腕を肩に回し、やさしい言葉と抱擁で。


教師たちは自分のクラスでケヴィン・ダンを受け持つことを拒否する。その生徒は超一流の厄介者、問題児、抑えがきかない。もし校長がその生徒をそのクラスに押しとどめようとするなら、教師は自分の書類を投げ捨て、手当てを要求し、学校を出て行くだろう。ケヴィンは学校ではなく、動物園のサル山にいるべきだ。

そこで拒否できない新米教師、僕のところに送られてきた。また赤毛、顔じゅうのそばかす、名前からもわかるように、その生徒はアイルランド系だ。純粋なアイルランド訛りを持つ教師なら、きっとその悪ガキを扱えるだろう。カウンセラーが言うには、彼は何かアイルランド的なもの、何か共鳴できるものを求めている。生粋のアイルランド人の先生なら、きっとケヴィンの遺伝子にひそむ民族の血を掻き立ててくれるだろう。わかりますね？　カウンセラーの話ではケヴィンはもうすぐ十九になり、今年卒業するはずだったが、たとえ二年留年しても、卒業の帽子とガウンを着られる可能性はない、全く。学校は待機戦術で、彼が退学して、軍隊か何かに入るのを望んでいる。最近の軍隊は身体障碍者や視覚障碍者、世界中のケヴィンを受け入れている。彼は一人では僕の教室に決して行かないだろうから、相談室に迎えに来てください、と言われる。

彼は相談室の隅っこに座っている。彼にはサイズが大き過ぎるパーカーに身をうずめ、顔はフードですっぽり隠している。カウンセラーが言う、先生が来たぞ、ケヴィン、新しい先生だ。先生に見えるようにフードを外しなさい。

ケヴィンは動かない。

おい、どうした、ケヴィン。フードを外せ。

ケヴィンは首を横に振る。頭は動いたが、フードはそのままだ。

よし、マコート先生と一緒に行くんだ、仲良くするんだぞ。

カウンセラーが囁く、あの先生とは、いいかい、ちょっとつながりを持てるかもしれないよ。

彼は何ものともつながりを持たない。机を指で鳴らしながらフードの中に顔を隠して座っている。

見回りでやってきた校長が頭をドアに押し付けて、彼に、ケヴィン、フードを取りなさい、と言う。

ケヴィンは無視する。校長は僕に向かって言う。この教室は少しばかり規律に問題がありますね。

あれがケヴィン・ダンです。

ああ、あいつがそうか、ますます悪くなっているね。

わけがわからない状況に追いこまれている気分だ。同僚に彼のことを相談すると、困惑の表情を浮かべて、新米教師はよくそういう不可能ともいえる案件を押し付けられるんだ、と教えてくれた。

カウンセラーは、心配するな、と言う。ケヴィンは問題児だが、集団生活に適応できないから長く持ちはしない。ただ我慢するんだ。

翌日、昼前に、ケヴィンが早退を申し出る。彼は言う、どうしてそんな言い方で早退させるんだ？　どうしてだ？　おれをやめさせたいのか、そうだろ？

君が早退したい、と言ったからだよ。それだけだ。帰れ。

帰れ、だなんてどうして言うんだ？

ただの言葉の表現だ。

ずるいな。俺は悪いことは何もしてないぜ。犬か何かに言うみたいに、帰れ、と言われるのは気に入らないな。

脇に彼を呼んで話をしたいと思ったが、うまくいかないことはわかっていた。一人の生徒に対して話をするよりクラス全体に話をする方が楽だ。距離がある。

彼は授業とは関係ない発言で授業の妨害をする。英語はほかのどんな言語よりも汚い言葉が多い、とか、右の靴を左足に左の靴を右足に履くと、脳はより活発になり、生まれる子供はみんな双子になる、とか、神様はインクの要らないペンを持っている、とか、赤ん坊は生まれたとき全てを知っている。だから赤ん坊はしゃべれない。話すことができたら我々みんなバカになってしまうから。

豆を食べるとおならが出る。幼い子供に豆を食べさせるといいのは、豆を栽培している人が子供が行方不明になったときや誘拐されたときに追跡調査できるよう犬を訓練しているから、と彼は言う。金持ちの家族が子供にたくさん豆を食べさせるのは、金持ちの子供はいつも誘拐の恐れがあるからなのはまちがいない。俺は高校を卒業したら、おならで豆を食べている子供を探し出す犬を訓練する仕事について、あらゆる新聞、テレビに顔を出しますよ。だから今は早退させてくださいよ。

彼の母親が参観日にやってくる。息子に何もできず、息子の何が問題なのかもわかっていない。父親はケヴィンが四歳のときにいなくなったバカ野郎で、今はペンシルヴェニア州のスクラントンに、実験用のハツカネズミを育てている女性と一緒に住んでいる。ケヴィンはハツカネズミは好きだが、継母のことは好きじゃない。ハツカネズミに何かを突き刺したり、体重が増えたか減ったかを調べるためだけに解剖したりする人々にハツカネズミを売っているからだ。十歳のとき、継母を脅して追い回し、警察沙汰になった。今、母親は彼が授業中どんな様子か思いめぐらしている。何かを学んでいるだろうか？　先生は宿題を出してくれているだろうか？　というのも彼は家に教科書もノートも鉛筆も持って帰らないからだ。

僕は母親に、息子さんは生き生きとした想像力を持った頭のいい子だ、と言った。母親は、そうよ、クラスに頭のいい子がいて先生もよかったですわね、でも将来はどうなるんでしょう？　と言う。息子が軍隊に取られ、ヴェトナムで最期を迎えるのが心配なんです。モップのような赤毛で目立つもんだから、敵にとって格好の標的になってしまうわ。息子さんは軍隊には取られないと思いますよ、と言うと、怒ったように、どういうことですか？　と母親は言う、あの子はこの学校の誰よりも優秀なの。父親は一年間大学に行っていたし、いいですか、新聞だってちゃんと読んでいたんですよ。

彼は軍隊に向いていない、と言いたかっただけです。

うちのケヴィンは何だってできるんです。この学校の誰よりも優秀だから、もしあたしがあなただったら、そんな風に見くびったりはしません。

僕は彼に話をしようとするが、彼は無視し、聞いていないふりをする。カウンセラーの許にやると、彼はカウンセラーからの絶えず何かをさせよ、という短信を持って戻ってきた。黒板を消させ、黒板消しをきれいにしに地階に行かせよ。カウンセラーは、あいつを次の宇宙飛行士と一緒に宇宙へ行かせ、地球の周りをずっと回らせておけ、と言う。相談室ジョーク。

ケヴィンにすべてに責任を持つ、学級委員長に任命する、と言う。数分で雑用をこなした彼は、クラスのみんなに自分がどんなに速くやれるか見てくれ、と言う。ダニー・ガリーノが何をやったっていつも俺の方が速い、ケヴィン、放課後外で待ってろよ、と言うので、二人を引き離し、喧嘩をしないと約束させる。ケヴィンは早退したい、と言うが、そのあと撤回して、数分ごとに早退したがるこの教室の誰かさんのような赤ん坊と俺は違うぜ、と言う。

母親は彼を溺愛し、他の教師たちは彼に関わろうとせず、カウンセラーは無視し、僕は彼にどう接したらいいかわからない。

彼が戸棚の中に何百個もの水彩絵の具の小瓶を見つける。中身は干からびてひび割れている。彼は言う、何だ何だ、ああ、先生、瓶だ瓶だ、絵の具だ絵の具だ、俺のだ俺のだ。

オーケー、ケヴィン。綺麗にしたいか？　流しの近くのちょうどこの特別席にいていいぞ、もう自分の机に座る必要はない。

これは賭けだ。まじりけなく骨の折れる任務を与えられたと怒り出すかもしれない。

いいね、いいね。俺の瓶。俺のテーブル。フードを取ろう。

彼がフードを後ろに外すと、燃えるような赤毛が現れる。こんなにきれいな赤毛は見たことがないな、と言うと彼はニヤリとした。何時間も流しで働き、古い絵の具をスプーンで取り出し、大きな漬物の瓶に入れていく。蓋をゴシゴシこすり、棚に瓶を並べていく。学年末になってもまだ働いているが、まだ終わらない。夏休みの間はここに入れないぞ、と言うと、不満から大声で叫んだ。瓶を家に持って帰れないの？　頬が涙で濡れている。

わかったよ、ケヴィン。持って帰りなさい。

絵の具のついた極彩色の手で僕の肩に触れると、先生は世界で一番の最高の先生だ、と言う。もし先生に迷惑をかけるやつがいたら、そいつらをまかせてくれよ。教師を妨害するやつらの扱い方はわかっているからさ。

彼は何ダースというガラスの瓶を家に持って帰る。

九月に彼は戻らなかった。教育委員会の指導課の人たちが問題児のための特別学校に送ったのだ。彼は脱走し、しばらく父親のガレージでハツカネズミと暮らす。それから軍隊が彼を捕らえ、母親が学校に来て、ヴェトナムで彼が行方不明になったと知らせる。部屋の写真を見せてくれる。テーブルの上にMCCORT OKという文字の形にガラスの瓶が並べられている。

見てください、と母親が言う、あの子は自分を救ってくれた先生のことが好きでした。でも共産主義者に捕まったんです。教えてほしい、いったい何のためだったのか？ 粉々に吹き飛ばされた子供を持つすべての母親のことを考えてみてください。最悪《ジーザス》です、埋葬する指さえもないんですよ。一体あの国で何が起きているのか教えてくれませんか？ 誰一人聞いたことがありません。教えてくださいよ。一つの戦争が終わってもまた別の戦争が始まる。戦場に送らなくてもよい女の子を持つ親だったら運がいい、ということなんですか。

キャンヴァス地の鞄から、母親はケヴィンの干からびた絵の具でいっぱいになった大きな漬物瓶を取り出して言う、見てください。この瓶には虹の色がすべてあります。何だかわかりますか？自分の髪の毛を全部切って、それを絵の具と混ぜたんです。芸術品なんです、そうですよね？ あの子はこれを先生に持っていてもらいたいんだと思います。

ケヴィンの母親にもっと誠実に話すこともできた。息子さんのために僕はほとんど何もできませんでした。彼は魂の迷い子で自分の錨を下ろす場所を求めて彷徨《さまよ》っていました。でも僕は充分にわかっていませんでしたし、愛情を示すにはあまりにも内気でした。
その瓶は教卓の上にある。そこで光り輝き、熱を発している。ケヴィンの髪の毛の塊《かたまり》を見るたびに、学校を追い出し、ヴェトナムに行かせてしまったことを悔やむ。

僕の生徒たち、特に女の子はその瓶、本当にきれい、まるで芸術品ね、きっとものすごく手がかかっているのね、と言った。ケヴィンの話をすると、泣く子もいた。

教室のクリーニングをする用務員はその瓶がガラクタだと思って、地階のごみ箱に捨ててしまった。

食堂で同僚にケヴィンの話をすると、首を横に振って言った、とても残念なことだ。こういう生徒の中には割れ目からすべり落ちてしまう者がいる。だが、一体、教師に何ができるだろう？ 生徒の数は莫大で、時間はない、なにより我々は心理学者ではないんだ。

8

三十のとき、アルバータ・スモールと結婚した。そして、この世の中で出世し、尊敬を勝ち得、教員としての給料を上げる学位を取るために、ブルックリン・カレッジの英文学の修士課程に入学した。

単位取得のために、オリヴァー・セント・ジョン・ゴガティについて論文を書いた。彼は、医者にして詩人、劇作家、小説家、才人、陸上競技選手、オックスフォード大学の酒飲みチャンピオン、伝記作家、政治家、そして（短期間だが）ジェイムズ・ジョイスの友人、『ユリシーズ』ではバック・マリガンという名前で登場し、世界中で有名になり、永遠に名前を残すことになった。

論文のタイトルは「オリヴァー・セント・ジョン・ゴガティ：批評的研究」だが、この論文に批評的なところは全くない。ゴガティを選んだのはこの作家を敬愛しているからだ。彼の作品を読み論文を書けば、彼の魅力や才能、知識がきっと僕に受け継がれるだろう。その活力や洞察力、華やかな雰囲気を発展させられるかもしれない。彼はダブリン気質だった。彼みたいに颯爽《さっそう》とし、大酒飲みで、詩的なアイルランド人になれればいい、と思う。僕はニューヨーク気質になろう。一緒のテーブルの人たちを大笑いさせ、歌と話とでグリニッジ・ヴィレッジのバーを支配したい。ライオンズ・ヘッドではウィスキーを次から次へとあおり、華麗にふるまう勇気をつけようとした。バーテンダーは、ペースを落とされた方がいいですよ、と言った。友人たちは、お前の口から出る言葉は一言も理解できない、と言った。彼らは僕をバーから担ぎ出すとタクシーに押し込め、運転手に金を支払うと、ノンストップでブルックリンの家まで行ってくれ、と言った。ゴガティのような機知に富んだ会話をアルバータとしようとしたが、彼女はお願いだから静かにしてよ、と言うだけだった。ゴガティになろうとした僕の努力は、二日酔いで苦しみ、神様に膝を折って僕を召してくれ、とお願いするだけに終わった。

ジュリアン・ケイ教授は「ゴガティという主題とは矛盾する文体のくどさとまじめさ」にもかかわらず、論文を受け取ってくれた。

僕のブルックリン・カレッジでの最初にしてお気に入りの教授はイェイツ学者のモートン・アーヴィング・サイデンだった。蝶ネクタイをし、アングロ＝サクソン年代記、チョーサー、マシュー・アーノルドなどについて、頭の中で完全に整理されているから、三時間だって講義をすることができる。教室にいるのは講義をするため、空っぽの容器に知識を注入するためであり、もし質問があれば、研究室に会いに行く。授業時間を無駄にしないのだ。

コロンビア大学でイェイツに関する博士論文を書き、『嫌悪の逆説』という著書の中で、ユダヤ人の性欲に対する恐れは、ドイツにおける反ユダヤ主義が最大の原因だと論じている。

僕は通年科目で、ベーオウルフからヴァージニア・ウルフまで、戦士《ウォリアー》から悩む人《ウォリアー》までを扱う彼の英文学史を取った。教授は英文学がどのように発展し、それとともに英語がどのように発展したかを理解させようとしていた。医者が身体を学ぶように我々も文学を学ぶべきだ、と力説している。

彼の語るすべてのことが僕には新鮮で、これまで無知で有害な教育を受けてきたことが反対に一つの利点となった。英文学の知識は多少は持っていたが、サイデンの手にかかるとスリリングなものとなり、話は作家から作家へ、世紀から世紀へと転がっていき、チョーサー、ジョン・スケルトン、クリストファー・マーロウ、ジョン・ドライデン、啓蒙運動、ロマン派、ヴィクトリア朝などのところに来ると、じっくりと目をそそぐために立ち止まり、二十世紀になだれ込むのだが、そこでサイデンはアングロ゠サクソンから中世英語、現代英語への英語の発展を説明するために、それぞれの時代の文章を読み上げる。

そういった講義を聞いた後では、僕の知っていることを知らずに地下鉄に乗っている人々が哀れに思えてきた。早く教室に戻って、僕の生徒たちにこの何百年間でいかに英語が変化したかを教えてあげたくて仕方なかった。ベーオウルフから文章を読み上げてそれを証明しようとしたが、生徒たちから出た言葉は、何だよそりゃ、英語じゃないじゃん、バカにすんな、だった。

サイデンのエレガントなやり方を、未来の配管工や電気技師、自動車整備士の僕のクラスで真似てみたが、僕の話が面白くなくなった、というような目が僕に向けられるだけだった。

教授は教壇に登り、反論やあら探しを恐れずに、心行くまで講義できる。羨ましい人生だ。席に着け、ノートを開け、だめだ、早退届を持っていないだろう、などという必要がない。喧嘩を止める必要もない。課題は締め切りを守って出されるものだ。皆さん、言い訳は許されません、ここは高校ではありません。課題がこなせないようならば、その授業の単位を落とせばいい。言い訳というのは子供のためのものだ。

サイデンや一般の大学教授がうらやましかった。彼らは週に四、五コマ授業をすればいい。僕は週に二十五時間も教えている。教授には完全な権威がある。僕は権威を勝ち取らねばならない。妻に言った、大学教授のお気楽な生き方だってできるのに、どうして気分屋のティーンエージャー相手に格闘しなけりゃならないんだ？　教室をあのくつろいだ雰囲気でそぞろ歩き、ただ学生の存在にうなずき、講義は後ろの壁か窓の外の木に向かって行い、黒板には判読不能な記号を殴り書き、ディケンズの『荒涼館』におけるお金の象徴について七百字で述べよ、という次の課題を告知するのが喜びでなくて何だろうか？　不平不満も反論も言い訳もない。

アルバータは言った、ねえ、泣き言はやめて。ぐずぐず言ってないで、博士号を取りなさい。そうすればいい感じの小柄の大学教授になれるわ。幼稚な女子大生なら騙せるわよ。

アルバータが教員資格試験を受けたときに、レーネ・ダールバーグと出会い、家の夕食に呼んだ。彼女は靴を脱ぎ捨て、カウチに座ってワインを飲み、夫エドワードとの生活を語った。二人はマジョルカ島に住んでいたが、ときどきアメリカに戻り、スペインでの生活を維持するために教職で収入を得ていた。エドワードはとても有名なのよ、とアルバータは言ったが、僕は何も言わなかった。エドマンド・ウィルソンのプロレタリア作家についてのエッセイを読んだとき、一度彼の名前を見かけたことを覚えていただけだったからだ。レーネは夫が数か月スペインから戻っているから、と僕たちをお酒の席に招待してくれた。

出会ったときから僕はエドワード・ダールバーグという男が気に入らなかった。あるいは文人なるものに会うこと、アメリカ文学という社交界に自分が紹介されることに緊張していたのかもしれない。

アルバータと僕が訪ねて行った夜、彼は取り巻き連中に半円形に囲まれ、隅の窓辺のアームチェアーに深くもたれて座っていた。彼らは本について話をしていた。様々な作家について彼の意見を求めた。彼は手を横に振り、二十世紀の作家たちを自分を除いて切り捨てていった。ヘミングウェイは「赤ん坊の会話」、フォークナーは「戯言」。ジョイスの『ユリシーズ』は「ダブリンのクソの中のとぼとぼ歩き」。皆さん早く家に帰って、これからいう作家たちを読んでください、と要求した。セウトニアス、アナクサゴラス、サー・トーマス・ブラウン、ユシービアス、デザート・ファーザーズ、フレイビアス・ジョーセイファス、ランドルフ・ボーン、聞いたことのない名前ばかりだった。

レーネは僕を紹介した。こちらはアイルランド出身のフランク・マコートさん。高校で英語を教えているの。

僕は手を差し出したが、彼は握手しようとしない。えっ、君はまだ高校に通っている小僧なのかい？

何を言っていいのかわからなかった。失礼なクソ野郎にパンチをお見舞いしたかったが、黙っていた。彼は笑って、レーネに言った、ご友人は聾唖者に英語を教えているのかい？ダールバーグ家の中では、教えるということは女性だけのためのものだった。

困惑しながら席に戻った。

ダールバーグは禿げ頭に白髪が申し訳程度に張り付いている、でかい頭をしていた。片方の目は眼窩で死んでいて、もう一つの目が素早く動き、二つ分の働きをしていた。力強い鼻とセクシーな口髭、笑うと偽の白い歯がピカッと光った。

彼の話は終わっていなかった。片目を僕に向けた。我らの高校小僧は本を読むかね？　何を読む？

僕は最近読んだ本を頭の中で探し回った、彼が喜ぶような特別な本を。

ショーン・オケーシーの自伝を読んでいます。

彼は僕を一瞬怯《ひる》ませた。自分の顔を撫でて呻くようにショーン・オケーシー、と言った。願わくは一節を引用してくれないか。

僕の心臓は飛び上がり、早鐘を打った。半円形の取り巻き連中は待っていた。ダールバーグはいいだろ？　とでも言うように顔を上げた。僕の口はカラカラになった。ダールバーグが古典から引用したような素晴らしい文章に匹敵するオケーシーの文章を思いつかなかった。口ごもった、そうですね、ダブリンで育った彼の人生についての自然な描き方がとても好きです。

彼は取り巻き連中に笑いかけ、再び僕を苦しませた。僕に向かってうなずいた。自然な描き方、と我らのアイルランド人の友人はおっしゃる。いわゆる自然な描き方がお好きなら、公衆トイレの壁をじっとご覧になるのがいいでしょうな。

取り巻き連中が笑った。僕は顔が熱くなり、思わず言った、オケーシーはダブリンのスラム街から抜け出し、自分で人生を切り開いてきました。目がほとんど見えなかったんです。彼は……彼は……労働者のチャンピオンだ……あんたと同じくらいすごい文学者だ。世界中の人がショーン・オケーシーの名前は知っている。誰があんたの名前を知っているっていうんだ？

彼は当てつけのように取り巻き連中に向かって首を横に振って見せ、取り巻き連中は同意して首を振った。彼はレーネを呼んで言った、この高校小僧に私の目の前から消えるように、言ってくれ。素敵な奥様には残ってほしいが、この男は歓迎しない。

僕はレーネのあとについて寝室に行きコートを取った。迷惑をかけてすまない、と謝ったが、そんな自分を軽蔑した。が、レーネは下を向いて何も言わなかった。居間ではダールバーグがアルバータの肩を撫で、君は間違いなく素晴らしい教師だ、また来てほしい、と言っていた。

僕たちは黙ったままブルックリンまで地下鉄に乗った。僕は困乱し、なぜダールバーグがあのような態度を取る必要があったのかを考えていた。他国者《よそもの》を辱《はずかし》める必要があったのか？　それになぜ僕はそんなことに耐えなければならないのだろう？

壊れやすい卵の殻のように自分に自信がなかったからだ。彼は六十歳、僕は三十歳だった。未開の地からやってきたようなものだ。文学サークルでは全く落ち着けなかった。僕は深海から上がったばかりで、ダールバーグのところで文学者として名を上げる一群の取り巻き連中に仲間入りするには、あまりにも世間知らずだった。

動揺し、恥辱にまみれ、あの男には二度と会わない、と誓った。尊敬を得られない行き止まりのこの教育の仕事はやめ、アルバイトをしながら図書館で読書人生を過ごし、その手のパーティーに出かけ、引用し暗唱し、ダールバーグや取り巻き連中の趣味に負けない自分だけの趣味を持つのだ。レーネがまた僕たちを招待してくれたが、今回ダールバーグは礼儀正しく、僕の方も気と頭を使って彼に従い、助手の役割を演じた。彼は僕にいつも何を読んでいるかを訊くので、ギリシャ神話やローマ神話、キリスト教文学、ミゲル・デ・セルバンテス、バートンの『憂鬱の解剖』、エマソン、ソロー、そしてもちろんエドワード・ダールバーグを持ち出して秩序を乱さないようにした。日がな一日アームチェアーに深く身を沈め、ひたすら読書三昧の暮らし、あとはアルバータが夕食を出し、貧相な首筋をマッサージしてくれるのを待つ以外まるで何もしていないかのように。会話が暗く、危うくなりそうなときは、彼の本から引用すると、彼の顔は明るくなり、和らいだ。パーティーを主催し、至る所に敵を作る男がそんなに簡単にお世辞に乗せられるのは驚きだった。また自分が賢明にも彼を椅子に座ったまま怒らせないように戦略を打っているのも驚きだった。唇を噛んで、彼の悪口を受けいれることを学んだ。彼の知識教養が自分のためになる、と考えたからだ。

作家人生を生きている彼がうらやましかった。あまりにも臆病な僕にとっては挑戦してみたこともない夢だ。彼や、自分の道を進み、目標にしがみついている人には感嘆の念を覚えた。アメリカで様々な経験をしても、まだ移民としてやってきたばかりのような気がしていた。彼が作家人生の大変さを、毎日机に座る苦しさを嘆くと、僕は言いたくなった、おい、甘えるなよ、ダールバーグ。午前中の数時間をそこに座ってタイプライターを打ってりゃいいだけじゃないか。後の時間はレーネがうろつく中で読書して、自分に必要なことをやってりゃいいだけじゃないか。人生で大変な仕事に就いたことはないだろう。いつか百七十人のティーンエージャーを教えてみろ、そうすれば、おまえの文学生活がいかに柔《やわ》だったか気づくだろう。

カリフォルニアで七十七歳で死ぬまで彼とはときどきお目にかかった。僕を夕食に招いてくれるときには、雌犬を連れて来い、という指示があった。辞書によれば、雌犬とは尻軽女のことだ。彼が僕よりも僕の雌犬に興味を持っていることには気づいていた。彼から夏に田舎をドライヴして一緒に過ごそうと提案があったとき、彼が企んでいるのはアルバータとの情事だ、と分かっていた。頭のいい男は僕につまらない任務を押し付けて、自分は十字架から縄をほどき、滑り降りるつもりなのだろう。

ある土曜日の朝、夕食に招待しよう、と電話があった。その日の夜は忙しいです、と言うと、素晴らしきアイルランド人の友よ、それなら買ってきた食材をどうしたらいい？　と彼は訊いた。僕は言った、食べるんです。とにかく今、あなたのなすべきは食べることです。

充分な返答はなかったが、それが最後の言葉となった。彼からは二度と連絡はなかった。


マッキー校での八年間、毎年六月になるとニューヨーク州立大学共通試験の採点のために英語科教員は教室に集まった。マッキー校の学生の半数はなんとかこの試験に合格するが、残りの半数には救済が必要になる。五十点台後半で失敗した学生を合格に必要な六十五点までつり上げる。

選択問題に関しては僕たちは何もできない。答えは正解か不正解かのどちらかしかない。だが、文学や一般的な話題についての作文なら助けてあげられる。その生徒にこの学校に来たことで点数を与えよう。いいですね、でも一体どうやって？　その生徒はどこか別の場所にいたらトラブルに巻き込まれたり、人に迷惑をかけたりしているかもしれない。学校に来たこと、その無欲な市民としての行いに三点あげよう。彼の作文は読みやすいか？　もちろんです。さらに二、三点あげよう。

その生徒は授業中に先生方を困らせたことがありましたか？　そうですね、一度あったかもしれません。確かにありました、でもそのとき彼はきっと感情的になっていたんです。しかも父親は亡くなっています。ギャング団に挑み、トラブルに巻き込まれ、ゴワナス運河で最期を迎えた港湾労働者です。ゴワナスで死んだ父親のことでその生徒にさらに二点与えましょう。ここまで点数をアップさせてきましたが、ここまでですか？

その生徒はパラグラフが作れますか？　もちろんです。一字下げているか見てください。その生徒は一字下げの名人です。ここにはしっかり三つのパラグラフがあります。

パラグラフにはトピック・センテンスがありますか？　もちろん、最初の文章がトピック・センテンスだとおわかりになるでしょう。わかります、トピック・センテンスにさらに三点。それで今何点ですか？　六十三点？

彼はいい生徒ですか？　もちろんです。授業を手助けしてくれますか？　はい、彼は社会科の先生のために黒板消しをきれいにしました。廊下で会ったときも礼儀正しいですか？　いつもおはようございます、と挨拶します。これを見てください、自分の作文に“My Country; Right or Wrong.”というタイトルをつけています。なかなか立派じゃないですか？　作文のタイトルとしてはなかなか洗練されています。愛国的な話題を選んだことに三点、状況的にはコロンだとしてもセミコロンを使っているところに一点あげたらどうでしょう。それは本当にセミコロンか、あるいはハエがつけたしみか？　この学校にはコロンが存在することさえ知らない、あるいは気にかけない生徒もいます。教壇に立って、コロンとコロンの親戚のセミコロンの違いを説明しようとしたら、生徒たちは早退していいか、と言うでしょう。

もう三点あげましょう。彼はいい生徒で兄のスタンはヴェトナムにいます。父親は子供のときにポリオにかかり、以来車椅子の生活を余儀なくされています。わかりました、その子の車椅子の父親とヴェトナムの兄のために、ボーナスポイントをあげましょう。

これで彼は六十八点になりました。六十八点あれば、オールバニ校なら不合格になることはないでしょう。あそこではこのテストで合否を決めるはずですから。合衆国中から何千人も受験に来ますから、一つ一つの問題をじっくり見たりはしないでしょう。それに、疑問を発してきたら、我々教員は一致団結して我々の採点システムを擁護しましょう。
昼食にしましょう。

カウンセラーのビバスタイン氏は、生徒との間に問題が起こったら知らせるように、私が何とかするから、と言ってくれた。彼が言うには、この学校で新米教師はゴミかゴミ以下の扱いを受けてきた。だめになるか生き残れるか。

生徒との間に問題が起きても、彼に話したことはなかった。もし言ったら、こんな言葉が聞こえてきそうだからだ。おい、あの新米野郎のマコート、クソガキをカウンセラーのところに送りやがってよ、次は親父に電話だぜ、そんな野郎さ。ビバスタイン氏は、相談室に誰も送ってこないとは、君は生徒とうまくやってる素晴らしい先生に違いないな、と冗談を言った。アイルランド人の魅力に違いないとも言った。ルックスはそれほどじゃないが、女の子たちは君の訛りが大好きみたいだ。私にそう言っていたよ、だから大事にしろよ。

新しい組合、教員連盟でストライキを続けていたとき、ビバスタイン氏、トルフセン氏、美術教師のギルフィラン女史がスト破りをした。僕たちは彼らに呼び掛けた、ここから先には入らないでください。入るな。だが、彼らは入ってきた。ギルフィラン女史は泣いていた。スト破りをした先生たちは外でストをしていた教員よりも歳上だった。彼らは昔の教員連盟のメンバーだったのだろう。マッカーシーの魔女狩り時代につぶされた組合だ。僕たちが組合として認めてもらうためにストライキをしていたとしても、彼らはもう一度狩られたくなかったのだろう。

年配の先生方には申し訳なく思った。ストライキが終わったら、彼らに対してどやしつけたやり方を謝りたかった。少なくとも監視線では、他の学校とは違って、「非組合員」などと誰も大声でどなったりはしなかった。しかし、マッキー高校においても緊張と分断があり、スト破りをした人たちと友人でいられるかどうかわからなかった。教師になる前に僕はホテル労働組合、全米トラック運転手組合、国際港湾労働者連盟の人たちと監視線を守ったことがある。組合の指導者と話をしただけで、銀行をクビになった。脅されると、誰もそれを無視する勇気はなかった。スト破りしろよ、あんた、お前がどこに住んでるか知ってるんだぞ。子供がどこの学校にいるか知ってるんだぞ。

僕たちは教員連盟の監視線ではそんな言い方は決してしなかった。専門職だ。教師だし、大学を出ている。だが、ストライキが終わって以来、職員食堂で非組合員に対して口を利かなくなった。彼らは食堂の向こう側で固まって食事をしていた。そのうち彼らは誰一人食堂に来なくなり、教員連盟に忠実なメンバーだけでそこを独占した。

ビバスタイン氏は僕に対して廊下ではかろうじて目礼をしていたが、難しい生徒のことで援助を求めることはもうなかった。だからある日彼が僕を呼び止めてどなったときは驚いた。バーバラ・サドラーのことは一体どういうつもりだ？

何のことですか？

彼女は私の相談室に来て、君に大学に行くよう勧められた、と言っている。

その通りです。

その通りとは何だ？

彼女は大学に行くべきだ、という意味ですよ。

君に覚えておいてほしいことがある。ここは職業技術高校であって、大学のための進学校ではない。ここの生徒たちは就職するんだよ君、進学の準備はできていない。

教えている五クラスの中でバーバラ・サドラーは最も優秀な生徒の一人です、と僕は言った。作文も上手だし、本もよく読み、授業のディスカッションにも積極的に参加します。僕自身教員資格を持っていますが、高校教育をひとかけらも受けずに大学に行けたのだから、バーバラが大学進学を考えてもいいじゃないですか。彼女が美容師や秘書のようなものにならなきゃいけない、だなんて誰も言いませんよ。

マコート君、君が生徒が持つべきではない考えを教えるからだよ。この学校では現実的になる必要があるのに、君はクレイジーででたらめな考えを教えている。私は彼女にきちんと考えるように話をしなくてはならない。この件からは手を引いてくれるとありがたい。英語は君が教える、進路指導は私に任せてくれ。彼は背を向けて歩み去ったが、もう一度振り向いた。バーバラがブロンド美人だということが関係あるんじゃないだろうな？

何か嫌味なことを言ってやりたかった。非組合員が頭に浮かんだが、黙っていた。彼は僕から去っていき、それが僕たちが話をした最後になった。ストライキのせいだったのか、あるいは本当はバーバラのせいだったんじゃないのか？

彼は僕のメールボックスにグリーティング・カードを残していったが、そこには次のように書かれていた。「人間の能力は理解を超える。だが、理解できることを確かなものにした方がいい。見果てぬ夢を追いかけるな。敬具。ファーガス・ビバスタイン」

第二部

惨めな人

9

一九六六年、マッキー校での八年間の勤務の後、転勤のときが来た。毎日五クラスの注意力を維持するのにまだ苦労していた。もっともはっきりとわかっていることはあった。教室では自分のやり方を貫くべし。自分が何者かを知るべし。自分のスタイル、テクニックを伸ばすべし。本当のことを言うべし。さもないと見抜かれる。よお、先生よ、先週言ったことと違うじゃないか。美徳や高潔な道徳の問題ではない。

そして、さらば、マッキー職業技術高校。新しく手に入れた修士の資格で、僕はブルックリンのニューヨーク・コミュニティ・カレッジに移る。そこに勤めている友人のハーバート・ミラー教授が助手の仕事を見つけてくれた。大学のシステムの中では最下位の仕事だ。一日に五、六クラスではなく、週に五、六クラス教えればいい。残りは自由時間で天国にいるみたいだ。給料は高校教師の半分になる。だが学生は大人だ。授業に耳を傾け、尊敬を示してくれる。物を投げたりしない。授業の内容や宿題に反抗したり、文句を言ったりしない。また、僕のことを教授、と呼んでくれるので、何か偉い人になったような気がする。二コースを教える、文学入門と基礎英作文だ。

僕の学生たちは成人で、ほとんどが三十歳以下、街中の店や工場や事務所で働いていた。三十三人の消防士がいるクラスがあった。職場で昇進するために大学卒業の資格を取ろうとしていて、みんな白人でほとんどがアイルランド人だった。

ほかはほとんどが黒人かヒスパニック系だ。僕だってここの学生の一人になる可能性も十分あった。昼間働き、夜勉強する。生活指導の問題がないので、授業のやり方や内容を向上させる必要があった。ここでは席に着け、静かにしろ、などと言う必要はない。遅刻したらすみません、と言って、席に着く。最初の授業のとき、学生がぞろぞろ入ってきてきちんと席に着き講義を待っていたので、どうしたらいいかわからなかった。誰もトイレに行っていいですか、と訊いたりしない。誰も手を上げて、サンドイッチや本や座席を取られた、などと非難したりしない。授業から話題をそらすためのアイルランド一般について、特に僕の惨めな子供時代についての質問など、誰もしない。

ただ教室に行き、なんと、教えればいいのだ。

皆さん、脚注というのは情報の源を示すためにページの下に付けるものです。

手が上がる。

はい、フェルナンデスさん。

どうしてですか?

どうしてって何が?

私がもしニューヨーク・ジャイアンツについて書くとしたら、ただ『デイリーニューズ』で読んだ、と言っちゃいけないんですか?　どうしてですか?

フェルナンデスさん、これは論文です。だからどこで情報を得たかを、正確に、正確に示す必要があるんですよ、フェルナンデスさん。

わかりませんよ、教授、非常に面倒な気がします。私はただジャイアンツについて、どうして優勝できなかったかについてこの論文を書いているだけです。弁護士とかそういったものになるために勉強しているわけじゃないんですよ。

トーマス・フェルナンデス氏は二十九歳、ニューヨーク市で整備士として働いている。准学士の資格を取れば、昇進につながると思っている。妻と三人の子供がいて、授業中寝ていることがときどきある。いびきをかくと、他の学生が何とかしてくれ、という目で僕の方を見るので、彼の肩をたたいて、外で休憩を取るように言う。オーケー、と彼は言って教室を出たまま、その夜は戻ってこなかった。次の週は姿を見せなかった。そして戻ってきたときに、違う、病気じゃないです、と言った。アメフトの試合があって、ニュージャージーにいたのだ、もちろんジャイアンツだ。本拠地でのジャイアンツの試合はどうしても見なくてはならない。逃してはならない。この授業が月曜日にあるのは最悪ですよ、同じ夜にジャイアンツの本拠地での試合があるんですから。

最悪ですか、フェルナンデスさん？

そうですよ。知っての通り、一度に二つの場所にはいられませんからね。

でもフェルナンデスさん、ここは大学です。この授業は必修です。

そうですね、あなたの悩みはわかりますよ、先生、とフェルナンデス氏は言う。

僕の悩み？　僕の悩みなんですか、フェルナンデスさん？

ええ、あなたは私とジャイアンツのことで何かをしなければいけない。違いますか？

そうじゃないですよ、フェルナンデスさん。授業に出ないと、単位を落としますよ。

彼は、どうして僕がそんな変な言い方をするのか、理解しようとして僕のことをじっと見つめている。僕とクラスの学生に、自分がいかに全人生をかけてジャイアンツを追いかけてきたか、優勝を逃がしたシーズンにあっても見捨てなかったかを語る。誰一人尊敬してくれない。七歳の息子でさえ軽蔑している。ジャイアンツのことなどどうでもいい妻でさえ、彼に対する尊敬の念を失っている。

どうしてです、フェルナンデスさん？

簡単なことです、教授。私がジャイアンツのために費やした日曜も月曜も妻は家で私を待ち、子供の面倒を見、家事をすべてこなしました。ジャイアンツのプレーオフで、妻の母親の葬儀に行けなかったときでも許してくれましたよ。だから今になってジャイアンツを捨てる、なんて言ったら、今まで私がずっと家で待ちに待っていたのはいったい何のためだったの？　すべては無駄だったのねと妻は言うでしょう、そんな風に妻の信頼を失うでしょう。妻にはそういうところがあるからです。私がジャイアンツに関して譲らないように妻も自分の言っていることを決して曲げようとはしないんですよ。私の言うことがわかりますか？

バルバドス出身のロウィーナが発言する、こんな議論は授業時間の無駄です。どうして彼は大人になれないんでしょう。どうして月曜以外の夜の授業を取らないんですか？

他のクラスには欠員がなく、マコート先生はナイスガイだから、一日中働いたあと仕事帰りにアメフトの試合に行っても気にしないだろう、と聞いたからです。わかります？

バルバドス出身のロウィーナは、わからないわ、と言う。さっさと決断しなよ、このクソおやじ、乱暴な言葉を使って失礼。私たちも一日中きつい仕事をして来ているんです。でも授業中いびきをかいたりしませんし、アメフトの試合に駆け付けたりしません。採決しましょうよ。

教室中の顔がうなずく。そうだ、採決だ。三十三人がフェルナンデス氏はジャイアンツではなく、授業に出るべきだ、と言う。フェルナンデス氏は自分に投票する。何があってもジャイアンツだ。

その晩はジャイアンツの試合のテレビ中継があったが、彼はとても愛想良く授業の終わりまでいる。僕と握手をし、念を押すように言う、いやな気持ちではありません、先生は本当にナイスガイですね、でも我々にはみんな弱点があるんですよね。

フレディ・ベルは気品のある黒人の若者だ。エイブラハム&ストラウス・デパートの紳士服売り場で働いていた。僕がジャケットを選ぶのを手伝ってくれて、普通の教師と学生の関係とは違う様相を呈してきた。そうです、僕は先生のクラスの学生ですが、あなたがジャケットを選ぶのを手伝いました。辞書や類義語辞典から拾ってきた、大げさなあまり使われない言葉を用いて、華麗な文体で文章を綴るのが好きだった。僕が彼の作文に「簡潔に、簡潔に（ソロー）」と書くと、このソローって何者？　どうして赤ん坊のように書きたい人なんかいるんですか、と言った。

フレディ、君の文章を読む人の中には明快さを好む人もいるからだよ。明快さだよ、フレディ、明快さだ。

彼は同意しなかった。高校のときの英語の先生が彼に英語は輝かしい楽器だ、と言ったそうだ。この巨大な楽器をどうして利用しようとしないんだ？　すべての休符を抜くんだ、言ってみれば。

フレディ、君の書いている文章は正確さに欠け、無理があり、不自然なんだ。

言うべきことではなかった、特に三十人もの仲間の学生が見て聞いているところでは。彼の顔は凍り付き、彼を失ったと思った。それは、その学期の残りの期間、クラスの中に敵意を持つ者がいる、ということであり、この成人学生の世界で、自分のやり方で授業を進めようとしても、気分がくじけるような見通ししかないということだ。

彼は言葉を使って報復した。作文はさらに手の込んだ、こじつけたものになっていき、評価をAからBマイナスに落とした。とうとう彼はどうしてそんな評価なのか、説明を求めてきた。その作文をかつての英語の先生に見せたところ、どうしてAプラス以下の評価がつくのかまったく理解できない、と言ったそうだ。言葉遣い、語彙、意味のレベルを見るべきだ。変化に富み、洗練され、複雑な文章構造を見るべきだ。

僕たちは廊下で向き合っていた。彼はあきらめなかった。彼は言った、新しい言葉を調べ、一生懸命授業に取り組みました、先生がありふれた言葉で退屈しないようにね。かつての英語の先生は、何マイルもの生徒の作文を読んで、個性的な考えや新鮮な語彙に出会えないのは最悪だ、と言っていました。その先生は、マコート先生は僕の努力を評価し、それに応じた評価を与えるべきだ、と言っています。単に新しい領域に入る冒険をした、可能性を限界まで追求した、ということだけでも評価すべきだと。また、とフレディは続けた。僕は学費のために夜、バイトをして、自分の力で大学に通っているんです。それがどういうことかおわかりでしょう、マコート先生。

それと君の作文と何の関係があるのかね。

それに、この社会は黒人にとって楽じゃありません。

待ってくれ、フレディ、この社会では人種が何であれ生きることは楽じゃない。わかった。Aがほしいんだろ？　あげるよ。頑固者だと非難されたくない。

いや、やけになって、僕が黒人だからという理由でAをほしくはありません。それに値するからほしいんです。

僕は背を向けて歩き始めた。後ろから彼が声をかけてきた。おーい、マコート先生、ありがとう。あなたの授業は好きでした。変な授業だったけど、先生のような先生になら、自分もなれるかもしれない、と思いました。


僕は論文提出が必須のコースを教えている。学生たちはテーマを選び、基本調査に取り組み、索引カードを作ることができるようにならなければならない。指導者がその資料の出所をつきとめ、主要な文献と補遺の文献に関して学問的な脚注を付け、参考文献が作成できるように。

学生たちを図書館に連れて行くと、感じの良い熱心な図書館員が情報の探し方、調査道具の使い方を教えてくれる。彼らは彼女の話を聞き、お互いに顔を見合わせ、スペイン語やフランス語でこそこそ話をしている。だが質問があるんですか、と訊くとただじっと見つめているだけで、役に立ちたいと思っている図書館員を困らせている。

僕が調査の基本的な考え方を説明する。

まずテーマを選ぶ。

何ですか、テーマって?

興味のあることを考えるんだ、それは君たちや一般の人々の頭を悩ませている問題かもしれない。資本主義、宗教、堕胎、子供、政治、教育について書けるだろう。ハイチやキューバ出身の者がいる。立派なテーマになる。ヴードゥー教やピッグス湾〔キューバ南部の湾。一九六一年アメリカに支援された反カストロ軍がこの地で上陸を企てたが失敗した〕についても書けるだろう。たとえば、自分の国のある側面や人権について考えることもできる。調査をちょっとしたら、その後賛否両方の意見について考え、結論を出す。

すみません、教授、賛否って何でしょうか？

賛が賛成、否が反対だよ。

ああ。

ああ、という返事は僕が話していることについて何の考えも持っていない、ということだ。僕は話を前に戻し、別の角度から攻めなくてはならない。彼らに死刑に関してどういう立場をとるか、と尋ねる。表情は、どういう立場を主張すべきかわからない、と語っている。僕の話していることがわからないからだ。

死刑というのは絞首刑や電気椅子、ガス、射殺、鉄環絞首刑で人を処刑することだ。

鉄環絞首刑って何ですか？

主にスペインで行われている絞首刑だ。

彼らは黒板に書いてほしい、と言う。彼らはノートに汚い字で写している。もし授業がだらだらしたら、ただちにさまざまな処刑方法に話を持っていこう、と心に留める。

ハイチ出身のヴィヴィアンが手を挙げる。鉄環絞首刑なんて間違っています、そんな処刑方法は。でも他の処刑方法は構わないと思います。赤ちゃん殺しについてなら、そうね、堕胎ね。射殺されるべきだわ。

いいだろう、ヴィヴィアン。君の論文にそれを書いたらどうだね？

私の？　私の言っていることを書くの？　私が言っていることを誰が気にかけるっていうの？

私は取るに足らない人間よ、教授。何者でもないわ。

みんな無表情だ。理解できないのだ。どうやってわかってもらおう？　いったいどうなっているんだ？　誰だって自分の意見を表明する権利がある、ということを誰も彼らに教えてこなかったのだ。

彼らは授業中に大きな声を出すことは恥ずかしがらない。だが、紙の上に言葉を書くことは危険な一歩なのだ、特にスペイン語やフランス語で育った人にとっては。そもそも論文に取り組む時間などない。手のかかる子供がいる、仕事もある、ハイチやキューバの家族にお金を送らねばならない。教授にとってみれば課題を与えるのは簡単だが、学校から一歩出るとそこには別の世界があり、神様は一日に二十四時間しか与えてくれないのだ。

授業時間は残り十分、学生には、図書館を自由に見て回っていい、と告げる。だが誰も動こうとしない。もはやささやくこともしない。冬のコートを着て座っているだけだ。本の袋を抱え、授業が終わるまさにその瞬間を待っている。

廊下で、友人であり、ベテラン教授でもあるハーバート・ミラーに、このクラスが抱えている問題を話す。彼は言う、彼らは昼も夜も働いている。それから授業に来る。椅子に座り、耳を傾け、ベストを尽くす。入学事務局は彼らを入学させておいて、教員には奇跡を起こすか殺し屋になってもらいたがっている。私は幹部のために用心棒になる気はないがね。論文？　くだらない新聞を読むのにもまだ苦労しているのに、どうして論文が書けるっていうんだ？

クラスはミラーの言うことに同意するだろう。うなずいて言うだろう、そうだ、そうだ。私たちは何者でもない。

クラスの人間、十八歳から六十二歳までの大人、誰もが自分の意見など意味がない、と思っている、こういった人たちがいることを僕は知っておくべきだった。この世の中にメディアが伝える情報はあふれかえっているというのに、誰も彼らに自分の考えを持つ権利を教えてこなかったのだ。

僕は彼らに言った、君たちには自分の考えを持つ権利がある。

教室には沈黙。僕は言った、僕の言うことすべてを理解する必要はない。僕以外の誰かが言うことだってそうだ。質問をすることができる。僕が答えられなければ、図書館で調べて学校で話し合うこともできる。

彼らは顔を見合わせている。何だって。あの男はおかしなことを言っている。教師の言うことを信じなくてもいいだと。先生、私たちは単位を取るために、英語を勉強するためにここに来ているんですよ。卒業したいんです。

僕は「偉大なる解放教師」になりたかった。彼らを事務所や工場の何日にもわたる苦役から立ち上がらせ、足枷を捨てる手助けをし、山頂に連れて行き、自由な空気を吸わせる。心が御託から自由になれば、僕のことを救世主だと思うだろう。

このクラスの人間にとって、人生は充分に厳しいものだった。これまでに考えるということについて説教したり、質問攻めにしたりするような英語教師もいなかった。

先生、私たちはただこの学校を終えたいんです。

論文は盗用のオンパレード、百科事典から引用したパパ・ドク・デュヴァリエ〔ハイチの大統領、フランソワ・デュヴァリエの通称。パパの愛称で親しまれ、医師から大統領に当選したが、就任後は独裁者となった〕やフィデル・カストロが題材になった。ヴィヴィアンのトゥーサン・ルーヴェルチュール〔ハイチの革命指導者でハイチ建国の父の一人とされる。十八世紀後半、フランスからの独立と奴隷制廃止を目指す」論は英語とハイチ風のフランス語の入り混じった言葉で漫然と十七ページにわたって述べられている。コピーとタイプの労力に対して評価はBプラスを与えた。トゥーサンは自分の考えで行動し、そのために苦しみました。ヴィヴィアン、君も彼を手本に生きてもらいたいと願っています、ただし苦しんだ部分は除いて、という趣旨のコメントを表紙に書いて、僕の名誉を挽回しようとした。

僕は論文を返すときには、前向きなコメントをして、書いた人がその課題をさらに深められるよう励ました。

僕は自分自身に語りかけていた。年度の最後の授業だというのに学生たちは時計ばかり見ていて、僕を無視している。地下鉄へ道を歩きながら、落ち込み、学生たちと良い関係を築けなかったことで自分に腹を立てていた。クラスの女性四人が地下鉄の駅で列車を待っていた。彼女たちは微笑むと、先生はマンハッタンに住んでいるんですかと訊いた。

いや。ブルックリンから二駅だ。

そのあと言葉が続かなかった。会話が成立しない。教授からは冗談も出ない。

ヴィヴィアンが言った、評価を下さってありがとうございます、マコート先生。私が英語で取った最高の評価です。あと、そう、先生は結構いい先生です。

他の学生たちもうなずき、微笑んだ。ただの社交辞令とわかっていた。列車が来ると、彼女たちは、では失礼します、と言って、足早に列車に乗り込んだ。

僕の大学教員のキャリアは一年で終わりを告げた。教務課長が、君の今の仕事は競争が激しく、博士号を持った人間の応募が殺到している、規則は緩和しているが、もしこのまま大学に残りたいのならば、博士課程レベルの資格を取ろうとしていることを証明する必要がある、と言った。僕は、求めていません、と言った。

それでは申し訳ないが、と課長は言った。

わかりました、別の高校に職を探します、と僕は言った。

アルバータは、あなたは人生においてすべて中途半端ね、と言い、僕は彼女の洞察力の鋭さを讃えた。皮肉はよしてよ、と彼女は言った。結婚して六年、あなたのしたことといえば学校を移っただけ。今すぐに腰を落ち着けないと、たちまち四十歳、まだ人生の行き先を案じている。彼女は、僕たちの周りにいる人たちの話をした、幸福な結婚、有意義な人生を送り、腰を落ち着け、満足して、子供を持ち、大人の関係を築き、未来を見据え、素敵な休暇を過ごし、倶楽部に入り、ゴルフを始め、共にいい歳の取り方をし、親戚を訪ね、孫を夢見、教会に寄付し、引退を考えている人たち。

彼女の意見に同意はしたが、認めるわけにはいかなかった。人生とアメリカに関して彼女に自説を披露した。人生は冒険であり、たぶん自分は間違った時代に生きている、と言った。幌馬車の時代に生きていればよかった。西部劇に出てくる隊長――ジョン・ウェイン、ランドルフ・スコット、ジョエル・マクリー――が鞭を鳴らし、走れ、と叫ぶ。スタジオのオーケストラは歓喜から恍惚へと至り、五十丁のバイオリンが大草原を愛でる心で膨《ふく》れあがり、純粋な幌馬車隊の音楽を奏で、バイオリンとバンジョーが、むせび泣くハーモニカを呼び込む。幌馬車を率いる男たちはドードードードーと馬をあやし、馬や雄牛を連れ歩く男たちに付き添う手綱を握る妻たちのうち、何人かは身ごもっているのが見て取れる。そして、そう、以前に観たことがあるから知っているのだが、残忍なアパッチ族、スー族、シャイアン族の来襲のさなかに子供は生まれるのだ。彼らは馬車で円陣を組み、妊娠中の良き白人女性を脅しているあのどでかい勇者たちと戦う。それでも馬上のインディアンは羽根飾りが素晴らしい。知っての通り、あのインディアンたちは追い払われる。白人の男、女、子供、妊娠中の女性までもが一丸となってライフル銃や拳銃の火をふかせ、のし棒やフライパンを振り回し、厄介な褐色のインディアンたちを打ち負かすのだ。かくして幌馬車隊は再び旅をつづけ、白人は荒野の大陸を征服し、アメリカの領土拡大はイナゴや干ばつ、ロッキー山脈、アワワワアパッチ族に止められることはない。

これが僕の大好きなアメリカの歴史なんだ、と言うと、あら、それなら幌馬車に就職しなさいよ、勝手にしたら、と彼女は言った。僕がディラン・トマスの一節、仕事は尊厳のない死である、とすぐに言い返すと、尊厳は得られても、妻を失うわ、と彼女は言った。この結婚の将来にほとんど希望はないわね。

服飾産業高校の学科長は僕のことが好きではなかったが、教員が不足している上に、誰も職業高校では教えたがらないので、マッキー職業技術高校での経験がある僕に仕事の話が来た。学科長は自分の机の後ろに座っていたが、差し出した僕の手を無視した。精力的に学科経営をしている、と言った。ただならぬエネルギーと決意を示すためにボクサーのように肩を回した。服飾産業高校の生徒たちは勉強が得意というわけではないが、仕立てや裁断、靴づくりや室内装飾などの有益な仕事を学ぶ品位ある生徒たちで、いやあ、そのことが悪いはずありませんよね、そうですよね？　この社会の価値ある一員となるだろうし、職業高校の生徒だからと言って見下すような間違いを犯さないように。

僕は職業高校で八年間教えたばかりです、誰かを見下すなど、考えたこともありません、と彼に言った。

そうですか。どちらの学校で？

スタテン島のマッキーです。

彼は鼻で笑った。そうですか、あまり評判がよろしくないようですな？

僕はこの仕事を欲していたので、彼を怒らせたくはなかった。もし教育について何か知っているとしたら、僕はそれをマッキーで学びました、と言った。わかります、と彼は言った。彼に対して、こんな仕事クソ喰らえだ、と言ってやりたかったが、それでは教師生命の終わりになるだろう。

僕の未来がこの学校にないことは明らかだった。学校制度の中のどこかに僕の居場所はあるのだろうか。彼は、この学科に在籍する四人の教師が管理職や行政職のコースにいて、近いうちにこの街の学校で高い地位に就くことは間違いないでしょう、と言った。

ここで油を売っていても仕方ない、話を進めましょう、と彼は言った。あなたの長期展望の目標はどのようなものですか？

わかりません。ただ教師になるためにここに来たんだと思います、と僕は言った。

彼は首を横に振った、僕の野心の欠如が理解できなかったのだ。僕は精力的ではなかった。彼のおかげで、この学校で教えている四人の教師が出世街道を歩んでいる。そう彼は言った。権力の廊下を渡り歩いていて、どうやって生徒たちと教室で過ごせるのだろう？

一瞬勇気を出して、僕は彼に尋ねた、みんなが出世を望んだとしたら、誰が子供たちを教えるんですか？

彼は僕を無視し、唇のない口でほんの少し笑って見せた。

僕は一学期間、九月から一月まで、彼に追い出されるまで、この学校で教師を続けた。靴紐や丸めた問題集が原因だったのかもしれないし、僕の活力不足、野心不足のせいだったのかもしれない。それでも彼は、僕が視覚教材としてボールペンを使った品詞の授業に関して、学科会議でほめてくれた。


これはインクが入っているプラスチックの芯だ。この芯をボールペンから外したらどうなるかな？

そんなくだらない質問をするのが信じられない、という表情で生徒たちは僕を見ている。センセイ、書くことができなくなります。

そうだ。じゃ、今僕がこの手に持っているものは何だ？

再び忍耐の目つき。ばね《スプリング》ですよ、センセイ。

それじゃ、このばねを外したらどうなるかな？

インクの芯を出そうとしても書けない。何かを書くときにいつも、その芯を押し出すことで、ペン先がちょっと出るようにしてくれるばねがないからだ。そうなると君たちは大いに困るな。宿題ができないし、担当の先生は君たちが、ばねやインクの芯を無くした、と言いに来たら、頭がおかしくなったと思うだろう。

さて、板書を見てほしい。"The spring makes the pen work."（ばねがペンを書けるようにする）この文章の主語は何かな？　別の言葉で言おう、この文章は何について語っているのだろう？

The pen です。

いや、違う。この文には動作を表す言葉がある。動詞と呼ばれるものだ。それはどれだ？

わかった。The spring です。

いや、違う、そうじゃない。The spring は物だ。

そう、そう。ばねは物だった。センセイ。これは詩ですね。

それでは、ばねは何をする？

ペンを書けるようにします。

その通り。ばねが動作を行うんだ。つまり僕たちはばねについて語っている、そうだろ？

生徒たちは疑いの目つきだ。

The pen makes the spring work（ペンがばねを動かす）というとしたら、この文は正しいか？

いいえ。正しくは、The spring makes the pen work です。誰だってわかりますよ。

それでは動作を表す言葉は？

Makes です。

その通り。ではその動作を表す言葉を動かしている言葉は？

Spring です。

これでボールペンが文と同じ働きをしていることがわかっただろう。ペンは書けるようにしてくれるものが必要だ。動きを表す言葉、動詞が必要なんだ。わかったかな？

生徒たちはわかった、と言った。学科長は教室の後ろでメモを取っていたが、困惑した表情だ。授業見学後の会議で彼は、ペンの構造と文の構造を君が関係づけていることはわかる、と言った。生徒にうまく伝わっているかどうかはわからないが、それでも想像力に富み、斬新な授業だ。もっと年上の英語教師がやる場合には、手を加えるだろうが、ちょっと気の利いた思いつきだな、と彼はへへへと笑いながら言った。

ある朝、靴紐を結んでいると切れた。クソ。

アルバータが枕元からつぶやいた、どうかした？

靴紐を切った。

いつも靴紐を切ってばかりね。

いや、いつも切っているわけじゃない。何年も切ったことはなかった。

結ぼうとしなければ、切れないわよ。

いったい何を言っているんだ？　この靴紐は一年間、雨の日も風の日も使ってきた、切れて当然だ。君が書きもの机の引き出しが開かないとき、無理やり開けようとするように僕は紐を結んでいる。

私は書きもの机の引き出しを無理に開けようとなんてしないわよ。

いや、しているよ。まるで引き出しが敵ででもあるかのように、ピューリタンのヤンキーの怒り方だ。

少なくとも私は壊していないわ。

いや、無理に引っ張るから、永遠に開かなくなっている。ゆがみを直すのには大工職人に一財産払わないとな。

こんな安物の家具じゃなければ、引き出しで苦労することもないのよ。まったく、アイルランド人とは結婚しない方がいい、と警告してくれた友人のアドバイスを聞くべきだったわ。

夫婦喧嘩ではどうしたって勝てっこない。妻は、この場合は靴紐と、机の引き出しだが、決して話題に固執しない。そう、彼女は、被告人に処刑を宣告する前に下す審判であるアイルランドの話に持ち込むのだった。

頭に来たまま学校に向かった、教えたり、うまく言いくるめる気分じゃなかった。おい、スタン、席に着け、ジョアンナ、化粧を止めなさい。聞いているのか？『実用英語』の問題集を開くんだ、九ページだ、単語の問題がある、カッコ内に適語を入れよ、あとで答え合わせをしよう。

生徒たちは言った、わかった、わかった、先生を困らせないようにしようぜ。問題集を一ページが一トンの重さがあるかのように持ち上げる。わざとゆっくりやっているのだ。九ページを開けることは大ごとだ。その前に前後左右の友人と話すことがある。昨夜見たテレビの話かもしれない。おい、びっくりだよ、知ってるか、ミリアム、そうさ、デッサンのクラスの女の子、妊娠してるんだって、知ってたか？　いや知らないよ。ほんとか！　親父は誰だ？　信じられないぞ。絶対言うなよ。新米の社会の先生さ。ほんとか？　あいつはホモだと思ってたのに。いや、腹をふくらませたんだろ。

問題集の九ページを開けてくれないか？

授業が始まって十五分経っていたが、生徒たちはまだ鉛のページを持ち上げている。ヘクター、問題集の九ページを開けなさい。

彼の髪の色は黒く縮れてはいない、細面でかなり顔色が悪かった。僕の声が聞こえていないかのようにまっすぐ前をにらんでいた。

ヘクター。問題集を開けろ。

首を横に振った。

僕は彼のところに『実用英語』の問題集を丸めて持って、歩いて行った。ヘクター、問題集だ。開け。

また首を横に振った。問題集で彼の顔をひっぱたいた。白い頬に赤い跡がついた。彼は立ち上がった。死ね、と涙声で言った。ドアに向かい、僕は後ろから声をかけた。座るんだ、ヘクター、だが行ってしまった。後を追いかけ、謝りたかったが、彼を行かせてしまった。彼が少し頭を冷やし、僕が心を鎮めれば、彼に話ができるかもしれない。

僕は問題集を教卓に落とし、授業の残りの時間をヘクターのように前を見つめて座っていた。クラスの生徒は九ページを開けるふりさえしなかった。僕を見、お互いを見、窓の外を見、黙っていた。

彼らに話すべきだろうか、いかに謝りたいと思っているか言うべきだろうか？　いやいや。教師たるもの自分の過ちを告白したりするものではない。教師たるもの自分が知らないことを認めるべきではない。チャイムが鳴るのを待った。生徒たちが片づけ始めると、ヘクターの隣りに座っているソフィアという女子生徒が言った、あんなことするべきじゃなかった。先生はいい人だけど、あんなことはするべきじゃなかったわ。ヘクターもいい奴よ。ヘクター。悩みを山ほど抱えているのに、先生はさらに彼の悩みを増やしてしまったわ。

今やクラスの生徒は僕を嫌っている、特にヘクターのグループ、キューバ人たちが。キューバ人はクラスで最大の民族集団で十三人いた。自分たちは他のスペイン語を話すグループよりも優れていると考えていて、毎週金曜日には、他のグループ、特にプエルトリコ人と間違われないように、白いワイシャツ、青いネクタイ、黒いズボンを身に付けてきた。

まだ九月の中頃で、キューバ人を取り戻す手立てが見つからなければ、一月の前期の終わりまで僕の人生は悲惨なものになるだろう。

昼食時にカウンセラーが僕のテーブルにトレイを持ってやってきた。ハイ。ヘクターとの間に何があったんだい？

僕は事情を話した。

彼はうなずいた。最悪だな。民族的なことがあるからあえてヘクターを君のクラスに入れたんだが。

民族的なことって？　彼はキューバ人、僕はアイルランド人だよ。

ヘクターは半分しかキューバ人じゃない。母親の名前はコンシダイン〔アイルランド人によく見られる名前〕だが、ヘクターはそれを恥ずかしく思っている。

それじゃ、何で僕のクラスに入れたんだ？

俗な歌の歌詞みたいだが、母親はハバナの高級娼婦だった。彼はアイルランド人について疑問を持っていて、君のクラスになれば答えが出るかもしれない、と思ったんだ。しかも、ジェンダーの問題を抱えている。

僕には普通の男の子に見えるがね。

そうだよ、だけど……わかるだろ。ホモセクシュアルなんだ。今やヘクターは君がホモセクシュアル嫌いだ、と思っている。大いに結構、俺は全てのアイルランド人を嫌い、キューバ人の友達もみんな、全てのアイルランド人を嫌うだろう、と言っている。いや、これは正しくないな。彼にはキューバ人の友達はいない。友達は彼をホモ、と呼んで遠ざけている。家族も彼のことを恥じている。

まったくひどい話だ。ヘクターは僕を無視し、問題集を開こうとしなかった、それだけだ。性や民族の争いごとに巻き込まれたくない。

メルヴィンが相談室でヘクターに会ってほしい、と言った。

ヘクター、マコート先生は君とわかり合いたいんだ。

マコートが何をしたいかなんて知るか。アイルランド人と一緒のクラスにいたくない。奴らは酔っ払いで、理由もなく人を殴る。

ヘクター、僕は何度も言ったのに、君は問題集を開かなかった。

彼は冷たい黒い目で僕をにらんだ。それなら問題集を開かないと教師は顔を殴るのか? まったく、お前なんか教師でも何でもねえ。おふくろは教師だったんだ。

君の母親は……もう少しでそのことを言いそうになったが、ヘクターはいなくなっていた。置き去りにされたのは二度目だ。メルヴィンが首を横に振り、肩をすくめたので、服飾産業高校における僕の日々は終わった、と思った。メルヴィンはヘクターが体罰のことを裁判沙汰にするかもしれない、そうなると君は「非常に困ったことになる」と言った。冗談めかしてこんなことも言った。

生徒を殴りたいのなら、カトリックの学校に職を得るべきだ。お偉い司祭や修道士、修道女でさえいまだに生徒をひっぱたいている。彼らと一緒ならもっと楽しくやれるかもしれないぞ。

もちろん学科長は僕とヘクターのトラブルを耳にしていた。学期の終わりまで何も言わなかったが、学期が終わると、来学期は君の仕事はない、という手紙が僕のメールボックスの中に入っていた。元気でやってくれ、喜んで良い評価を与える、と言ってくれた。廊下で彼に会ったとき、良い評価ということに関しては、ちょっとばかり事実をねじ曲げたがね、へへへと笑った。それでもこれからも教師を続けていれば、良い教師になれるかもしれない。見たところ、君はたまにだが、教育の鉱脈を掘り当てるからね。学科長は微笑んだ。気の利いた言い回しが好きらしい。僕がボールペンを壊して文の構造を説明した授業で、助言をくれたときもそうだった。そうさ、僕は教育の鉱脈を掘り当てたんだ。

10

アルバータが自分の出身校、ロワー・イースト・サイドのスーアドパーク高校で教員を募集している、と言った。本館は人手が足りていて、僕は別館に割り当てられた。イースト・リヴァー沿いの廃校になった小学校だ。僕のティーンエージャーたちは、大きくなった身体を児童用の机椅子に押し込めなくてはならない不快さと屈辱に文句たらたらだった。

この学校は人種のるつぼだ。ユダヤ人、中国人、プエルトリコ人、ギリシャ人。ドミニカ人、ロシア人、イタリア人、そして僕は第二言語としての英語教育法の準備も訓練もしていなかった。

高校生はクールでいたがる。両親や一般の大人のいうことは気に掛けない。街をブラつき、ストリートの言葉をしゃべりたがる。堂々とののしりたがる。悪態をつき、暴言を吐く、それこそ男、男らしいってもんだ。

もし街をブラついていて、セクシーな白人の女の子が歩道をやってきて、君はすごくクールな奴に見えるとしよう。だが、なんと、一語も言葉が出て来なかったり、バカみたいな外国訛りがあったりしたら、彼女は一瞥もくれないだろう。家に帰って、やれやれ、自分で自分を慰めて悶々としてるしかない。英語は合理性のない厄介な言語で、勉強して身に付くものではないからだ。アメリカにいるのなら、気合いを入れて身に付けるしかないんだ。

だから、先生よ、気取った英文学は忘れて、ここでは基礎に徹せよ。c-a-t は猫に戻るんだ。スピーチをするときのようにゆっくり、ゆっくりとしゃべるんだ。

チャイムが鳴り、僕は教室の喧騒を聞いている。

すまないが。

生徒は僕を無視しているか、または、僕の穏やかな要求を理解していない。

もう一度言う。すまないが。

大柄で赤毛のドミニカの少年が僕の目を捕らえる。先生、助けてほしいかい？

彼が自分の机の上に上がると、みんなが囃し立てる。というのは机の上に上がることは校則で厳しく禁じられているからだ。さりながら、ここに教師の目の前で校則に反抗する赤毛のオスカーがいる。

おい、とオスカーが言う。俺を見ろ。

見ろのコーラス。見ろ、見ろ、見ろ、　見ろ、見ろ。ついにオスカーが手を挙げて、叫ぶ。おい、静かにしろ。先生の言うことを聞け。

ありがとう、オスカー、でも机からは下りてくれるかな？

手を貸してくれ。ところで、先生、名前は？

黒板に名前を書く、MR. McCOURT. そして発音する。

先生はユダヤ人？

いや、違う。

この学校の先生はみんなユダヤ人だ。どうしてユダヤ人じゃないんだ？

わからないな。

生徒たちは驚いたようだ。ショックを受けているものもいる。驚きの表情が教室を駆け巡る。その表情は語っている、ミゲル、聞いたか？　あの先生、わからないだってよ。

ワクワクする瞬間だ。教師がわからないと告白し、クラスの生徒はショックを受けて黙り込む。仮面を外していいんだ、先生よ、何て安らぎだ。もう「すべてを知っている人間」のふりをしなくてよい。

何年か早かったら、僕も彼らの一人だっただろう。押し合いへし合いする集団の一部だ。これこそ僕にとって心安らぐ移民の階級だ。僕は英語は知ってはいるが、彼らの困惑からそう遠くにいるわけではない。社会の階層のどん底だ。僕は教師の仮面を外し、机の間を歩き、生徒と一緒に座って、家族のことや祖国がどんなところかを訊き、自分のことを、これまでの紆余曲折の日々を、仮面の下にどのように長年自分を隠してきたかを、実は今も隠していることを、セクシーな白人の娘を上手にナンパできるくらいクールに英語が話せるようになるまで、どのように出自の扉に鍵をかけ、出自の世界を締め出そうとしていたかを語る。

いいじゃないか。

あらゆる大陸からやって来たこの生徒たちの集まり、あらゆる色と形の顔、さまざまな神、こうした楽園に目を向ける。ヨーロッパで見たことのないくらいに黒く輝いているアジア人の髪。ヒスパニック系少年少女の大きな茶色の目。内気な者、がさつな者、カッコつける少年たち、しとやかな少女たち。

ナンシー・チューがその日の最後の授業のあと話があると言う。彼女は自分の机に座り、教室が空っぽになるのを待つ。記憶では、彼女は高校二年の後期に僕のクラスにいたはずだ。

中国から来て三年です。

君の英語はとても素晴らしいよ、ナンシー。

ありがとうございます。英語はフレッド・アステアから学びました。

フレッド・アステア？

アステアの映画なら全部、歌も全部知っています。お気に入りは『トップ・ハット』です。いつも彼の歌を歌っています。両親は私の頭がイカレてしまった、と思っています。友人たちも同じです。友人たちが夢中なのはロックだけで、ロックからは英語は学べません。フレッド・アステアのことではいつも両親と揉めています。

そうだね、普通とは違っているね、ナンシー。

それに私、先生のこともよく見ていますよ。

え？

どうして先生はそんなに表情が硬いんですか。英語をよく知っているんだから、クールにしていればいいのに。生徒たちはみんな英語がわかれば、クールだと思っています。ときどき先生がピリピリしていないときがあるけど、そんなときが生徒は好きです。話をしてくれたり、歌を歌ってくれるのが好きです。私はいらいらしたときには「ダンシン・イン・ザ・ダーク」を歌います。マコート先生もこの歌を覚えてください、そして授業で歌ってください。結構いい声をしているんですから。

ナンシー、僕は英語を教えるのが仕事だ。歌って踊る人間じゃない。

ピリピリしない英語教師になるにはどうしたらいいか、教えてくれませんか？

でもご両親はなんて言うかな？

もうすでに頭がイカレてる、と言われています。中国から連れてくるんじゃなかった、と。中国にはフレッド・アステアはいませんからね。両親はもう私が中国人ですらない、と言っています。

教師になって、フレッド・アステアを聞くためなら、どうしてわざわざ中国からはるばるやって来る必要があったんだ？　教師なら中国でだってなれたんだ。アメリカに来たのは金を稼ぐためだ、と両親は言います。マコート先生、英語の教師になるにはどうしたらいいか教えてくれますか？

わかったよ、ナンシー。

ありがとう、マコート先生。授業中質問しても構いませんか？

授業中彼女が訊く、先生は運よくアメリカに来たとき英語が喋れました。アメリカに着いたとき、どんな気持ちでしたか？

Confused.（困惑したよ）Confused の意味は分かるかな？

その単語が教室を駆け巡った。お互いに自分の国の言葉で説明したり、そうだそうだ、とうなずいたり。教壇に立つ男が、教師が自分たちと同じようにかつて困惑したことに驚いていた。英語その他あれやこれやを知っていたのに。だから我々には、困惑したという共通点がある。

彼らにニューヨークに来たときに言葉と物の名前で苦労したことを話した。食べ物の名前を覚えなければならなかった。ザワークラウト、コールスロー、ホットドッグ、バターをたっぷり塗ったベーグル。

それから僕が最初の最初にものを教えた経験について彼らに語る、それは学校とは全く関係がない。教師になる何年も前、ホテルで働いていたときのことだ。プエルトリコ人のコック、ビッグ・ジョージが、厨房で働いている五人が英語を学びたがっているので、週に一度ランチの時間に彼らに単語を教えてくれたら、一人につき十五セント払うと言ってくれた。月末には十二ドル十五セントを手にすることになる。それまでの人生で一度にもらう額としては最高の額だ。彼らは厨房にある物の名前を知りたがった。それらの物が英語で何と言うか知らなかったら、どうやってその世界で昇進するというのだ？　彼らが品物をつかみ、僕が英語で名前を言って、紙に綴りを書いた。取っ手のついた平べったい道具を英語で言えなかったとき、彼らは大笑いして、信じられないとでもいった様子で首を振った。人生で初めてお目にかかったspatula（フライ返し）だった。ビッグ・ジョージは大きなおなかをプルプル震わせて大笑いしながら、厨房の従業員にそれはスパチューラ(spachoola)というんだ、と言った。

イギリスではない外国からやって来て、どうして英語が喋れるのかを知りたがったので、どのようにアイルランドがイギリスに征服され、英語が話せるようになるまで、イギリス人がどれだけ我々を苦しめ痛めつけたか、を説明しなければならなかった。アイルランドについて話しだすと、彼らにわからない言葉がでてきて、説明するのに別料金を取るべきか、それとも厨房に関する言葉でのみお金をもらうべきか迷った。いや、僕がアイルランドについて語ったときの彼らの悲しそうな様子や、肩をたたいて、そう、そう、そうと言って、サンドイッチをくれる様子を見てお金を取ることなどできなかった。彼らもまた征服された民族だったので、よくわかってくれた。最初はスペイン人によって、それからアメリカ人によって。征服され過ぎて自分が何者なのか、黒人なのか白人なのかインディアンなのか、それとも三つの人種を一つに合わせたものなのか、わからないのだ。子供に説明するのが難しいのは、自分たちは三つではなく一つの、ただ一つの民族でありたいからだ。そんなわけでこの脂《あぶら》っこい厨房で一緒に掃除をしたり、鍋やフライパンを洗ったりしているのだ。ビッグ・ジョージが言った、この厨房は脂っこくなんかねえよ、口に気を付けな。他のものたちが言い返した、あんたにはうんざりだ。みんなが大笑いした、ビッグ・ジョージまでも。ニューヨークで一番でかいプエルトリコ人にそんな言い方をすること自体とてもイカレていたからだ。ビッグ・ジョージは大笑いしながら、大英帝国婦人会の大きな昼食会場で残ったケーキの大きな一切れをみんなに配った。

四回レッスンをして十ドルもらうと、厨房には僕が英語で言えるものは何も残っていなかった。昇進しようともくろんでいるエドゥアルドが、一般的な食べ物や料理について質問するまでは。蒸し煮はどういうんだ？　と彼は訊いた。ソテーは？　そうそう、マリネは。僕はこれらの言葉を聞いたことがなくて、助けを求めてビッグ・ジョージを見たが、彼は、あんたは偉そうな言葉の専門家として大金をもらっているんだから、何も教えないぜ、と言った。特に彼らがパスタとリゾットの違いを訊いたとき、僕がこれらの新しい言葉には歯が立たないことが彼にはわかっていた。僕は図書館に行って調べてくることを申し出たが、彼らはそんなことくらい自分たちでできるし、何のために金を払ってんだよ、と言った。まずは英語が読めないと図書館に行ったって調べ物はできない、と言い返すこともできたが、そのときは思いつかなかった。週に二ドル五十セントの新たな収入源を失うのが心配だった。あんたがspatula（フライ返し）を知らなくてもかまわねえし、とにかく金は払うが、大金となるとパスタとリゾットの区別もつかない外国人には渡せねえな、と彼らに言われた。二人は、悪いがもうやめるよと言い、三人は、蒸し煮やソテーのような言葉を教えてほしいから続ける、と言った。その言葉はフランス語なんだよ、と言い訳したが、僕が英語以外は何も期待できないと思われているのは確かだった。三人のうちの一人が料理の世界で昇進したいから頼むよ、と肩をたたきながら言った。彼らには女房子供や女友達がいて、みんな彼らが昇進してがっぽり稼いでくるのを待っていた。彼らが僕と僕の言葉の知識にどれくらい頼っているかがわかった。

　ビッグ・ジョージは自分がやさしい性格だということを隠すためにわざと乱暴なしゃべり方をした。五人のプエルトリコ人が厨房にいないときには、僕の知らない野菜や果物の名前を教えてくれた。アーティチョーク、アスパラガス、ミカン、梨、ルタバガ。彼は僕に向かってそれらの名前を大声で吠えたてるものだから、緊張したが、僕にわかってほしいんだな、というのだけはよくわかった。プエルトリコ人というのはこんな感じの人たちなんだと思った。彼らにはもっと単語を覚えてほしいし、彼らが僕が教えたことを暗記できたときには金のことなどほとんど忘れていた。偉い人間になった気がした。教師になると、こんな気持ちになるのだろうか、と思った。

　それからやめた二人が、ロッカールームで配置換えをして後片付けをしているときに問題が起きた。彼らはロッカーという言葉は知っていたが、座る物——ベンチ——とロッカーの中の小物を置く平らなもの——棚——をなんというか知りたがった。僕から無料でそれらの単語を教えてもらおう、としたのは賢かった。靴の中の紐を指さすので、靴紐だと教えた。笑って、ありがとう《グラシアス》、ありがとう《グラシアス》、と言った。彼らは無料で単語を教えてもらったわけだが、お金を払っている三人のプエルトリコ人のうちの一人が文句を言って来るまで僕はそのことを気にもとめなかった。なんでただで教えてんだよ、俺たちは金払ってるのによ、ええ？　なんでだよ？

三人にはこれらのロッカールーム用語は厨房や昇進とは関係がない、と説明したが、そんなの知るか、と言われた。俺たちはちゃんと金を払ってるのに、やめたやつらがなんでただで教わってるのかわからねえ。これがその日ロッカールームで彼らが口にした最後の英語だった。三人は二人にスペイン語で怒鳴り、二人は三人にスペイン語で怒鳴り返した。ロッカーのドアがバシンと閉められ、五本の中指が突き立てられた。ビッグ・ジョージが駆け込んできて、スペイン語で怒鳴り、彼らを止めた。ロッカールームでの大騒ぎに責任を感じて、金を払ってくれていた三人には何か償《つぐな》いたいと思った。カーペットや電球、塵取り、ホウキなどの言葉をただでこっそり教えようとしたが、三人はもういいよ、塵取りで自分のケツでも掃除してなよ、と言った。ところで、あんたはどこの出身だっけ？

アイルランドです。

ああ、そうだったな。俺はプエルトリコに帰るよ。もう英語はいいや。難しすぎる。のどが痛くなる。

ビッグ・ジョージは言った、おい、アイルランド野郎。あんたのせいじゃないさ。良く教えてくれたよ。みんな、ピーチパイを出すから厨房に集合だ。

だが、ピーチパイを食べることはできなかった。ビッグ・ジョージが心臓発作を起こして、レンジの炎の上に倒れてしまったからだ。あの男の身体の肉の焼けるにおいがした、と彼らは言った。

ナンシーは母親をフレッド・アステアの映画に連れていく夢を持っていた。母が全く外出しないからだ。とても頭がいいのに。中国の詩、特に李白の詩を暗唱することができるんです。李白という名前を聞いたことがありますか、マコート先生？

いいや。

彼女は、母親が李白を大好きな理由をクラスのみんなに語る。最高に美しい死に方をした。月の明るい晩、李白は酒を飲み、小舟で湖へ漕ぎ出た。湖に移る月の美しさに感動し、月を抱きしめようと小舟から身を乗り出し、湖に落ち、溺れたのだった。

ナンシーの母親はこの話を語ったとき、頬に涙した。そして中国で事態がよくなったら、中国に戻り、この湖に小舟をこぎだすのが夢だった。高齢になるか、重病になったら、愛する李白のように小舟から身を乗り出し、月を抱きしめる、と母が言ったときの様子を語るとき、ナンシー自身も泣いていた。

チャイムが鳴ったが、生徒たちは席から飛び出そうとしない。駆けだしたり、ぶつかったりすることもない。持ち物を静かに持ち出している。きっと頭の中は月と湖のイメージでいっぱいなんだろう。

一九六八年、スーアドパーク高校で、僕は自身のあらゆる教師キャリアの中で最大の困難に直面した。いつものように五つの授業を持っていた。第二言語としての英語を三クラス、通常の九年生の英語のクラスを二つ。その九年生のクラスの一つはアップタウンの付属学校から来た二十九人の黒人の女子とプエルトリコ人の男子の二人で構成されていた。男子二人は教室の隅に座り、自分のことだけに専念し、一言も喋らなかった。彼らが口を開こうとすると、女子が、誰もあんたに訊いてないわよ、と言った。あらゆる難しい要素がこの女子グループに内包していた。男女の衝突、世代の衝突、文化の衝突、人種の衝突。

教壇に立ち、注意を引こうとしている白人の僕を女子グループは無視した。彼女たちには話すことがあるのだ。いつも昨夜の冒険談だった。男、男、男だ。セリーナが男の子とはデートしないわ、と言う。大人の男とデートする。髪は赤毛で肌はバタースコッチ色だ。とてもやせていて、タイトな服を緩やかに身に着けている。十五歳でクラスの中心、意見をまとめ、決断を下す。あるとき、リーダーにはなりたくないわ、とクラスのみんなに言った。でも私と一緒にいたい？　いいわよ、一緒にいてあげる。

クラスでのその地位に挑戦して、セリーナと一戦交えた女子もいた。ねえ、セリーナ、どうしておじさんとデートするの？　何にもできないでしょ。

いいえ、何でもしてくれるわよ。毎回五ドル握らせてくれるわ。

彼女たちが僕に文句を言った。このクラスは何にもしようとしない、他のクラスではいろんなことをやっているのに。

僕はテープ・レコーダーを持ってきた。生徒は自分が喋っているのを聞くのが好きだ、それは間違いない。セリーナがマイクを取った。

昨晩、姉が逮捕されたわ。いい人なのに。ただお店からポークチョップを二つばかり解放してあげただけよ。白人はいつだってポークチョップを盗んでいるのに逮捕されない。白人の女が服の下にステーキを隠して店を出て行ったのを見たことがあるわ。今、姉は裁判まで刑務所にいるの。

彼女はしゃべるのを止め、初めて僕を見て、マイクを返した。なんでこんな話しているのかしら。あんたはまさに先生、まさに白人。彼女は背を向けると自分の席に行く。口をキュッと結んで座り、机の上で手を組んだ。彼女は僕を教師の位置に置き、クラスの生徒にもそれがわかった。

前期で初めて、教室が静かになった。彼女たちは僕の次の一歩を待っている。でも僕は身体がしびれて、マイクを手にしたままそこに突っ立っていた。テープは何も録音しないまま空回りしている。

誰か他には？　と僕は言った。

僕を見つめている。軽蔑しているのか？

手が上がった。マリアだ、頭がよく、きちんとノートを取り、きちんとした身なりをしている。その生徒が、質問があります、と言う。

先生、他のクラスは外に出かけているのに、どうしてこのクラスはどこにも行かないんですか？　くだらないテープ・レコーダーに話しかけて座っているだけ。どうしてですか？

そうよ、そうよ、と生徒たち。どうしてよ？

他のクラスは映画に行っている。どうしてあたしたちは行けないの？

僕を見て、話しかけ、僕の存在を認め、自分たちの世界の中に僕を含めている。このとき誰かが教室に入ってきたら、ああ、ここにしっかりと授業に専念している教師がいる、と言うだろう。教師を熱心に見つめているあの聡明そうな女の子たちや男子二人を見よ。公教育も捨てたもんじゃない。

だから僕は、担任のように感じて、言った。何の映画が見たいんだ？

『コールド・ターキー』、マリアが言った。兄貴がタイムズ・スクエア近くのブロードウェイで見た、って言ってた。

だめよ、とセリーナが言った。その映画はドラッグ映画よ。コールド・ターキーはドラッグの禁断症状のこと。あんたは病院にも医者にも行かないもんね。

マリアは、兄貴はドラッグについては何も言わなかったわ、と言った。セリーナは天井を見た。お兄ちゃんもあんたと同じでいい子ぶりっ子だからね。何にもわかってないのよ。

翌日、彼らは映画を見に行くための外出届を持ってきた。十数枚は代筆だ。親が教師に宛てて使うときの丁寧な文字で書かれている。

プエルトリコ人の男子二人が届を持ってこないので、女子が抗議した。どうしてあんたたちは映画に行かないのよ？　あたしたちは届を持ってきたりあれこれして、映画に行かなきゃいけないのに、男子は休みって。どういうわけ？

女子をなだめるために、男子にはその日をどのように過ごしたか、短いレポートを書いてくるように言った。女子は、そうね、それならいいわ、と言い、男子は嫌な顔をした。

地下鉄まで六ブロック歩くのに、二十九人の黒人女子と一人の白人教師の行列は周りの目を引いた。店主たちは、ガキどもに商品には手を触れるな、と言ってくれ、と僕に向かって叫んだ。あんたはこのクソ黒んぼどもをコントロールできるのかい？

彼女たちはキャンディ、ホットドッグ、ピンクレモネードを買うために店に駆け込んだ。ピンクレモネードは最高においしいのに、何で学校のカフェテリアには置いてないの、と訊いた。洗剤や牛乳のような味のするジュースは置いてあるのに。

階段を降りて、地下鉄に向かう。運賃は忘れろ。回転ゲートは飛び越えて、改札をすり抜けろ。両替ブースにいた男が叫んだ、おいおい、おまえたち、運賃払えよ。払えって言ってるんだよ。僕は尻込みした。ブースの男に僕もあの野獣集団と一緒だと思われたくなかった。

彼女たちは地下鉄のホームで押し合いへし合い。電車はどこ？　電車が来ないわ。互いに線路に落とそうとするふりをしている。先生、先生、彼女、私を殺すつもりよ、先生。見えない？

電車を待っている人たちが僕をにらんだ。ある男が言った、あいつらの住んでいるアップタウンに連れ戻せ。人間としてどうふるまうべきかわかってないんだから。

僕は勇敢な、熱心に生徒にかかわる教師になりたかった。その男に立ち向かい、僕の二十八人の騒々しい黒人娘たちを守りたかった。マリアだけは別だ、マリアは半分白人だ。だが勇敢からはほど遠く、僕はいったい何を言えばいいのだろう？「怒れる市民氏よ」、あなたがやってみたらいかがでしょう。二十九人の黒人娘たちを地下鉄に乗せてみたら。みんな十五歳、一日学校から逃亡できてワクワクしている。クッキーやキャンディやピンクレモネードの砂糖でパワーをつけている。彼女たちからまるで溶けかけた雪だるまみたいに見られているっていうときに、彼女たちを毎日教えてみてくれ。

僕は何も言わず、F列車のゴーという音に祈った。

地下鉄で娘たちは座席をめぐってキャーキャー言い、押し合い争っていた。乗客は敵意を持っているようだった。なぜこいつら黒んぼのガキは学校に行かない？　どう見ても無知だ。

西四丁目で太った白人の女性が電車に乗ってきて、閉まるドアを背にして立っていた。女の子たちは女性を見つめ、くすくす笑った。女性は睨み返した。クソ女ども、何見てんの？

セリーナは頭がよく、悪口が得意だ。彼女は言った、山が電車に乗るの、初めて見たよ。

二十八人のクラスメートは大笑いで、倒れそうになって、また大笑い。セリーナは笑わず、大きな女性を睨んだ。女性は言った、お姉さん、こっちに来な、山がどう動けるか見せてやるよ。

僕は教師だ。出て行かなくてはならないが、でもどうやって？それから奇妙な感情が芽生えた。他の乗客の不機嫌なしかめ面を見ていたら、二十九人のために戦い、彼女たちを守りたいと思ったのだ。

セリーナが近づかないように、僕は大きな女性の前に背中を向けて立った。

クラスメートが囃し立てる、行け、セリーナ、行け。

電車が十四丁目の駅に着くと、大きな女性はドアから降りた。あんた運がいいわね、あたしは降りなきゃいけない。お姉さん、そうじゃなきゃ、あんたを朝飯に食っているよ。

そうだね、デブ、あんたには朝飯が必要だ、とセリーナは後ろからあざけった。

セリーナは女性についていきそうな素振りを見せたが、僕はドアをブロックし、四十二丁目に着くまで彼女を車内に留めた。彼女が僕を見る目つきが、僕に満足と困惑の入り混じった気持ちを抱かせた。セリーナの心をつかめば、クラスは僕のものだ。あれが、地下鉄でセリーナが白人の女と喧嘩するのを止めた先生、マコート先生よ、と言うだろう。あの先生は味方よ。いいやつよ。

ひとたび四十二丁目でポルノやセックスショップを見始めたら、彼女たちを一緒にしておくのは不可能だ。ヤジを飛ばし、くすくす笑い、店のウィンドウの半裸のマネキンのポーズを取った。

マコート先生、マコート先生、入ってもいい？

だめだ、だめだ。注意書きが見えないのか？　二十一歳になるまで待て。さあ行くぞ。

警官が僕の前に立った。

そうです、僕が担任です。

それでこの子たちはこんな真昼間に四十二丁目で何をしているんですかね？

顔が赤くなり、取り乱した。映画に行くところです。

そりゃ、えらいことですね。映画に行く。そんなことのために我々は税金を払っているんですかね。いいでしょう、先生、この子たちを移動させてください。

よし、みんな行くぞ、と僕は言った。タイムズ・スクエアにまっしぐらだ。

僕の隣りを歩いていたマリアが言った、ねえ、あたしたち、タイムズ・スクエアに来たことないの。

話しかけてくれて、僕は彼女を抱きしめたくなったが、何とか口にできたのは、夜景を見に来るべきだよ、だった。

映画館で彼女たちはチケット売り場に駆け込み、押し合いへし合い。そのうちの五人が僕のそばに寄ってきて、横目で見ている。どうしたんだ？　チケットを買わないのか？

五人はぎこちなく目をそらして言った、お金がないの。おい、いったいここに何しに来たんだ？と言いたかったが、せっかくの友好関係を壊したくなかった。明日は僕のことを先生と見てくれるかもしれない。

僕はチケットを買い、彼女たちに配り、感謝の表情か、ありがとうの一言を期待した。何もなかった。チケットを受け取ると、ロビーに駆け込み、持っていないと言ったはずのお金を持って場内売り場に直行、ポップコーンとキャンディとコーラの瓶を持ってふらふらと二階へ上がって行った。僕は彼女たちの後を追いかけてバルコニー席に着いた。そこで彼女たちは座席をめぐって押し合いへし合い、他のお客さんたちに迷惑をかけている。案内人が僕に文句を言った、こんな人たちは受け入れられません。僕は女子生徒たちに言った、席に着いて静かにしなさい。

無視された。世界に解き放たれた二十九人の黒人女子のぴったり息の合った集団なのだ。騒々しく、反抗的、ポップコーンを互いに投げ合い、映写室に向かって叫んでいる。ねえ、いつになったら映画は始まるの？　人生は短いのに。

映写技師は言った、もし静かにしないなら、支配人を呼ぶぞ。

僕は言った、そうですね。支配人にここにお越しいただけますか。彼女たちをどう扱うか見たいものです。

しかし室内灯が暗くなり、映画が始まると、二十九人の女子生徒たちは静かになった。始まりのシーンは完璧な小さなアメリカの街だった。感じのよい並木道、金髪の白人の子供たちが小さな自転車を走らせている。陽気なＢＧＭが流れ、このアメリカの楽園ではすべてがうまく行っている、と思わせてくれる。バルコニー席最前列の僕の二十九人の女子の一人から苦しいうめき声が聞こえた。ねえ、マコート先生、どうしてこんな白んぼ映画に連れてきたの？

映画の間中文句を言っていた。

案内人が懐中電灯を照らし、支配人と一緒に脅しをかけた。

僕は衷心から頼んだ。みんな、頼むから静かにしてくれ。支配人がそこまで来てる。

彼女たちはそれを歌にした。

漫画に出てくるような支配人、そこまで来てる
そこまで来てる
ハイホーそこのおじさん
支配人がそこまで来てる

女子生徒たちが支配人なんてクソ喰らえ、と言うと案内人はびっくりしたようだ。彼は言った、オーケー。もうこれまでだ。こ・れ・ま・で・だ。ちゃんとしないなら、出て行け、出・て・行・け。

先生。あの人は綴り方とかはよく知っているようね。いいわ。静かにするわよ。

映画が終わると、室内灯が点いたが、誰一人動かなかった。

よし、さあ帰ろう、映画は終わった、と僕は言った。

終わったことぐらいわかるわよ。目がついてるんだから。

もう帰る時間だ。

彼女たちはここに残ると言う。もう一回この白んぼ映画を見るらしい。

僕は帰るよ、と言う。

オーケー、先生、さよなら。

彼女たちは『コールド・ターキー』の二度目を見るために前を向いた。あの退屈な白んぼ映画を。

翌週二十九人の女の子たちは言った、あたしたちのすることはこれだけなの？　もう外へ行かないの？　毎日ここに座って名詞やらについて語ったり、黒板に書いてあることを書いたりするだけ？　それだけなの？

メールボックスの中のプリントにはロングアイランドで行われる大学生主催による『ハムレット』への学生ツアーの告知があった。僕はその告知をごみ箱に投げ捨てた。いくら『コールド・ターキー』なら二回座っていられた二十九人の女の子たちでも、『ハムレット』鑑賞は無理だろう。

翌日、質問はさらに増える。

どういうわけで他のクラスはみんな芝居を見る大旅行に出かけるの？

ふむ、それはシェイクスピア劇だ。

え？　そうなの？

どうして本当のことが言えるだろうか、彼女たちの能力を低く見積もり、シェイクスピアのセリフなど一言も理解できない、と僕が思っていたなんて。理解するのが難しい芝居できっと気に入らないと思うよ、と言った。

そうなの？　これってどんな芝居？

『ハムレット』という芝居だ。祖国に戻ってきたが、父親は死に、母親はその弟と結婚していることに気づいてショックを受けた王子の話だ。

何が起きたか、わかるわ、とセリーナが言った。

クラス中が大声で訊いた、何が起きたの？　何が起きたの？

母親と結婚した弟が王子を殺そうとする、そうでしょ？

その通りだ、だがそれはもっと後で起きる。

セリーナは怒りを堪えているというような表情を僕に見せた。もちろん後でよ。すべては後で起きるのよ。もし始めにすべてが起きてしまったら、後で何にも起きないでしょ。

ドナが言った、いったい何の話をしてるの？

あんたには関係ないわ。王子について先生と話しているの。

喧嘩が起きそうだった。止めなくてはならない。ハムレットが怒っているのは母親が叔父と結婚したからだ、と僕は言った。

生徒たちはワオと叫んだ。

ハムレットは叔父が父親を殺した、と考えていたんだ。

それってもうあたしが言わなかった？　セリーナが言った。先生が答えを言うんなら、あたしが何か言っても意味ないじゃん。あたしたちは、どうしてこの劇を見に行けないのか知りたいだけ。この王子が白人だという理由だけで、この芝居を見に行けるのは白人のガキどもだけになるの？

わかった。他のクラスと一緒に行けるかどうか、訊いてみよう。

バスに乗るために並んでいた。彼女たちは通りがかりの人や運転手に死んだ旦那の弟と結婚した女の芝居を観にロングアイランドに行く、と話している。プエルトリコ人の男子二人が僕のそばに座っていいか、と訊く。頭がイカレてるし、セックスのことばかりひっきりなしにしゃべり続けるから、女の子たちと一緒に座りたくないのだ。

バスが通りに入ってくるとすぐに、女の子たちは鞄を開けてランチを分け合い始めた。バスの運転手にパンのかけらを命中させたら賞金よ、と囁いている。みんなで十セントずつ出しあい、命中させたものは二ドル八十セント手にすることになる。だが運転手はバックミラーを見ていて、こう言った、やってみなよ、ほら、やってみな。その可愛い黒いおケツがバスを降りることになるぜ。あら、そう、と女の子たちは勇気を出して生意気な言い方で返した。言えたのはそれだけだった。運転手は黒人で彼とやりあってもうまく乗り切れないとわかったからだ。

大学では拡声器を持った男が先生方はクラスをまとめてください、と言っていた。僕の学校の教頭が君のクラスの秩序を保つのは任せたよ、と言ってきた。君のクラスは評判だよ、と言った。

彼女たちを観客席に連れて行き、座席をめぐって押し合いへし合い口論する間、通路に立っていた。プエルトリコ人の男子二人が遠くに座っていいか、と訊いてきた。セリーナが二人を「こぎれいなお坊ちゃんたち」と呼ぶとくすくす笑いの発作が始まり、ハムレットの父親の幽霊が現れ、皆を怖がらせるまで止まらなくなった。幽霊が黒い衣装をまとって柱に現れると、女の子たちはヒューヒューと囃し立てた。スポットライトが薄暗くなり、幽霊が舞台の袖に消えると、僕の隣りに座っていたクラウディアが大声を出した、ねえ、幽霊の人、とてもかわいい。彼はどこへ行ったの？また戻ってくるのかしら、先生？

ああ、戻ってくるよ、と観客席中の真剣に芝居を観ている人たちにシーシーと囁かれて困惑しながら僕は言った。

幽霊が出てくるたびに彼女は拍手し、去ると不平を漏らした。彼ってすごくかっこいい、戻ってきてほしい、と彼女は言った。

芝居は終わり、役者がお辞儀をしたが、幽霊がいないので、クラウディアは立ち上がって、舞台に呼び掛けた、幽霊はどこにいるの？　出てきて。幽霊はどこ？

残りの二十八人も立ち上がり、幽霊を求めて声をあげた。一人の役者が舞台を去り、直ちに幽霊となって再登場した。二十九人の女の子たちは拍手し、応援し、デートしてと言った。

幽霊は黒い帽子とマントを脱ぎ、自分はただの普通の大学生で、騒がれるに値しないことを示した。二十九人は息を呑み、劇全体がインチキ、特にそこに立っている幽霊がインチキだ、と不満を訴えた。あのマコート先生の綴り方教室で教室に座っていなければならないとしても、学校の他のすべてのクラスが芝居に行くとしても、こんなインチキ芝居には二度と来ない、と誓った。

家への帰り道では、みんな寝ていた。セリーナだけは別だった。バスの運転手の後ろに座って、子供はいるんですか、と訊いていた。運転手は、運転中は話しちゃいけないんだ、と言った。法律違反だ、だが、イエス、子供はいる。子供たちには誰一人バスの運転手になってもらいたくはないな。働いているのは子供たちをいい学校に入れるためだ。言うことを聞かないときは、ケツをぶっ飛ばす。黒人に生まれたらこの国では一生懸命勉強しなくちゃいかん、だが最後にはそれで強くなる。より強く自分を押し出し、より高く上りたいなら、筋肉を鍛えろ。そうすれば誰も止められない。

セリーナは美容師になりたい、と言ったが、バスの運転手は、お前ならもっといいことができる、と言った。残りの人生をあのいつもイライラしているおばちゃん相手に髪の毛をいじって過ごしたいのか？　お前は頭がいいんだから、大学へ行け。

そう？　本当にあたしが大学に行けると思う？

どうして行けないんだ？　頭はよさそうだし、話し方もうまい。だったらどうして行けない？　誰もそんなこと言ってくれなかったわ。

では俺が言おう、自分を安売りするな。

オーケー、とセリーナが言った。

オーケー、とバスの運転手が言った。彼はバックミラーで彼女に微笑み、彼女も微笑み返したと思う。彼女の顔は見えなかったが。

彼はバスの運転手で黒人だが、セリーナの彼への信頼を見ると、この世の中でむだに生きている人間たちについて考えさせられた。

翌日、クラウディアがどうしてみんながあの娘をいじめるのかを知りたがる。

オフィーリアのことかい？

そうよ。みんなあのかわいそうな娘をいじめていて、黒人でもないのに。どうして？　やたらとしゃべってばかりいる男は人と戦う剣を持っている。だから誰も彼を川に投げ込めないのよ。

ハムレットか？

そうよ、あの人何者か知ってる？

何者って？

彼は母親にとても意地悪だった、王子とか何かだったとしてもね。どうして母親は彼の顔を引っ叩かなかったのかしら？　どうして？

頭のいいセリーナが普通のクラスの普通の生徒のように手を挙げる。僕はその手をじっと見つめる。きっとトイレに行く許可を求めるのだろう。彼女は言う、ハムレットのお母さんは女王なの。

女王は人をやたらと殴ったりする普通の人と同じようにはふるまえないの。女王だから威厳を持たなくてはいけないのよ。

彼女は僕を真正面から見据えるが、それはほとんど挑戦と言えるもので、目を大きく見開き、美しく、瞬きもせず、かすかに微笑んでいる。この細身の十五歳の黒人少女は自分の力を理解している。自分の顔が赤くなるのがわかり、それがまた新たなくすくす笑いの始まりになる。

次の月曜日、セリーナはクラスに戻ってこない。女子たちは母親が逮捕されたために彼女は二度と戻って来ないだろう、と言う。ドラッグとかそういう類い。今やセリーナはジョージアにいる祖母と暮らさなくてはいけなくなり、そこでは黒人は奴隷のように扱われているらしい。セリーナはそこに長くはいないだろうとみんなは言う。白人に言い返して間もなくトラブルになるだろう。そのために彼女はひどい言葉を使っていたんですよ、マコート先生。

セリーナがいなくなって、クラスは変わった。頭を失った身体だ。マリアが手を挙げて、なぜ僕はそんな変な訛りがあるのか、と訊いた。結婚してるんですか？　子供はいる？『ハムレット』と『コールド・ターキー』、どっちが好き？　なぜ先生になったんですか？

彼女たちは我々が行き来できる橋を築いていた。質問には答えたが、あまり情報を与え過ぎないようにした。あの子たちの歳のとき、僕は何人の司祭に告解しただろうか？　注意を喚起する、大事なのはそれだけだ。

セリーナが去ってから一か月、二つ良い瞬間があった。クラウディアが手を挙げて、マコート先生は本当にいい先生です、と言った。クラスが、そうだそうだと言い、プエルトリコ人の男子たちは教室の後ろで笑っていた。

それからマリアが手を挙げた。マコート先生、セリーナから手紙が来ました。読みますね。これは人生で初めての手紙で、おばあちゃんが書け、と言わなかったら、書かなかったでしょう。それまでおばあちゃんに会ったことはなかったけど、おばあちゃんが大好きです。読み書きができないので、セリーナが毎晩聖書を読んであげています。これにはきっと感動すると思うけど、マコート先生、私は高校を卒業したら大学に行って、小さな子供たちに教えることにしました。私たちのような大きな子供ではありません、だって大きな悩みの種になるだけだし、小さな子供なら言い返したりしないですからね。クラスでしたこと、先生に言ったこと、本当にごめんなさい。いつか先生に手紙を書きます。

頭の中に花火が上がった。大みそかと独立記念日が百回来たようだ。

11

僕の教員生活も十年になり、三十八歳になった。もし自分で自分を評価するとしたら、ものすごく頑張っている、と言うだろう。ひたすら教えるだけで、生徒にどう思われようと屁とも思わない教師がいる。教材こそが王様だ。そのような教師は強い。強力な脅しによって裏付けられた個性で教室を支配する。レポートに恐怖の「不可」をつける赤ペン。生徒へのメッセージはこうだ。私は君たちの教師であって、相談役でも親友でも、まして親でもない。私は教科を教える。取るか、捨てるかだ。

タフで、統制力がある教師になるべきだ、と思うことがよくある。考えが整理されていて、集中力もある、教育界のジョン・ウェイン、棒や革紐、杖を振り回していたアイルランドの校長の後継者。タフな教師は四十分間約束を果たす。お前たち、この授業を消化しろ、試験の日に知識を吐き出す準備をしとけ。

たまにふざけて脅してみることもある。お前たち、座って静かにしろ、さもないと首の骨をへし折るぞ。笑うのは彼らがわかっているからだ。へえ、あの先生大したもんじゃないか。タフにふるまうと、爆笑が起きるまで、丁寧に聞いてくれる。彼らはわかっているのだ。

クラスの生徒たちのことを、僕の話を座って聞いてくれる一塊の集団と思ったことはない。興味の度合い、無関心の度合いは一人一人違う。僕が力を試されるのは無関心だ。僕の話を聞くべきときにどうしてあのチビのバカ野郎は女の子に話しかけているんだ？　すまんが、ジェイムズ、授業中だ。

はいはい、わかってる、わかってるって。

一瞬の間と表情。生徒はあまりにも内気で、いい授業だったとは言わないものだが、今や教室を出て行くときの彼らの様子と自分を見る表情とでその授業がうまく行ったか、忘れるべきものかがわかる。良かったという表情をしてくれると、家に帰る電車の中で心が温かくなる。

教室で何が起ころうと、ニューヨークの高等学校を指導する教育委員会が定めた規則がある。生徒は小声で話さなくてはいけない。教室や廊下を徘徊してはならない。騒がしい雰囲気の中で勉強はできない。

教室は遊び場であってはならない。物を投げてはいけない。生徒は質問したり、答えたりするときには手を挙げるべし。大声を出すことは決して許されない。大声を出すことは学級崩壊につながり、そうなった教室はブルックリンの教育委員会の役人や外部からやってくる教育者に悪い印象を与える。

トイレの許可は最小限に止めなければならない。誰もがトイレ許可を利用した策略を知っている。二階のトイレに行く許可を得たある男子が最近恋に落ちた女子の教室を何度も覗いているところを見つかった。その女子は座ったまま愛を交わす表情を返した。それは許されることではない。男女が許可証を地階や吹き抜けで会うために利用する。そこでよからぬことを企んでいる。抜け目のない教頭に発見され、報告され、親が呼ばれる。様々な秘密の場所で喫煙するために許可証を使う者もいる。トイレ許可はトイレのためのものであって、他のいかなる目的にも使うべきではない。許可証を持つ生徒は五分以内に戻ってこなくてはいけない。もし五分以上たったら、教師は校長に知らせ、不適切な行いがされていないことを確かめるために、学生部長を派遣して、トイレそのほかの場所を調べるだろう。

管理職は、秩序、日課、規律を求める。廊下を見回る。教室のドアの窓からのぞく。少年少女たちが教科書をちゃんと見ていること、ノートを取っていること、教師の質問にワクワクして熱心に答えようと手を挙げていることを望んでいる。

良き教師は完全な管理の下に学級経営をする。規律を維持することはニューヨークの職業技術高校のような、不良グループがひっきりなしに学校に問題を持ち込むような学校では極めて重要なことになる。不良グループには気をつけなくてはいけない。学校全体を乗っ取られたりしたら、勉強にはさよならだ。

教師もまた学ぶ。教室で何千人ものティーンエージャーと顔を合わせて何年も経った後では、教室に入って来る人間に対する第六感が身に付く。普通と違った見方をするようになる。新しいクラスの匂いを嗅ぎ、迷惑な集団か一緒にやれる集団かを嗅ぎ分ける。引っ張り出すべきおとなしい生徒か、黙らせるべきやかましい生徒かを見分ける。男子生徒の座り方で協力的か邪魔者かがわかる。生徒がまっすぐ座り、両手を机の上で組み、先生を見つめて、にこにこしていれば良い兆候だ。彼が椅子の背に寄りかかり、足を机の横に出し、窓の外か天井か教師の頭上を見つめていたら悪い兆候だ。問題が起きないように気をつけろ。

どのクラスにも教師を試す厄介者がいる。たいてい一番後ろの列に座り、壁にもたれて椅子を傾ける。教師は椅子を傾けることの危険性について、すでに話をしている。お前たち、椅子は滑りやすく、けがをすることがあるぞ。そして教師は親が文句を言ってきたり、裁判にする、と脅しをかけてきても困らないように、報告書を書いておかなくてはいけない。

アンドリューは椅子を傾けることで僕がいらいらするだろうと、少なくとも僕の注意を引くだろうと、わかっている。それから女の子たちの目を引くちょっとしたゲームを始める。僕は言う、おい、アンドリュー。

すぐには返事がない。これは最終決戦だ、マコートよ、女の子たちも見ているぞ。

はあ？

これが辞書にはないティーンエイジャーの声だ。はあ？　親は絶えず耳にしている。何を望んでる？　なぜ邪魔する？　といった意味だ。

椅子だよ、アンドリュー。下に降ろしてくれないか。

僕は自分の考えに従って座っているだけですよ。

アンドリュー、椅子には四本、足がある。二本足で傾けていると事故になる可能性がある。

教室に沈黙が訪れる。決戦のときだ。今回はかなり安全な位置にいる。アンドリューはクラスのグループに嫌われているし、共感を得られないことは彼もわかっている。やせて青白い一匹狼。今やクラスは見守っている。彼のことは好きじゃないかもしれないが、僕が彼をいじめれば、彼らは僕に向かって来るだろう。生徒対教師なら彼らは生徒を選ぶ。すべては傾いた椅子のせいなのだ。放って置くこともできた。誰も気づかなかったかもしれない。じゃ、先生よ、何が問題なんだ？

簡単さ。アンドリューが初日から僕に嫌悪を示していることだ。僕は嫌われることが好きじゃない。特にクラスの残りの生徒に嫌われている小僧っ子には。アンドリューは僕が女の子たちを好きなのを知っている。もちろん女の子は好きだ。女子クラスを五つ持たせてくれ。天国だ。変化がある。色とりどりだ。ゲームだ。ドラマだ。

アンドリューは待っている。クラスも待っている。椅子は傾いたままつけあがっている。ああ、足をつかんで引っ張ってやりたい。奴の頭は壁を滑って、みんな笑うだろう。

僕はアンドリューに背を向ける。どうして背を向け、教室の前方に歩いていくのか自分でもわからないし、教卓にたどり着いたところで、何をしたらいいか何を言ったらいいかわからない。自分が引き下がった、とは思われたくなくて、何か行動しなくてはいけないことはわかっている。アンドリューは頭を壁にもたせかけたまま、あの小馬鹿にしたような笑いを浮かべている。

アンドリューの垂れ下がった赤い髪が、端正な顔つきが好きじゃない。気難しい傲慢さが好きじゃない。教材を温め、クラスも乗ってくれて、僕も調子に乗り、満足しているときにふと振り返ると彼の冷たい眼差しにぶちあたることが良くあって、彼を味方にするか完膚なきまでにぶちのめすか、どちらかだと思う。

頭の中の声が語りかける、この状況をうまく利用するんだ。人間を観察する授業にするんだ。すべては計画通りだった、というふりをしろ。そして僕はクラスのみんなに言う、今クラスでは何が起きている？　生徒はこちらを見る。戸惑っている。

いいかい、自分が新聞記者になったと想像してみるんだ。君たちは数分前にこの教室に入ってきた。何を見た？　何を聞いた？　どんな話だった？

マイケルが発言する。話なんかありません。ただアンドリューがいつものようにアホなだけです。アンドリューの小馬鹿にしたような笑いが消えた。彼を追い詰めてやる。多くを言う必要はない。さっきの質問を続け、クラスに彼を断罪させる。小僧っ子の顔から永遠にあの笑いを消し去ってやる。もう椅子を傾けさせたりはしない。

理性的かつ客観的な教師の役割を自分で引き受ける。マイケル、読者にあまり情報を与え過ぎるなよ、というようなコメントをする。

そうだ、だがそんな情報、誰が必要とする？『デイリーニュース』の記者か誰かがこの教室に入って来て、アンドリューと椅子と何もかもに頭に来ている教師について、壮大な物語を書いてくれるだろうか？

彼のガールフレンドが手を挙げる。

何だい、ダイアン？

彼女はクラスに語りかける。先生がともめているのは――

いい、もとめているのはだ、ダイアン。

彼女は話すのを止める。しばらく黙っている。それからしゃべり始める、ほらね。マコート先生、この世界ではそれが間違いなのよ。人が人を助けようと思っているのに、次の瞬間にはほかの人がその人の言っていることをぜんぶ直そうとする。とても傷つくわ。あたしが言いたいのは、アンドリューに椅子を降ろすように注意するのはいいの。さもないとあのバカな頭蓋骨を折るかもしれないから。でも人のしゃべり方を直す理由はないってこと。そんなことするからこのクラスで誰も口を開かなくなるのよ。で、あたしが何をしようとしているかというとね、あたしはアンドリューに、椅子を降ろすように、そして愚か者にはなるな、と言おうとしているんです。

背が高くクールな十六歳のダイアン。ブロンドの髪が洗練された形で背中に垂れていて、スウェーデンの女優を思わせる。彼女は教室の後ろに歩いていき、アンドリューの前に立つ。僕は緊張する。

だから、ちょっとアンドリュー、この教室で何が起きているかわかってんの。このクラスは三十人以上がいる大きなクラス。あそこにいるマコート先生、椅子を傾けているあんた、先生は椅子を降ろせと言い、あんたはうっすらと微笑みを浮かべてそのまま座っている。アンドリュー、あんたが頭の中で何を考えているのかなんて誰にもわからない。あんたはこのクラスみんなの時間を無駄にしているんだけど、一体何が問題なのよ？　先生は教えることで給料をもらっているんであって、小学一年生のガキに言うみたいに椅子を降ろせと言うことでもらってるんじゃないの、わかる？　わかってるの、アンドリュー？

彼はまだ椅子を傾けているが、何が起きているんだ？　俺はどうしたらいいんだ？　とでも言いたげに僕を見る。

彼は椅子をまっすぐになるように前に戻す。立ち上がって、ダイアンに向きあう。どうだい？　君は俺のことを忘れないだろう、ダイアン。このクラスの全員のことを忘れ、担任の「名前は何だっけ」先生のことは忘れても、俺が椅子を傾け、先生が頭に来ている、だからこのクラスの誰もが俺のことを永遠に忘れないだろうさ、そうだよね、マコート先生？

理性的な教師の仮面を外して、心に浮かんだ言葉を言ってやりたかった。おい、チビのうすのろ、椅子を降ろさないんなら、鳩のえさになるように、あのクソ窓から投げ出してやるぞ。

そんな言い方をしてはいけない。教育委員会に報告されるぞ。自分の役割をわかっているだろ、もしこのゲス小僧がしょっちゅうあんたを怒らせても、先生よ、とにかく辛抱するんだ。この惨めで給料だって良くない職業にとどまるように強いる者は誰もいない。あのドアを開けて、パワフルな男たち、美しい女たちによってきらめく世界に、サテンの絨毯の敷かれた山の手のカクテルパーティーに行くのを止めるものは何もない。

そうだ、だけど先生よ、パワフルな男たちみたいなのがいっぱいいる偉大なる世界で一体何をしようっていうんだ？　仕事に戻れ。クラスのみんなに話しかけろ。傾いた椅子の問題について話をしろ。まだ終わってはいない。生徒たちは待っている。

聞いてくれ、聞いてるか？

生徒は微笑む。おなじみの、聞いてくれ、聞いてるか？　をもう一度繰り返す。生徒は廊下でまねっこしている。聞いてくれ、聞いてるか？　と。好かれている証拠だ。

僕は言った、教室で起こったことを見ただろ。アンドリューが椅子を傾け、降ろすようにと僕が言ったとき、何が起こったか。それで話の題材ができたじゃないか、そうじゃないか？　衝突があった。アンドリュー対教師。アンドリュー対クラス。アンドリュー対アンドリュー自身。ああ、そうだ、アンドリュー対アンドリュー自身だ。君たちは備忘録をつけていたんだ、そうじゃないか？　さもなければ、ずばり僕はこう言った、なぜ先生はアンドリューと椅子のことについてこんなにも大きく取り上げたんだろう？　あるいは、なぜアンドリューはそんなに厄介者なのだろう？　このことを文章にして書けば、この件には別の面が開けてくる。アンドリューの動機だ。彼だけが、なぜ椅子を傾けていたのかを知っている、君たちにはそれを推測する資格がある。このクラスの中で三十以上の考えが出てくるだろう。

翌日の授業の後、アンドリューが残っていた。マコート先生、ニューヨーク大学に行ってましたよね？

そうだよ。

やっぱり、母が先生を知っていると言っていました。

本当かい？　誰かが僕を覚えてくれていたとは嬉しいね。

僕が言っているのは、母はクラスとは別のことで先生を知っている、ということです。

もう一度言う、本当かい？

母は去年亡くなりました。癌だったんです。名前はジューンです。

何ということだ。状況をうまく呑み込めなくて、言葉にならない。理解が遅すぎる。なぜ気づかなかったんだ？　なぜ彼の眼の中にジューンを見なかったんだ？

母はよく、先生に電話するつもりだと言っていました。でも離婚など具合いの悪い時期で、そのうち癌になって、僕が先生のクラスになったと言ったら、私のことは絶対に言わないで、と約束させられました。とにかく私とは絶対にしゃべりたくないだろうから、と言っていました。

けれど僕はジューンと話がしたかった。永遠に話をしていたかった。誰と結婚したんだ？　君のお父さんは誰だい？

父が誰かはわかりません。母はガス・ピーターソンと結婚しました。もう行かなくては。ロッカーを空っぽにしないと。父がシカゴに転勤になり、父と義母とそちらへ行きます。義父と義母がいるなんて変ですよね、でも構いませんよね？

僕たちは握手を交わした。僕は彼が廊下を歩いて行くのを見ていた。ロッカーエリアに入る前に、彼は振り返り、手を振った。一瞬、過去をそんなに簡単に手放していいのだろうか、と思った。


学校の賢人は言う、やり直しがきかないなら、クラスだろうと生徒個人だろうと脅してはならない、と。つまり、ベニー・〝ブーム・ブーム〟・ブラントを脅すなどというバカをしてはならないのだ。ベニーは空手で黒帯を持っている学校でも悪名高い生徒だ。

四日間欠席した後、彼は「英語の中の外国語」――アーメン、パスタ、シェフ、スシ、リムジン、それに笑いを誘う、ランジェリーやビデやブラジャー――の授業の途中に教室に彷徨《さまよ》いこんでくる。ブーム・ブームを無視して授業を続け、席に座らせることもできる。でもクラスの生徒たちがじっと見つめ、考えていることがわかる。どうして自分たちは欠席すると欠席届を持ってこなくてはいけないのに、ブーム・ブームはあんな風に教室に入ってきて、席に着けるのだろう？　と。彼らは正しいし、僕は彼らの味方だ。柔じゃない、と示す必要がある。

悪いんだけどさ、僕は嫌味な感じを出そうとしている。

彼はドアを入ったところで立ち止まる。何だって？

自分がいかに冷静かを示すためにチョークを一本弄ぶ。どこへ行くんだ？　と、どこへ行こうと思っているんだ？　のどちらで訊くか悩んでいる。第一の言い方だと教師の権威を示す、簡単な質問に聞こえるだろう。二つ目の、思うか、は挑戦的で問題を引き起こすかもしれない。いずれにしても大事なのは声の調子だ。少し気が引ける。

悪いんだけど、入室許可証はあるかな？　欠席した後は事務室からの許可証が必要なんだ。

これは教師の普通の注意の仕方だ。教師が権威を代表している。廊下の奥の事務室ではすべての問題に許可証を発行している。校長、教育長、市長、大統領、やめてくれ。これは僕の望む役割じゃない。ここにいるのは英語を教えるためであって、許可証を求めるためではない。

ブラントは言う、誰が俺を止められる？　ほとんど友人のような口ぶりで、純粋に好奇心から言っている。だが、クラスからざわめきが起こる。

このクソッタレが、とラルフィ・ボイスが言う。

高校教師は管理職から教室での暴言をなくすよう求められている。そういう言葉は失礼だし、法や秩序の崩壊につながる。ラルフィに注意したかったが、できないのは僕の頭の中を飛び交っている言葉も、このクソッタレが、だからだ。

ブラントは背中をドアにつけて立っている。ドアが彼の後ろでバタンと閉まる。我慢している様子だ。

このマンハッタンはデランシー・ストリートの見苦しい未来の配管工に突然感じた温かい気持ちは何だろう？　彼の我慢している様子からくるのだろうか、それとも表情の優しさからくるのだろうか？　とても理性的で思慮深く見える。だからタフな教師の振りはやめて言おう。もういい。座るんだ、ブラント。許可証のことは忘れていいから、次回持ってくるように。だが、やり直すにはあまりにも遅かった。クラスメートが目撃者だから、何かが起きそうだ。

僕はチョークを空中に投げ上げ、つかむ。ブラントが見ている。彼に歩み寄る。今日が僕の最期の日にしたくはないが、クラスは待っている。彼の質問、誰が俺を止められる？　に答えるときだ。

僕は、おそらく投げるのは最後になるチョークを投げ、彼に言う、僕だ。

彼は、あんたは先生だからな、とでも言うようにうなずく。

温かい気持ちが戻り、彼の肩をたたき、すべて忘れて、座るんだ、ブラント、と言いたくなる。

再びチョークを投げるが、取り損ねる。床の上に落ちる。チョークの回収が必要だ。屈《かが》んで拾おうとすると、僕を促すかのようにブラントの足が目の前にある。僕はつかんで引っ張る。ブラントは後ろにひっくり返り、真鍮《しんちゅう》のドアノブに頭をぶつけ、床に倒れ、次の動きをじっくりと考えているかのように静かにしている。再びクラスからざわめきが起こる。ワオ。

彼は頭の後ろをさすっている。素早いパンチ、チョップ、キックをお見舞いしてやろうと準備しているのだろうか？

ちきしょう、マコート、あんたが空手をやるとは知らなかったよ。

僕が勝ったようだ、次の一手は僕だ。いいだろう、ベニー、座って構わない。

よろしい、だろ。

何だと？

どの先生も座ってよろしい、と言う。ブーム・ブームは僕の文法を修正しているのだ。俺は精神病院にいるのかい？

わかった。座ってよろしい。

ということは、許可証は要らないってことかい？

そうだ、必要ない。

俺たちは必要ないことのために戦ったってこと？

自分の席に行く途中でブーム・ブームはチョークを踏んづけて僕を見る。わざとやったのか？　問題にすべきか？　頭の中の声は言う、授業を続けろ。子供じみた行動はやめるんだ。この生徒に二つにへし折られるぞ。先生よ、「英語の中の外国語」の授業に戻るんだ。

ブラントは僕たちの間に何事もなかったかのようにふるまっている。恥ずかしい気持ちが波のように高まり、クラス全体、とりわけブラントに謝りたくなる。自分のしたことの軽薄さに自分を責める。今や生徒は僕が空手を使ったと考えてほめたたえている。僕は口を開き、戯言を並べる。

フランス語がなかったら、英語がどうなるか考えてみるんだ。もうリムジンを寄越してもらうのにお抱え運転手《ショウファー》を呼べないだろう。ランジェリーの代わりに下着と言わなくてはいけない。レストランにも行けない。料理《キュイジーヌ》もグルメもソースもメニューもシェフも香水《パフューム》もない。ブラジャーに代わる言葉を探さないといけない。

囁き声、くすくす笑い。ああ、マコート先生、何を言ってるんだか。

こんな風に生徒の気持ちを事件からそらす。あらゆる局面で勝利したようだ、ブラントと目が合うまでは。彼の目は、いいよ、マコート先生、と言っているようだ。いいところ見せたいんだろ、それなら俺は構わないよ。

彼は、ニューヨーク州立大学共通試験の英語に合格するくらい頭がよかった。彼は合格できるし、合格するような作文を書けるはずだったが、単位を落とすことを選んだ。トピックとして出されていたリストを無視して、「チュンチュン」という見出しを付け、三百五十個「チュンチュン、チュンチュン、チュンチュン、チュンチュン、チュンチュン……」と書いた。

卒業後、デランシー・ストリートでブーム・ブームに会ったときに、あのチュンチュンはいったい何だったのかを尋ねる。

わかりません。頭がおかしくなっていて、どうでもよかったんです。あの教室にいてもすべてがバカバカしかったんですよ。試験監督の先生が他人の答案を見るんじゃないぞ、と警告したとき、窓辺でチュンチュン鳴いて飛んで行った鳥がいたんです。それで僕は、そうだ、ちきしょう、構うもんか、と口に出して言い、鳥の声を書いたんです。十四歳のとき、親父が僕に武道を習わせようとしました。日本人の男は僕を外にある長椅子に一時間座らせました。僕が、よお先生、稽古はどうなったんですか？　と訊くと家に帰れ、と言われました。家に？　先生はその時間稽古することでお金をもらっているんでしょ。家に帰れ。来週来るべきですか？　と訊くと、先生は何も言いませんでした。翌週行くと、お前は何がしたいんだ？　と訊くので、武道を習いたいです、ともう一度言うと、便所掃除をしろ、と言われました。武道と何の関係があるんだろうと思ったけど、何も言わず便所掃除をしました。長椅子に座って、靴と靴下を脱いで、自分の足を見ろ、と先生が言いました。足から目を離すな。お前は自分の足をちゃんと見たことがあるか？　俺の足は片方がでかいんだ。先生は外に出てきて、靴を履け、靴下は履かずに家に帰れ、と言いました。だんだん先生の言うことをするのが嫌じゃなくなりました。だから頭にこなくなりました。ときには長椅子に座り、何もしないで、ただ家に帰ることもありました。それでも月謝は払います。親父に言うと、なんだそりゃ、という顔をしただけでした。日本人の男が最初の稽古のために道場に入れてくれるまでに六週間かかりました。顔を動かないようにして僕を壁に向けて立たせ、先生は刀のようなものを持って叫びながら僕に十五分くらいの間迫ってきました。その立ち合いの終わりに先生は入学を許可する、と言ったんです。ただし、余計な考えが浮かんだと見てとれたときには家に帰る前に便所掃除をしなければなりませんでした。だからあの日、先生が僕の足を引っ張ったときに何が起きていたのかわかっていたんです。先生は身を守る必要があった。僕はそれで構わなかった。あの世界は僕には必要じゃなかったし、先生はまあまあいい先生で、クラスのあんな奴らが何を思おうと関係なかったからです。偉そうな教師のようにふるまわなければならなくなったら、家に帰って便所掃除をすればいいんですよ。

これがアメリカの公立高校の現状だ。教室から離れれば離れるほど、経済的かつ専門的な報酬は大きくなる。教員免許を取って、二、三年教える。学校経営、教育評価、進路指導のコースを取り、新しい資格を持って、エアコン、専用トイレ付きのオフィスに移る。長いランチを取ることができ、秘書もいる。問題児のグループと格闘する必要もない。オフィスに隠れていれば、クソガキどもに会う必要もない。

しかし僕は、そのとき三十八歳、教育制度の中で出世する野心もなく、アメリカン・ドリームを求めて彷徨《さまよ》い、中年の危機に直面した、落ちこぼれの高校の英語教師だったが、総括教諭や校長、教頭に仕事の邪魔をされていた、あるいは邪魔されていると思っていた。

僕には不安があったが、何が原因かわからなかった。アルバータは言った、博士号を取って、世界に出て行ったらどう?

僕はそうしようと言った。

ニューヨーク大学からOKが出て、博士課程に入学を許可されたが、妻は言った、どうしてロンドンかダブリンに行かないの?

僕を追い出したいのか？
妻は微笑んだ。

十六歳のとき、友達とダブリンを日帰りで訪れたことがある。灰色の石壁を背にパレードを見ながら立っていた。灰色の石壁はトリニティ・カレッジ〔一五九二年に創立された、ダブリンにあるアイルランド最古の大学〕のもので、あの壁の内側は外国の領土、つまりイギリス人のものでプロテスタントの領土だと見做されていることは知らなかった。通りの奥の鉄の柵と大きな門が僕の見たいものを締め出している。エドマンド・バークとオリヴァー・ゴールドスミスの野外の像があった。ああ、まさにあそこに彼がいるんだな、と僕は言った。「寒村行」を書いた作家で、その詩を学校で暗唱させられた。

リムリック出身の友達は、僕なんかよりも世の中のことをよく知っていて、言った、オリヴァーやそのほかの像をよく見ておくんだ。お前のようなやつは何があっても門の中には入れないからな。司教さんはトリニティに行くカトリック教徒はみんな自動的に破門だ、と言っていた。

そんなことがあったあとでダブリンを訪れたときにはいつでもトリニティに惹きつけられた。僕は学生たちがトリニティのマフラーを肩に垂らす優雅なやり方に憧れの気持ちを抱きながら門のそばに立っていた。イギリス人のように聞こえる訛りに憧れた。僕に一瞥もくれないプロテスタントの女の子たちと付き合いたかった。あの娘たちは自分と同じ種類の人間、同じ階級の人間、馬付きの家に住んでいるプロテスタントと結婚するのだろう。そして僕の友人があの娘たちの一人と結婚したら、罪をあがなう見込みもないままに、ローマ・カトリック教会から追い出されるのだろう。

明るい色の服を着たアメリカの観光客は大学を出たり入ったりしているので、僕も入る勇気を持ちたいが、門番にお前は何をしているんだ、と訊かれたら、何と答えていいかわからない。

六年後、僕はアメリカの軍服を着てアイルランドに戻った。尊敬の眼差しで見られると思った。実際そうだった、口を開くまでは。軍服にふさわしくアメリカ訛りを身につけようとしたが、うまく行かなかった。初めのうちはウェイトレスが先を争って、僕をテーブルに案内してくれるのだが、口を開くと、あら、まあ、全然ヤンキーじゃないじゃない、全然ちがうわ。あなたは他のみんなと同じただのアイルランド人よ。出身はどこ？　アラバマ出身のGIで通そうとしたが、グラフトン・ストリートのビューリーズ・カフェ〔一九二六年に創業した、ダブリンで最大のスペースを誇る老舗カフェ〕のウェイトレスは、あなたがアラバマ出身なら、あたしはルーマニアの女王よ、と言った。僕が言葉につまり、リムリック出身だと認めると、彼女はルーマニアの女王という主張を取り下げた。お客さんとしゃべるのはビューリーズの規則に反するけど、あなたはタイプだから飲みに行きたいわ、と言った。僕がバイエルン中のビールとシュナップスをいかにして飲み干したかを自慢げに語ると、もしそれが事実なら、通りの向こうのマクダイドのパブでシェリーをおごってよ、と言った。

彼女を魅力的だとは思わなかったが、ビューリーズのウェイトレスに僕と飲みたい、と言われたことは僕をとても喜ばせた。

マクダイドの酒場に行って、彼女を待った。酔っ払いたちは僕を睨み、アメリカの軍服を見て、お互いに肘をつつくので、居心地が悪かった。バーテンダーも睨んでいた。ビール一パイントを注文すると、ここにいらっしゃったのは大将か何かですか？　と訊いた。

僕は皮肉が理解できず、言った、いや、伍長です。酒場中に笑いのさざ波が広がり、自分が世界で最も愚かな人間のように思えた。

　僕は混乱した。アメリカで生まれ、アイルランドで育ち、アメリカに戻った。アメリカの軍服を着ているが、自分はアイルランド人だ、と思っている。彼らは僕がアイルランド人だということを知るべきだ。僕のことをからかうべきじゃない。

　ビューリーズのウェイトレスがやって来て、僕と一緒に壁際の席に座り、シェリーを注文すると、ますます睨まれ、つつき合いが始まった。バーテンダーはウィンクし、「また一人犠牲者が」とかなんとかいうようなことを言った。彼はカウンターから出てくると、もう一杯飲むか、と訊いた。もちろんもう一パイント飲みたい。注目を一身に浴びて顔が熱くなり、大きな鏡をのぞくと目が真っ赤だと気付いた。

　ウェイトレスは、バーテンダーがもう一杯あなたに持ってくるなら、ビューリーズで疲れ切った一日を過ごしたあたしにも、もう一杯シェリーを持ってくるわよね、と言った。あたしの名前はメアリー。あなたがあたしのことをただのウェイトレスだって見下すような人なら、ここで終わりにするわ、と言った。結局のところ、あなたはアメリカの軍服を装ってる、気取った田舎者に過ぎないわね。シェリーを飲んで彼女はおしゃべりになったようで、話せば話すほど、壁際の席の笑い声は大きくなった。ビューリーズの仕事は一時的なもの。事務弁護士が祖母の遺産問題を解決し、片が付いたら、グラフトン・ストリートに小さな店を開いて、上流階級向けの上品な衣服を売るわ。

　上品な服というのがどういうものなのかわからなかったけれど、彼女がそのような店をやるのはいかがなものか、と思った。太っていて、顔の谷間に目が埋もれており、顎は垂れ下がりぶらぶらしている。身体中のあらゆるところが膨らんでいる。彼女と一緒にいたくなかったし、何を話したらいいかわからなかった。人々が僕を笑っていると思い、やけになって、もう僕は行くよと口走った。

何？　彼女は言った。

僕は……僕はトリニティ・カレッジを見たいんだ。大学の中をね。門を通って中に入りたい。三杯目の黒ビールが語らせている。

あそこはプロテスタントの土地よ、と彼女は言った。

構うもんか。あの門の中に入りたい。

皆さん、聞いた？　彼女は酒場全体に語りかけた。この人トリニティの中に入りたいそうよ。

驚いたねと一人が言い、参ったねともう一人が言った。

いいさ、大将、とバーテンダーが言った。行けよ。トリニティに行って、中を見て来い。だが必ず土曜日には告解に行くんだぞ。

聞いた？　とメアリーが言った。土曜日に告解よ。でも心配しないで、ダーリン。あたしがいつでも告解を聞いてあげるから。さあビールを飲み干して、トリニティに行きましょう。

なんてことだ。彼女は僕と行きたがっている。太った身体をゆらゆらさせて、メアリーはアメリカの軍服を着た僕とグラフトン・ストリートを歩きたがっている。人々は口々に、あのヤンキーを見ろよ、ダブリンには世界一可愛い娘たちがいるのに、あんなデブ相手が関の山さ、と言うだろう。

わざわざ来なくてもいいよ、と言ったが、彼女は絶対行く、と言い張り、バーテンダーは土曜日の告解の内容は一つ以上ありそうだな、と言った。あんたの女は情け容赦ないからね。

どうして一人で行くという態度を示せないのか？　人生で初めてトリニティの門を通るっていう

のにこのおしゃべりのデブ女と腕を組んでじゃないといけないのか？

その通りにすることになった。

グラフトン・ストリートを歩いている間ずっと彼女は僕たちに目を向ける人に向かってしゃべっていた。どうかした？　ヤンキーを見たことがないの？　ついにショールをまいたある女性が彼女に言い返した、ヤンキーに会ったことはあるけど、あなたのような人と一緒に歩かなくてはいけなくて、世の中でこんなに沈んでいる人は今まで見たことはないわ。メアリーは参列すべき大事な用事がなければ、そのショールをまいた頭から眼をくり抜いてやるわ、と金切り声をあげた。

トリニティの門をくぐるときは緊張した。制服を着た門番にそこで何をしている、と絶対訊かれると思っていたが、門番はまったく注意を払わなかった、メアリーが素敵な夜ね、ダーリン、と言ったときでさえ。

とうとう僕は門の中の丸石の上に立ち、もう一歩も進む気にはなれなかった。オリヴァー・ゴールドスミスがここを歩いた。ジョナサン・スウィフトがここを歩いた。何世紀にもわたって、金持ちのプロテスタントがここを歩いた。今僕はこの門の内側にいる、それだけで十分だ。

メアリーが腕を引っ張る。暗くなってきたわ。一晩中ここに突っ立ってるつもり？　ねえ、シェリーが死ぬほど飲みたいわ。それからあたしの小さなワンルームのアパートへ行くの、そのあと何が起きるかは誰にもわからない、誰にも。彼女はくすくす笑って、僕を大きくてゆさゆさする柔らかい身体に押し付けた。僕はダブリン中に向かって言いたかった、違う、彼女は僕の女なんかじゃない。

僕たちはナッソー・ストリートを歩いた。彼女は角のイェイツ・ショップで立ち止まり、宝石に見とれた。素敵ね、彼女は言った。素敵。ああ、あの指輪の一つを指にはめる日が来るのね。

彼女はウィンドウの中の指輪を指さすために、僕の腕を離した。僕は走り出した。ナッソー・ストリートをひたすら走った、この薄汚いヤンキー気取りのリムリック野郎、という彼女の金切り声もほとんど聞こえなかった。

翌日ビューリーズに戻って、自分の行動を彼女に詫びた。ああ、別に気にしないで、と彼女は言った。何杯もシェリーやビールを飲んで自分が何をしているのかわからなかったんでしょう。あたしは六杯目でやめたわ。もしよければ、フィッシュ・アンド・チップスを食べに行って、そのあとあたしの部屋でお茶を飲みましょう、と言った。お茶のあとで彼女は、グラフトン・ストリートのホテルに歩いて帰るにはもう遅すぎるから、泊まって、明日の朝一緒にバスで出かけても全然構わないのよ、と言った。彼女がトイレに行ったので、僕は下着になった。彼女は大きく膨らんだ灰色の寝間着で戻ってきた。ベッドの脇にひざまずき、十字を切ると、神様、自分と全ての害悪の間に来てください、とお願いした。神様に、自分は誘惑に身を委ねようとしていますが、きっとベッドにいる男にも罪はありますよね、と言った。

彼女はベッドに転がり込み、僕を壁に押し付け、僕が手を伸ばして寝間着をたくし上げると、手をぴしゃりと叩いた。あなたが魂を失うことに責任は取りたくないけど、あなたが眠りに落ちる前に完全な「悔悛の祈り」を唱えれば、あたしは心が安らぐわ、と言った。僕が祈りを唱えていると、彼女は寝間着を脱いで身体をくねらせ、僕を引き寄せた。祈りを終えるのは後にして、と彼女が言うので、僕はそうする、と言い、実際にそうした。彼女の大きな脂肪太りの身体に押し入り、「悔悛の祈り」を終えた。

あのとき僕は二十二歳、今や三十八歳、トリニティ・カレッジに志願しようとしていた。そうさ、GRE〔大学院入学適性試験〕を受ければ、トリニティは僕の志願を審議してくれるだろう。僕は試験を受け、英語で九十九パーセントのスコアを取り、自分も周りにいた人々も驚かせた。ということはその場に国中の秀才と一緒にいながらそのスコアを取ったということで、気分が高揚して、ブルックリンのゲージ＆トルナーのレストランに行き、ベイクド・ポテト添えのスズキを食べ、家に帰った記憶がないほどワインをたくさん飲んだ。アルバータは翌朝、我慢強くも僕を非難しなかった。結局のところ、僕はダブリンの優秀な大学に行くんだしトリニティが論文を書き、立証するのに与えてくれる時間、これからの二年間、あまり僕に会わなくて済むからだ。

GREの数学部門では世界で最低点を取ったと思う。

アルバータはクイーン・エリザベス号の船室を予約してくれた。大西洋を東に向かって航海する最終船の一つ前の船だ。僕たちは船でパーティーをした。することになっていたからだ。シャンパンを飲み、乗船しない人は岸に戻るときが来て、僕はアルバータにキスをし、彼女もキスを返した。僕は寂しくなるなと言い、彼女も寂しくなるわ、と言った。だが、二人とも本当のことを言っているとは思えなかった。シャンパンで頭がよく回らなくなっていた。船が埠頭を離れるとき、何に手を振っているのかわからないまま、手を振っていた。これが僕の人生だ、と思った。何に手を振っているのかわからないまま手を振る。それは探求すべき深い考えのようにも思えたが、頭が痛くなったので、考えるのを止めた。

船はハドソン川に侵入し、イギリス海峡に舳先《へさき》を向けた。デッキに出て、エリス島に手を振る、と決めていた。みんな自由の女神に手を振っていたが、僕はエリス島に、希望と失望の島に特別な想いを抱いて手を振っていた。

三十四年前、自分が四歳になるかならないかの子供だった頃のことを思い出していた。手をひたすら振って、アイルランドに向かっていたのだ。こうしてまた再び、僕は手を振って、一体何をしているのだろう、どこに向かっているのだろう、一体これからどうなるんだろう？

一人ぼっちで、シャンパンの酔いでまだふらつき、船の中をあちこち彷徨《さまよ》う。僕はダブリン行きの、こう言ってよければトリニティ・カレッジ行きのクイーン・エリザベス号に乗っている。アメリカとアイルランドを船で往復していたとき、あんなに手を振っていたとき、敵の大学に入学する、などと考えたことがあっただろうか？　トリニティ・カレッジ、プロテスタントの大学、いつもこっちの王様あっちの王様に忠誠を誓ってきて、トリニティはこれまで自由という大義に貢献したことはあっただろうか？　だが、あのトリニティのキャンパスを訪れたとき洟垂れ小僧だった僕の心の中では、いつも彼らの方がすぐれている、と思っていたのではなかったか、気取ったアクセントで話し、気取った顔つきをしているプロテスタントどもを。

オリヴァー・セント・ジョン・ゴガティはトリニティ出身の男で、僕は彼の論文を書き、彼の才能や文体が自分に引き継がれるかと期待して、目に入る限りの彼の言葉を一言一句残さず読んだが、すべては無駄だったことに気付く。一度マッキーの同僚、スタンリー・ガーバに論文を見せて、自分の希望を話したことがある。彼は首を横に振り、いいか、マコート、ゴガティのことは忘れろ、と言った。君の脳の奥には、ずっとリムリックの路地でいらついているあの少年がいるんだ。自分が一体何者か考えてみろよ。十字架を登り、自身の苦しみを引き受けろ。代わりの人なんていないんだ、友よ。

どうしてそんな言い方をするんだ、スタンリー？　十字架を持ち出すなんて。君はユダヤ人だろ。その通りさ。俺たちを見ろ。非ユダヤ人たちと上手くやろうとした。同化しようとした。けれどさせてくれなかった。そんなとき何が起きるか。轢轢だよ、君、轢轢がマルクスやフロイトやアインシュタインやスタンリー・ガーバのような人々を吐き出すんだ。ありがたいことに、マコート、君は同化していない、ゴガティは捨てろ。君はゴガティじゃない、君自身になるんだ。わかるだろう？　今この瞬間に倒れて死んだとしても、進行中の星はそのまま進行して、君は輝点となるだろう。自分の道を行け、さもなきゃアイルランド女とマリア万歳でも唱えて、スタテン島の小さな家で最期を迎えなよ。

そのことについては考えられなくなった。というのもクイーン・エリザベス号の中央階段を降りていくと、知っている女性がいたからだ。彼女は僕を見ると、一緒に飲みましょう、と言った。僕の記憶では、彼女はニューヨークの金持ちの私的な看護師をしていて、彼女について仕事以外のことをあれこれ思い出そうとした。彼女は、友達にはがっかりさせられたところなの。友達が旅行の計画を変えたものだから。私の目の前には、ツインベッドと五日間の孤独な旅行付きの一等船室があって、私はそこに泊まっている看護師ってわけよ、と言った。アルコールで口が緩み、僕は自分が寂しいことと、この旅行でお互いにいい友達になれそうだね、と彼女に話した。もっとも君は一等船室で僕は喫水線よりも下の部屋だから会うのがなかなか難しいけれどね。

あら、そんなことなら大丈夫《グランド》、と彼女は言った。彼女は半分アイルランド人で、ときどきそんなしゃべり方をした。

酒を飲んでいなかったら、もっと分別があっただろうが、僕は誘惑に負け、船の腸《はらわた》の中の自分の寝台を忘れた。

僕は食堂で朝食をとっていなかったので、大西洋横断の三日目に、初めてそこを訪れた。ウェイターにどうかされましたか？　と訊かれたので、バカだと思われるだろうなと思いながら、どこに座ったらいいかわからなくて、と言った。

お客様、前に見えられたことは？

いいや。

彼はウェイターだから、あからさまな質問はしなかった。お客様は表向きには乗船していないことになっています、と僕に言った事務長《パーサー》もそうだった。船の記録では、友人たちと盛り上がった挙句、港に残った、と考えられていた。説明を待っているのがわかったが、僕は私的看護師との一等船室での経験を決して話すわけにはいかなかった。ええ、座席はあります、朝食にようこそ、と彼は言った。

喫水線下の船室には寝台が二つあった。同室の友は跪《ひざまず》いて祈っていた。僕を見ると驚いたようだった。アイダホ出身のメソジストで神学を勉強するためにハイデルベルク〔ドイツ南西部の都市。ドイツの学術・文化の中心地〕に行くところだった。だからこの三日間、ニューヨークの私的看護師と一等船室で過ごしていた、などと自慢などしなかった。祈りの邪魔をして申し訳ない、と言ったが、私の全人生は祈りと共にあるから決して邪魔ではありません、と彼は言った。そんな風に言えるのは素晴らしいことだし、自分の人生もかくありたいと思った。彼の言うことは良心の痛みをもたらし、自分が価値のない罪深い人間だと感じさせた。彼の名前はテッド。身だしなみのきちんとした、陽気な青年だ。真っ白い歯と髪は海兵隊のクルーカットだった。白いシャツはパリッと糊が効いていて、アイロンがかかっている。自分に満足し、世界とも調和していた。神は彼の天国に、メソジストの天国にいて、すべてはうまくいっている。僕は気圧された。もし彼の人生が祈りなら、僕の人生は何だ？　長期間の罪か？　もしこの船が氷山にぶつかったら、テッドは「主よ御許に近づかん」を歌いながらデッキに出て、僕は最後の告解を聞いてもらうために船中司祭を探すだろう。

テッドは僕に、信仰を持っているんですか、教会に行きますかと訊いた。メソジストの礼拝に一時間でも一緒に来てくれたら歓迎しますと言ってくれたが、僕は口ごもった。ミサはたまにしか行かないんだ。わかりました、と彼は言った。わかるもんか。カトリックの苦しみ、特にアイルランドのカトリックの苦しみがメソジストにわかるもんか（もちろんそんなことは言わなかった。彼の気持ちを傷つけたくなかったから。彼はとても誠実な人だから）。彼は一緒に祈ってくれますかと言ったが、またもや僕は口ごもった、プロテスタントの祈りを一つも知らないし、それに僕はシャワーを浴びて着替えなくちゃいけない。彼は作家が言うところの刺すような目つきをしたから、彼にはすべてお見通しなんだと感じた。彼はまだ二十四歳だったが、すでに信仰も理想も目標も持っていた。罪について聞いたことはあるのだろうが、罪を免れた、あらゆる意味で穢《けが》れのない人だった。

僕はテッドに、シャワーを浴びたら、カトリックのチャペルを見つけてミサに出る、と言った。彼は言った、ミサなんて必要ありません。司祭もです。信仰、聖書、そして祈るためには二つの膝と一つの床とがあればいいんです。

その発言は僕をいやな気持ちにした。なぜ人は人を放っておくことができないんだ？　なぜ人は僕のやりたいことを変えなければならないと思うんだろう？

いやだ、メソジストと跪いて祈りたくなどない。さらに、こんな最高の場所にいて、甲板を歩き、椅子に座って、水平線が上下するのを眺められるというのに、ミサや告解などにも行きたくはなかった。

そんなことどうでもいいや、と僕は言って、シャワーを浴び、水平線のことを想った。水平線は人間よりもいい。水平線はほかの水平線の邪魔をしたりしない。シャワーから出ると、テッドはいなくなっていて、彼の持ち物は寝台の上にきちんと並んでいた。

甲板に出ると、私的看護師が濃紺のダブルのブレザーを着こなし、喉元にピンクのアスコット・タイをした小柄で小太りの白髪の男に腕を預けて歩いて来た。僕を見ないふりをしていたので、じっと睨んでいると軽く会釈した。彼女が通りすぎるとき、彼女は僕を悩まそうとよく考えた上でお尻を振っているのだろうかと思った。

尻を振ってろ。気になどするか。

でも気になった。心を砕かれ、関係を断たれた気分だ。僕との三日間のあとで、少なくとも六十歳はいってる年寄りとどうしてデートできるんだ？　ベッドに起き上がって、白ワインのボトルを空けたあの時間は何だったんだ？　バスタブで彼女の背中を流したあの時間は何だったんだ？　船がアイルランドに入港するまでの二日間、僕はいったいどうすればいいんだ？　僕の下で祈り、ため息をついているメソジストと一緒に上の寝台で寝ていなくてはならない。看護師は気にしていなかった。僕を惨めな気持ちにさせるために、わざと別の甲板でも僕の行く手を横切った。彼女とあの年寄りのことを考えると、彼の年老いたしわだらけの身体が、彼女の身体の隣りにあるところが頭に浮かび気分が悪くなった。

次の二日間は波が高く暗かった。その間僕は手すりにもたれて、大西洋に飛び込むことを考えていた。戦争中に沈んだすべての船、戦艦、潜水艦、駆逐艦、貨物船などと共に海底に沈むのだ。航空母艦は沈んだだろうか。航空母艦と甲板下にある死体が浮いて隔壁にぶつかっているところを想像して、しばらく惨めさを忘れていた。しかし惨めさは戻ってきた。船中を歩き回って、特にすることもないのに、三日間一緒に過ごした看護師と偶然会い、おまけにダブルのブレザーを着た年寄りが一緒にいるのを見ると、自分の存在がほとんど無意味に思えてくる。もし大西洋に飛び込んだら、彼女は何かしら思ってくれるかもしれないが、それを知ることはないんだから僕にとっては何の役にも立たない。

手すりにもたれ、船は邁進し、僕は人生と自分がいかに腰抜け《パールトルーン》だったかを考えていた（それは当時僕の好きな言葉でよく使っていた）。腰抜け。ニューヨークに着いた日からクイーン・エリザベス号に乗っている今日まで、当てもなくある場所から別の場所へとふらついていた。移民してきて、行き止まりの仕事に就き、ドイツやニューヨークで飲んだくれ、女を追いかけ、ニューヨーク大学で四年間眠り、教師の仕事で学校を次々と漂い、結婚し、独身に戻りたいと願い、また飲んだくれ、教育の袋小路にぶつかり、人生がまともに進むよう望みながら、アイルランドに向かって航海している。

陸《おか》でも海でも、卓球《ピンポン》や円盤突きゲーム《シャッフルボード》をして、それから飲みに行き、それ以降の展開は神のみぞ知るような愉快な旅仲間の一員になれたらな、と思ったが、僕はそんな才能を持ちあわせていなかった。頭の中では練習もリハーサルもしていた。やあ、と僕は言う。調子はどうだい？　すると彼らは答える、最高さ、ところで一緒に飲まないか？　いいね、と何気ない態度《インスーシアンス》で僕は答える（それは当時僕の好きなもう一つの言葉だった。何気ない態度は僕が目指すものであり、その言葉の響きが気に入っていたからだ）。二、三杯ひっかければ、何気なく話せるかもしれない。僕の魅力的なアイルランド人の話し方で、パーティーの中心になれるだろう。だが、手すりにもたれたままですべてが終わる快適さを捨てたくなかったのだ。

三十八歳というのが僕の頭にあった。中年の教師がダブリンに航海する、まだ学生として。それが男の生きる道だろうか？

大西洋のど真ん中で自分自身に危機感を覚え、デッキチェアに無理に身を置き、大洋と看護師の姿を追い出そうと、目を閉じた。彼女のハイヒールのコツコツという音と「年老いたアスコット野郎」のアメリカ人の高笑いをさえぎることはできなかった。

単に生き残る技を嗅ぎつけるだけじゃなく、知性というようなものを持っていたならば、苦しみながらも自分の人生の再検討を試みただろう。だが僕には内省の才能が欠けていた。リムリックで何年も告解をして来た後なら、最高の告解とともに自分の良心を点検することもできるだろう。だがここではできなかった。母なる教会はここでは役に立たなかった。あのデッキチェアに座っているだけでは、かろうじてカトリックの教えを超えて冒険をした程度だ。自分がわかっていない、ということがわかり始めていた。自分を掘り下げてみると、自分の惨めさのために頭が痛くなった。頭が混乱した三十八歳はどうしたらいいかわからなかった。僕は何て無知だったんだろう。今やあらゆることの責任を自分以外のあらゆる人間に負わせよと促されている。両親に、惨めな子供時代に、教会に、英語に。

ニューヨークの人たち、特にアルバータは僕に言った、あなたには何かサポートが必要よ、と。彼らが、明らかに情緒障害だ、精神科医に見てもらうべきだ、と言っていることを僕は知っていた。

彼女は言い張った。あなたは一緒に暮らすのが難しい人だわ、と言って、東九十六丁目、精神科医が集まっている通りの医者に予約を取った。先生の名前はヘンリーで、先生はジーヴスに顔がそっくりですね、と言ったのが間違いの始まりだった。彼は訊いた、ジーヴスとは誰だね？　P・G・ウッドハウスの登場人物です、と言うと、気分を悪くしたようだった。ジーヴスのように眉を吊り上げたので、愚かなことをしたと思った。そもそもここで一体何が行われているのか、そのオフィスで自分が何をしているのかわからなかった。ニューヨーク大学で心理学の授業をとっていたので、精神にはさまざまな領域があること、意識、無意識、潜在意識、自我、イド、リビドー、そしておそらく悪魔が潜む小さな部屋や隙間については知識があった。そしてそれが知識だといえるとして、それが僕の知識の限界だった。だいたい僕はこの男の向かい側にやっと座っているだけなのに、なぜ金を払っているのだろう。顎の高さでノートになぐり書きし、時折書くのを止め、まるでサンプルででもあるかのように僕を見つめているこんな男に。

彼はほとんどしゃべらず、僕は沈黙を埋めなければならないと思ったり、ただ座ってお互いをボケッと見ているだけだったりした。彼はよく映画で見るように、これについてはどう思うかね？とも決して言わなかった。彼がノートを閉じると僕は診療は終わりだと気付いた、診療代を払う時間だった。初めに彼は、全額はいただきません、と言った。貧乏教師割引だそうだ。自分は慈善の対象となる症例ではない、と言いたかったが、心の中にあることをとにかくほとんど口にはしなかった。

彼のいつものやり方が僕を不愉快な気分にした。彼は待合室に入ってきて、ただ突っ立っている。それが、こちらが立ち上がって診察室に入る合図だ。握手をしようとも、言葉を交わそうともしない。こんにちはと言って、手を差し伸べるのが僕の仕事なのだろうか、もしそうしたら、彼はどう思うだろう。僕が劣等感の塊だからそうしたんだ、と彼は言うだろうか？　僕の家族の先祖たちのように頭がおかしいと決めつけられるような情報は与えたくなかった。彼には、クールな物腰、論理、そして可能ならば機知を印象づけたかった。

最初の診察のとき、僕がどう対応するか決めかねている間中、彼はずっと見ていた。これは告解なのか？「良心の点検」なのか？　あの背の高い椅子に座るべきか、映画で見るようにカウチに横になるべきか？　椅子に座ったら五十分間彼と対面しなければならないが、カウチで手足を伸ばせば、天井を見つめ、彼の目を避けられる。僕は椅子に座り、彼は自分の椅子に座り、彼の顔に非難の色がないことに安心した。

数回訪れると、止めたくなり、午後のビールの静穏を求め、三番街のバーへ足を向けた。まだ止める勇気もなかったし、激怒しているわけでもなかった。もっと頻繁に集中することが必要だと彼が言うから、毎週毎週、ときには週に二回椅子に座って、意味もなくしゃべった。そんなことをする意味を訊きたかったが、彼の方法というのは自分の力で自分自身を理解することだ、ということが次第にわかってきた。もしそうであるならば、どうして彼に金を払っているのだろう？　と自問した。どうしてセントラルパークに座り、木々やリスを眺めながら、悩みを表に浮かせてはいけないのか？　あるいはパブに座り、ビールを何杯か飲み、内面を見つめ、良心を点検してはいけないのか？　その方が何百ドルも節約できる。はっきりと言ってやりたかった。先生、僕のどこが悪いのですか？　なぜこんな所にいるんでしょうか？　貧乏教師割引だとしても、代金を払った分の診断書がほしいのです。病名を言ってくれたら、調べて治療法を探します。毎週毎週人生について戯言をしゃべり、診断の初期、中期、後期のどこにいるかもわからずに、ここには来られません。

そんなことをその医師に言えるわけもなかった。そんな風にしつけられてはいなかった。失礼ではあるし、彼も怒るかもしれない。僕は良く見られたいし、彼に同情されたくもない。きっと彼には、トラブルだらけの結婚とこの世界に目的を見つけられないことに対して葛藤しているにもかかわらず、僕がどんなに理性的でバランスが取れているか、わかっているはずだ。

彼はノートに殴り書きをし、決してそれを見せてはくれなかったが、僕と良い時間を過ごしたんだと思う。アイルランドや教室での生活について話した。快活に楽しく話そう、すべてうまく行っている、と彼に思わせるように最善を尽くした。とにかく彼を動揺させたくなかった。だが、すべてうまく行っているのなら、そもそも僕はここで何をしているのだろう？　僕の努力に対して感謝の、ちょっとした微笑み、ちょっとした一言を返してもらいたかった。何もなかった。彼の勝ちだ。彼は勝利を得た。

挙句彼は僕を驚かせた。そうかわかったぞ、と言って、ノートを膝に落とし、僕を見つめた。口を開けるのが怖かった。この、そうかわかったぞ、と彼が発言するきっかけとして僕は何を言ったのだろう？

君は鉱脈を掘り当てたと思う、と彼は言った。

なんと、また鉱脈か。服飾産業高校の学科長は文の品詞の授業で君は鉱脈を掘り当てた、と褒めてくれた。

そうかわかったぞ、の前に僕が言ったことといえば、高校の外へ一歩出ると、人に対して内気だということだ。妻や弟と違って僕は酒に酔ってないとグループの中でほとんど話ができない。二人は人々の中に進んで入っていき、活発な会話に加わる。それが鉱脈だったのだ。

そうかわかったぞ、の後で彼は言った。ふむ。グループ活動に参加することで、何か得られるかもしれない。他の人と交流すれば、一歩前進するかもしれない。ここには小さなグループがある。君はナンバー6だ。

ナンバー6になりたくなかった。交流というのが何を意味するのかわからなかった。それがなんであろうとやりたくなかった。僕が感じていること、つまりはこれは全て時間と金の無駄だということを、どうしたら伝えられるだろうか？　なんにせよ、礼を欠きたくはなかった。六週間この椅子に座って戯言をしゃべり、前よりもひどい気分だった。いつになったら、人に歩み寄り、アルバータやマラキのように気さくにお喋りができるようになるのだろう？

妻は、毎週の金額がもっと張ったとしても、それはいい考えね、と言った。あなたには社交力が欠けているの。少しがさつなところもあるから、グループ活動は大きな突破口になるかもしれないわ、と言うのだ。

そのため何時間も続く口論になった。ボロ靴に泥つけて船から降りたばかりのアイルランド野郎みたいにがさつ、などと言うお前は何様だ？　人生について泣き言をたれ、親しげに秘密をひけらかすニューヨークの頭のおかしい連中と何時間も過ごせるわけがない、と僕は言った。悪いことに僕は思春期を司祭に罪をささやいて過ごしたんだ。司祭はあくびをしながら、僕の罪のために十字架の上で苦しんでいるかわいそうなイエス様を怒らせぬよう、二度と罪を犯さない、と誓わせた。

今は妻と精神科医がまたくだらない戯言を言わせたがっている。もう御免だ。

妻は、あなたの惨めなカトリックの子供時代は聞き飽きたわ、と言った。僕は彼女のことを責めなかった。僕も自分の惨めな子供時代にはうんざりしていたし、大西洋を越えてまで付きまとっているのにも、公《おおやけ》にせよとがみがみ言われるのにもうんざりしていた。アルバータは治療を続けないと大変なことになるわ、と言った。

治療だって？　どういうことだ？

それがあなたが今していることなのよ。続けないのなら、この結婚は終わりよ。

心そそる提案だ。もう一度独身になれれば、自由にマンハッタンをうろつける。いいよ、この結婚は終わりだ、と言うことも出来た。だが、それ以上は言わなかった。自由になれたとしても、まともな女性がこんな僕を好きになるだろうか？　自分の人生を東九十六丁目のジーヴスにつぶやいている、とりとめもなくがさつな小うるさい教師を。アイルランドのことわざ「口論する方が孤独よりもいい」を思い出し、自分の居場所にとどまった。

そのグループは驚くべきことを口にしていた。父親、母親、兄弟姉妹、訪ねてきた叔父、ラビの妻、アイリッシュ・セッター〔マホガニー色の鳥猟犬〕とのセックス、鶏レバーのパテとのセックス、冷蔵庫を直しに来て、そのまま服を台所の床に脱ぎ捨てたまま何日間も過ごした男とのセックスの話だ。こういったことは司祭だけに明かすものだが、このグループの人たちは秘密を世界に向けて発信することを厭わなかった。僕もセックスについては少しばかり齧っていた。カーマ・スートラ、『チャタレイ夫人の恋人』、マルキ・ド・サドの『ソドムの百二十日』を読んでいたが、それらはしょせんは本で、すべて作家の想像力の産物だと思った。D・H・ロレンスもサド侯爵その人もこのグループの中に座っていたら、ショックを受けただろう。

僕たちは半円形に座り、ヘンリーは僕たちに顔を向け、ノートに殴り書きし、時折うなずいたりしていた。そんなある日一人の男がミサに行って、聖餅を家に持ち帰り、その上でマスターベーションをしたという話をしたことで沈黙が訪れた。彼は言った、それがローマ・カトリック教会とのあらゆる関係に奉仕する自分なりの方法で、あまりにもぞくぞくするので、面白半分に繰り返し行っている。そんな忌まわしい行為に許しを与える司祭がこの世にいないことは僕にもわかる。

これは僕にとってグループの四回目の集まりだったが、僕はこれまで一言も発しなかった。このときは立ち上がって出て行きたくなった。僕はもはやカトリック教徒とは言えなかったが、聖餅を性的な楽しみのために使うなど考えたこともなかった。なぜあの男はただ教会を辞めて、仕事に専念しないのだろう。

ヘンリーには僕が考えていることがわかっていた。ノートを取る手を止めて、あの男に何か言いたいことはないか、と尋ねた。顔が熱くなるのがわかった。僕は首を横に振った。赤毛の女性が言った、あら、何か話したらどう。あなたはここに来るのは四回目なのに、一言もしゃべっていないわ。あなたが毎日気取った様子で黙ってここを出て行って、私たちの秘密をバーで友達にしゃべるために、どうして私たちが自分をさらけ出さなきゃいけないの?

聖餅の話をした男も言った、そうだ、私はここで危ない話をしたんだぞ、君、君から意見を聞きたいな。君の考えはどうだ? 何もしないで我々にだけ話させるつもりか?

ヘンリーは僕の左隣りの若い女性、イルマに尋ねた、彼のことをどう思うかね、と。驚いたことに彼女は僕の肩に触れて、パワーを感じる、と言ったのだ。あなたのクラスの生徒になりたいわ、いい先生に違いないわ。

聞いたか、フランク？　とヘンリーが言った。パワーだよ。

みんなが僕が何か言うのを待っているのがわかった。何か貢献すべきだと思った。一度ドイツで娼婦と寝たことがある、と僕は言った。

あら、そうなの、と赤毛の女性が言った。彼にポイントをあげましょう。彼、話そうとしている。

素晴らしい、と聖餅の男が言った。

話してちょうだい、とイルマが言った。

娼婦と寝たんだ。

それで？　と赤毛の女性が言った。

それだけだ。彼女と寝た。四マルク払った。

ヘンリーが助け舟を出した。時間になりました。また来週にしましょう。

僕は二度と戻らなかった。どうしてやめたのか、とヘンリーが電話してくるかと思ったが、アルバータは、そんなことをするはずはない、と言った。あなたが自分で決断しなくてはいけないの。もし戻らないのなら、病状はますますひどくなっているということよ。精神科医はできることをするだけ、自分の心の健康を保つ機会を得たいのなら、「あなたの血は、あなたの頭に降りかかれ」〔「使徒行伝」十八章六節〕。

何だいそれは？

聖書からよ。

トリニティ・カレッジの英文学科長、ウォルトン教授の部屋を出るところだ。教授は言った、そう、実に、君の博士課程の入学願書の、そう、実に、博士論文のテーマ、「アイルランドとアメリカの文学における関係、一八八九―一九一一」、この年号はどうして付けたんだね？　一八八九年にウィリアム・バトラー・イェイツは最初の詩集を出しました。そして一九一一年、フィラデルフィアでアビー・シアターの俳優たちは『西の国のプレイボーイ』の上演後、いろいろなものを投げつけられました〔芝居の内容が不道徳だと観客がやじを飛ばし、野菜や悪臭爆弾などを投げつけた〕。ウォルトン教授は言った、面白い。君の論文指導教授はケリー州出身の若き才能ある詩人で学者のブレンダン・ケネリーだ。今や僕は正式にトリニティの人間になり、気高く、大理石の城に住んでいる。正門から出ることに慣れた者のように正門から歩み出ようとした。アメリカの旅行者が気付いてくれるようにとてもゆっくり歩いた。彼らはミネアポリスに帰ってから、周りの人に、正統派の上品なトリニティの男を見かけたよ、と話すだろう。

トリニティの博士課程に入学を認められたからには、グラフトン・ストリートを歩いてマクダイドのパブへ行き、そこで祝うのも悪くない。ずっと昔ビューリーズのウェイトレス、メアリーと座ったところだ。バーの男が訊いた、アメリカからおいでですか？　どうしてわかったんですか？　服装ですよ。ヤンキーは服装でいつもわかるんです、と彼は言った。ほっとした気持ちになり、トリニティのことを話した。夢がかなったんですよ。とたんに敵意剥き出しになった。なんてことだ、クソ大学に入りにダブリンに来る奴がいるとは今日は最低だぜ。アメリカにも山ほど大学はあるじゃねえか。それともアメリカの大学はあんたをほしがらなかったのか、あんたはプロテスタントか何かか？

冗談を言っているのだろうか？　ダブリンの人たちのやり方に慣れないといけない。自分が、部外者、外国人、出戻りヤンキー、とりわけリムリックの人間だとわかり始めた。自分は征服の英雄として、大学の学位、学士と修士を持って帰還したヤンキーとして、ニューヨークの高校を十年近く生き延びてきた男として、戻ってきたと思っていた。ダブリンのパブの暖かい雰囲気に溶け込んだと勘違いしていた。とても快活で機知に富む文学サークルに入り、周辺をうろついているアメリカの学者たちは僕の名言を本国の学会に伝え、僕はアイルランドの文学シーンを講義するためにヴァッサー大学やサラ・ローレンス大学〔どちらもニューヨーク州にある私立大学で、当時は女子大。後に共学になる〕の魅力的な女子大生から招待されるだろう、と思っていた。

そうはならなかった。サークルがあるとしても、僕はそのメンバーではなかった。周辺をうろついているのは僕だった。

ダブリンには二年いた。最初のアパートはエイルズベリー・ロードから入った海の見える高台にあって、かつてアントニー・トロロープ〔イギリスの小説家（一八一五―一八八二）。十五分間に二百五十語の割合で機械的に書く独自の執筆法で多くの作品を生み出した〕が住んでいた。彼はそこに住んでいるとき、郵便監督としてアイルランド中を馬で駆けめぐり、毎朝三千語を書いていた。大家の女性は彼の幽霊はまだ歩いているし、主要な小説の原稿が古い家の壁の中にきっと隠されている、と言った。トロロープ氏の幽霊がまだ住んでいることは僕にもわかった。彼が真夜中に徘徊したときに僕のベーコン・エッグの油が突然固まったからだ。隣人から四六時中壁をノックする音がうるさい、と文句を言われるまで、彼の原稿を求めてアパート中を探した。僕はダブリンでもがいていた。毎日を最高の心構えで始めた。ビューリーズで朝のコーヒーを飲み、国立図書館かトリニティ・カレッジの図書館で勉強した。正午になると腹が減ったな、と自分に言い聞かせ、サンドイッチを求めてニアリーズやマクダイド、ベイリーといった、近くのパブを彷徨《さまよ》った。サンドイッチはビールで流し込む必要があった、飲んだくれたちが言うように、鳥は片翼じゃ飛べないのだ。二杯目になると、舌が緩み、他のお客さんたちとしゃべれるようになり、間もなく楽しいと確かに感じられるようになった。パブが午後のホーリー・アワー〔パブの閉店が法律で義務づけられている時間帯〕で閉じると、またビューリーズでコーヒーを飲んだ。まったくの時間つぶしだ。何週間も過ぎ、僕のアイルランド文学とアメリカ文学の関係についての論文は行き詰まっていた。自分はアメリカ文学については何も知らない、アイルランド文学については概略しか知らない、物知らずだ、と言い聞かせた。僕には背景知識が必要で、それは両国の歴史を読むことを意味した。アイルランド史を読み、アメリカへの言及で索引カードをいっぱいにした。アメリカ史を読み、アイルランドへの言及で索引カードをいっぱいにした。

歴史を読むだけでは十分ではなかった。今や主要な作家を読んで、大西洋の向こう側の国とこちら側の国とでどのような影響を与えたか、また影響を受けたかを見出す必要があった。もちろんイェイツはアメリカ人とつながりも、影響もあった。もちろんトリニティ・カレッジのエドマンド・ダウデンはウォルト・ホイットマンを最初に擁護したヨーロッパ人の一人だったが、僕はこれらすべてをどう扱ったらいいのだろう？　僕に何が言えるだろうか？　僕がいろいろ悩み考えたところで、誰が気に留めるだろうか？

他にもいろいろ気づいたことがあった。そして泣く泣くアメリカの超絶主義やアイルランド文芸復興運動からはるか遠くへ逃げた。ここにエリー運河、ユニオン・パシフィック鉄道、南北戦争そのもので、アイルランド人が滅多打ちし、小突き、戦い、歌った記事がある。敵味方に分かれ、アイルランド人は自分の兄弟や従弟とよく戦った。戦争が起きたところではどこでも、アイルランドにおいてでさえもアイルランド人は敵味方に分かれて戦った。リムリックの学校では繰り返し、アイルランドがサクソン人の靴の踵の下で苦しんだ長くて悲しい物語を聞かされたが、アメリカにいるアイルランド人が建設し、戦い、歌ったことについては、ほとんど一言も聞かなかった。今や僕はアメリカにおけるアイルランド音楽について、アメリカの政治におけるアイルランド人の力と才能について、第六十九歩兵連隊の偉業〔ニューヨーク州兵軍組織。主にアイルランド人で構成されていて、南北戦争から第二次世界大戦に至るまで活躍した〕について、ジョン・F・ケネディ〔ケネディ家のルーツは一八四八年に曽祖父パトリック・ケネディがアイルランドからアメリカに渡ったところから始まる。彼はカトリック教徒で初めての大統領となる〕に大統領執務室への道を切り開いた何百万という人たちについて読んだ。どのように卑しいヤンキーがニューイングランド中のアイルランド人を差別してきたか、どのようにアイルランド人が反撃して、市長や知事や党首になったかについて書かれた記事を読んだ。

アメリカにおけるアイルランド人の物語の索引カードが数冊にまでなり、文学関係のカードよりも厚くなっていた。それは昼時のパブから僕を遠ざけるのに、本来取り組むべきだったアイルランドとアメリカの文学における関係の勉強から遠ざけるのに十分だった。

論文のテーマを変えられるだろうか？　トリニティはアメリカにおけるアイルランド人、政治、音楽、軍事、娯楽といったような側面を僕が論じることを認めてくれるだろうか？

ウォルトン教授は、英文科ではそれは無理だろう、と言った。君は歴史の中に迷い込んでいるようだが、それには史学科の承認が必要だ。それに君には歴史の背景知識がないから難しいだろう。

すでにトリニティで一年が過ぎ、アイルランドとアメリカの文学における関係の論文を書き終えるのにあと一年しかない。教授は、舵《かじ》をしっかり取らないといけないよ、と言った。

ニューヨークの妻には何て言ったらいいだろう？　文学知識を向上させるべきだったのに、アイルランドとアメリカの歴史の重箱の隅をほじくるようなことで一年を浪費したことを。

論文に何とか形を与えようと、力なく試みながらダブリンを彷徨《さまよ》った。昼時パブに行って、ビールで頭をはっきりさせれば、確実に洞察力が生まれ、直感も閃《ひらめ》くだろう。確実に。僕のお金はバーに消えた。ビールは来た。他には何も来なかった。

ダブリンのOLたちを強く求めながらセント・スティーブンス・グリーン〔ダブリンにある公園。市民の憩いの場〕のベンチに座っていた。コニー・アイランドへ、はるかロッカウェイへ、ハンプトンズへ〔いずれもニューヨーク近郊のリゾート〕僕と一緒に逃げてくれる女性はいないだろうか？

池のアヒルを見て、羨ましいと思った。この世ですべきことはクァックァッと鳴き、よちよち歩き、えさを求めて口を開けるだけだ。僕を殺そうとしている論文のことを心配する必要もない。なぜどうして僕はこのような世界に入ってしまったのだろう？　まったく！　ニューヨークで自分の運命に感謝して一日に五クラス教え、家に帰って、ビールを飲み、映画に行って、本を読み、妻に愛を囁きベッドに行くこともできたのに。

ああ、けれどそうしなかった。リムリック路地の洟垂れ小僧フランキーは成り上がろうと、社会の階段を登ろうと、トリニティ・カレッジ出の上流階級の人たちの仲間入りをしようとした。

そしてフランキー、ケチな野心からお前が得たものがこれだ。通りを走って行って、トリニティのスカーフを買ったらどうだ？　そのスカーフがお前のやる気を高め、「アイルランドとアメリカの文学における関係、一八八九—一九一二」の優れて独創的な研究論文を書くのに役立つかどうか確かめろ。

僕はいわゆる「まとめ作業」をやろうとしているのだが、何をどうまとめるというのだ？ダブリンでの二年目はすり減って行った。自分の居場所が見つからない。人を押し分けて仲間に入り、若者の集団の一人となり、酒をおごり、アイリッシュパブでよく聞く機知に富んだ意見を口にするだけの性格と自信がなかった。

図書館に座り、山のような索引カードを増やしていった。飲酒が僕のイカレ頭をさらに悪くしていった。街中の長い散歩に出て、一つの通りを上がり、別の通りを下りた。プロテスタントの女性に出会い、寝た。僕のことを好きになってくれた。なぜかはわからなかった。

出口を求めてダブリンの通りを彷徨《さまよ》った。どんな街にも部外者や旅行者のための場所があると思っていた。ニューヨークでは僕にとっては、それは学校であり、バーであり、友情だった。ダブリンには出口はなかった。最後には僕を苦しめているものを認めなければならなかった。ニューヨークが恋しい。最初はその気持ちと戦った。あっちへ行け。ほっといてくれ。ダブリンが好きだ。歴史を見ろ。どの通りも過去で満ちている。リムリックの子供だった頃、ダブリンを夢見た。そう、だが、そう、だが、そう、なのだ、パー・キーティング叔父がよく言っていたように、四十歳になるのなら、肚を決めるときだ。

トリニティを去る前、ウォルトン教授は索引カードを眺めて言った、これはこれは、がんばりましたな。

一九七一年の一月、僕は博士課程中退でニューヨークに戻った。アルバータは妊娠していた。その前の夏、ナンタケットに二週間滞在したときに子供を授かったのだった。妻にはニューヨークの四十二丁目の公共図書館で研究を続ける、と言った。彼女は、索引カードの鞄には感銘を受けたようだったが、何の役に立つのか知りたいわ、と言った。

毎週土曜日、四十二丁目の公共図書館の南側のリーディングルームに座っていた。文学コーナーのある北側のリーディングルームに座るべきだったが、南で『聖人たちの生涯』を見つけ、心をわしづかみにされ無視できなかった。それから大陸横断鉄道の敷設の記事に出会った。反対の方角から来たアイルランド人と中国人がいかに競争したか。いかにアイルランド人が酒を飲み、健康を軽視し、一方で中国人がアヘンを吸い、休息したか。いかにアイルランド人が食べ物に気を掛けず、一方で中国人は良く知っている好みの食べ物で栄養を付けたか。いかに中国人は仕事中歌わず、一方でアイルランド人は、働くうえで効率は上がったものの、歌うのを止めなかったか。ああ、頭のおかしい可哀そうなアイルランド人よ。

アルバータが産休に入ったので、僕がスーアドに戻って代理を務めた。だが、スーアドパーク高校で勤め始めて一か月後に校長が心臓発作で死んだ。そして、エレベーターで新しい校長に会うと、なんと服飾産業高校で僕をクビにした学科長だった。僕が、後を追ってきたんですか？　と言うと、彼の口元が固く引き締まり、またもや僕の勤務日数は限られたものになることがわかった。

数週間後、自分で自分の運命を封印した。同僚の前で、校長が、ところでマコート先生、もう父親になりましたか？　と訊いた。

いいえ、まだです。

では男の子と女の子、どちらがほしいですか。

そうですね、僕にとってはどちらでも同じです。

なるほど、中性じゃなければ、ということですな、と彼が言った。

まあそうですね、もし中性なら、鍛えて校長になるように育てます。

間もなく「解雇」という手紙が届いた。署名は教頭（代行）ミッチェル・B・シュリックのものだった。


すべてに失敗し、世界中で自分の居場所を探していた。放浪の代用教員になる。学校から学校へと渡り歩く。高校が病気で休む教員の代わりに、その日その日の仕事に僕を呼び出す。陪審員として長い期間呼び出された教員の代わりに僕を必要とした学校もあった。英語の授業を割り当てられたが、教員が必要とされるところならどこでも行った。生物、美術、物理、歴史、数学。僕のような代用教員は現実の縁のどこかに浮いていた。毎日呼ばれた。で、今日のお前は誰？

ミセス・カッツ。

ああ、そうだったか。

そしてそれがお前なんだ、ミセス・カッツ、あるいはミスター・ゴードン、あるいはミス・ニューマン。自分では決してない。いつでもああ、そうだったか、だ。

教室では権威がなかった。教頭は時折、何を教えたらいいか教えてくれたが、生徒たちは何も気にせず、僕にできることは何もなかった。教室に来る者は僕を無視し、おしゃべりをし、トイレ許可を求め、机に突っ伏して居眠りをし、紙飛行機を飛ばし、他の教科の内職をした。

彼らを授業に全く来なくするような方法を学んだ。教室を空っぽにしたいのなら、教室の戸口に立ち、睨んでいればよい。生徒は意地悪な先生だと感じ、走り出すだろう。中国人だけが教室にやってきた。親に言われて来たに違いない。彼らは教室の後ろに座って勉強していた。君たちも消えなさい、という僕のささやかな仄《ほの》めかしに抵抗していた。校長や教頭は、僕がほとんど空っぽの教室で、教卓に座り、新聞や本を読んでいるのを見て、不愉快そうな顔をした。ちゃんと教えなさい、と言った。そのために雇っているんだ。喜んで教えましょう、と僕は言った。でもこれは物理の授業で、僕が持っているのは英語の免許ですよ。彼らはバカげた質問だとわかっていながらも、管理職として訊かざるを得なかった。生徒はどこだね？　どの学校でも誰もが知っている規則がある。それは、代用教員を見たら、走れ《ラン》、ベイビー《・ベイビー・》、走り続け《ラン》よ、だ。

第三部

二〇五教室で輝く

12

ダブリンから帰って一年後、旧友レーネ・ダールバーグがスタイヴィサント高校の英語科長、ロジャー・グッドマンに僕を紹介してくれた。ジョー・カラン先生の謹慎期間の一か月ほどの授業代理をすることに興味はあるか、と訊かれた。スタイヴィサント高校はこの街のトップ校、高校のハーバード大学と言われ、様々なノーベル賞受賞者の母校であり、ジェームズ・キャグニー〔アメリカの映画俳優（一八九九―一九八六）。ギャング役で活躍〕もその一人。生徒たちは入学が許可されれば、この国の最高峰の大学への門が開かれる、そんな学校だ。スタイヴィサント高校の入試を志願する受験生は一万三千人、その上位七百人を学校は受け入れる。

自分だったらその七百人には到底なれないような学校で、今、僕は教えている。

ジョー・カランが数か月後に戻って来たときに、ロジャー・グッドマンは僕に専任になることを申し出てくれた。生徒たちは君のことが気に入っているし、君は活力ある熱心な教師で、英語科に貢献してくれるだろう、と言ってくれた。この褒め言葉には戸惑ったが、お引き受けします、ありがとうございます、と答えた。ただし二年間だけだ、と自分に言い聞かせた。この街中の教師がスタイヴィサント高校での職を希望していたが、僕は高校を出て、外の世界に行きたかった。一日が終わると、思春期の騒音や心配、夢で頭をいっぱいにして学校を後にする。それらは食事のときも、映画に行っても、トイレにも寝室にも付きまとって来る。

それらを頭の中から追い払おうとする。出て行け、出て行け。僕は、本を、新聞を、壁の落書きを読んでいるんだ。出て行け。

大人として重要なことをやりたかった。会議に出て、秘書に指示を出し、長いマホガニーの役員会議のテーブルに魅力的な人々と座り、飛行機で総会に行き、流行《はや》りのバーでくつろぎ、肉感的な女性とベッドに滑り込み、気の利いた睦言《むつごと》で事の前後を楽しませ、コネチカットに列車で通勤する。

一九七一年に娘が生まれると、僕の幻想は娘の可愛い現実の前に消え去った。そしてこの世界に馴染み始めた。毎朝僕はマギーに哺乳瓶を与え、おむつを替え、お尻をキッチンの流しで石鹼のお湯を使って洗い、それらの作業に時間を取られながら、朝刊と格闘し、ブルックリンからマンハッタンまで満員電車に揺られ、十五丁目をスタイヴィサントまで歩き、待っている生徒たちを押しのけて正門にたどり着き、押し開けて、守衛におはようございます、と言い、タイムカードを押し、メールボックスから書類の束を取り、タイムカードを押す同僚におはようございます、と言い、空っぽの教室、二〇五教室のドアを開け、長い棒を使って窓を開け、座って誰もいない机を眺め、一時間目の前に数分リラックスし、娘が朝キッチンの流しでキャッキャッと笑っていたところを思い出し、教室に差し込む一条の朝の光の中で、ほこりが踊っているのを見、引き出しから出席簿を出し、教卓の上に広げ、昨夜の夜学の成人向けフランス語講座の授業の文法事項の板書を消し、教室のドアを開け、一時間目の授業に押し寄せる生徒たちに、おはよう、と言う。

ロジャー・グッドマンは図を描いて教えることが大事だ、と言った。彼は構造とそのユークリッド幾何学的な美しさが大好きなのだ。僕はえっ、と言った。図示については何も知らなかったからだ。彼は僕に、学校から出た角にあるバーとレストランを兼ねているガスハウスで昼食を摂りながらこうしたことを語った。

ロジャーは背が低く禿げている。禿は白髪交じりの濃い眉と短いあごひげで相殺されている。その外観は動き回るわんぱく小僧のイメージを彼に与えている。

彼はよく同僚と昼食を共にした。そのために普通の教頭とは違う印象だ。教頭とはカボット家とロッジ家〔ボストンの上流階級、エリートの家系。古きイングランドの伝統を守り、独特の服装、態度、話し方をした〕を思い出させる人種だ。

豆と鱈《たら》の故郷、ボストン、
その地ではカボット家はロッジ家にだけ話をする
ロッジ家は神にだけ話をする。

午後にロジャーは僕たちとガスハウスへ飲みに行くことがある。彼は気取ったところがなく、いつも陽気で、いつも励ましてくれる、一緒にいて気持ちのいい管理職だった。もったいぶったところがなく、知的な気取りもなく、官僚的な役人言葉をバカにしていた。笑わずに「教育的戦略」などという言葉を言えない人なのだ。

彼は僕を信頼してくれた。一年生だろうと、二年生だろうと、三年生だろうと、四年生だろうと、僕が高校のどの学年でも教えることができると思ってくれているようだった。僕が何を教えたいかとまで訊いてくれ、学年別に本が並べられている部屋に連れて行ってくれた。それらの本が二十フィートの高さの天井にまで届く本棚に並び、教室で配るためにカートに積まれているのを見ると、目まいがした。英米文学、世界文学のアンソロジーが揃っていた。『緋文字』『ライ麦畑でつかまえて』『異端の鳥』『白鯨』『アロウスミスの生涯』『墓地への侵入者』『闇の中に横たわりて』、X・J・ケネディによる『詩入門』などが山積みになっている。辞書があり、詩集、短篇集、戯曲、ジャーナリズムや文法のテキストも積まれている。

読みたい本があれば持って行きたまえ、ロジャーは言った。ここにないものがあれば、注文してくれて構わない。今晩一晩ゆっくり考えたまえ。さて、昼食にガスハウスに行こうじゃないか。

学校、本、昼食。ロジャーの中ではこれらが一つになっていた。態度を変えることはなかった。教員がタイムカードを押し、家に帰るために列を作る一日の終わりに、彼は眉を上下に動かし、帰る前に一杯行こう、と角の店に招待する。ブルックリンのはるか向こうにあるアパートまでの長旅に男は滋養物を必要とした。僕を車で送ってくれた。一回ゆっくりかつ慎重な運転をしたかと思うと、その後三日はマティーニ付きで。背の低い体を持ち上げてシートに座り、まるで引き舟を導くように、ハンドルを握っていた。翌日、運転についてはあまり記憶がないんだ、と彼は白状した。

教職に就いた年月の中で、教室でこんなに自由を感じたのは初めてだった。なんでも好きなように教えられた。部外者がドアから顔を突っ込んでも問題はない。ロジャーがたまに授業を見に来ると、情熱的で前向きな報告書を書いてくれた。彼は僕よりも一歩も二歩も先に行って、この世の中のあらゆる人に対する僕の抵抗を打ち砕いてくれたのだ。彼に授業でやっていることを伝えると、ひたすら励ましてくれた。ときには図示して教えることの必要性を一言二言滑り込ませ、僕はやってみることを約束した。しばらくしてそれは冗談のネタになった。

やっては見たが、うまく行かなかった。縦、横、斜めの線を描くが、それから黒板のところで途方に暮れて立ちつくした。やがて中国人の生徒が、後を引き継ぎますよ、と申し出て、教師が身につけておくべきことを教師に教えてくれた。

僕の生徒たちは忍耐強かったが、彼らが交わす表情や行ったり来たりのノートのやり取りから、僕の教え方は文法が未整理の状態だとわかった。スタイヴィサント高校では、スペイン語、フランス語、ドイツ語、ヘブライ語、イタリア語、ラテン語の授業で文法を覚える必要があった。

ロジャーは理解した。たぶん図を描いての説明は君の得意なことではないんだな、と言った。そして続けた。ただただその方面の才能がない人、というのがいる。レーネ・ダールバーグにはその才能があった。ジョー・カランにも確かにその才能があった。結局のところ、彼はボストン・ラテン・スクール〔一六三五年ボストンに設立されたアメリカ最初の公立高校〕の卒業生だから。スタイヴィサント高校よりも二百五十年も歴史がある学校だ。そこで彼はその才能をさらに一級品に仕上げた。スタイヴィサントで教えることは彼にとって、この世界で一歩後退することだった。ギリシャ語でもラテン語でも、おそらくフランス語でもドイツ語でも彼は図を描いて説明することができた。ボストン・ラテン・スクールでそのような訓練を受けてきたんだ。ジェシー・ローエンタールにもその才能があったし、もちろんこれからもその才能を発揮するだろう。上品な三つ揃いのスーツ、ベストの前のポケットから弧を描いている金時計の鎖、金縁眼鏡、旧世界のマナー、学識を身に着けた、英語科の最長老。ジェシーは今のところ退職するつもりはないが、退職したら毎日ギリシャ語を勉強し、ホメロスを口ずさみながら、第二の人生を漂流する、と決めている。英語科の中にここぞというときに図を描いて説明できる信頼に足るしっかりした教員の核がある、ということがロジャーを喜ばせていた。

ロジャーはジョー・カランが飲酒問題を抱えていたのは残念だ、と言った。そうでなければ、ホメロスを延々と暗誦して、ジェシーを楽しませただろうに。もしジェシーがさらに望めば、ウェルギリウスやホラティウス、それにジョー自身の激しい怒りから共感することになった詩人、ユウェナリスも自ら暗誦しただろう。

教員食堂でジョーは僕に言った、この惨めでひでえ国で何が起きているか理解できるように、自分の中のユウェナリスを読むんだ。

ロジャーはジェシーについても残念だ、と言った。人生の黄昏時を迎え、彼は教員生活にあと何年で終わりが来るのか知らないでここにいる。彼に一日に五クラス教えるだけの元気はない。彼は重荷を四クラスに減らすことを申し出たが、いやそんなことは駄目だ、校長がノーと言い、教育長がノーと言い、教育委員会がノーと言う、ジェシーはそれじゃさよならだ、と言う。おはようホメロス、こんにちはイタケー、こんばんはトロイ。これがジェシーなんだ。偉大な教師を一人失うことになる、まったくやりきれないな、彼は図で説明するのがうまいんだ。一つの文章と一本のチョーク、これだけで彼が教えることにきっと君は感動するだろう。美しいんだ。

スタイヴサント高校の生徒たちは、どんなテーマであろうと、三百五十語で書くように指示したら、五百語で返してくるだろう。彼らは書き足す言葉を持っている。

五クラスのすべての生徒にそれぞれ三百五十語書くように求めたら、三百五十掛ける百七十五人の四万三千七百五十語を平日の夜と週末に読み、直し、評価し、成績をつけなければならない。それも賢明にも週に一つの宿題のみを出した場合に限る。綴りのミス、文法の間違い、構成、転換のまずさ、一般にまとまりのない文章を直さなくてはならない。内容についてアドバイスを与え、成績を説明する一般的なコメントを書く。原稿用紙にケチャップ、マヨネーズ、コーヒー、コカコーラ、涙、整髪油、ふけなどが添付してあってもボーナスポイントはあげないよ、と注意する。原稿は机かテーブルで書くよう強く勧める。電車やバス、エスカレーターや角にあるジョーズ・オリジナル・ピザの店のざわめきの中で書くのはだめだ。

一つの原稿にほんの五分かけるとしても、この原稿の一塊には十四時間と三十五分かかる。実際には、勤務日二日と週末全部の時間を足した以上の時間がかかることになる。

読書感想文を書かせるのはためらう。もっと長くなるし、盗作も増える。

毎日、僕は本と原稿を茶色の偽革の鞄に入れて持ち帰る。座り心地の良い椅子に落ち着き、その原稿を読みたいところだが、五クラス、百七十五人のティーンエージャーを教えた後では、その日を宿題と一緒に延長するつもりはなかった。畜生、宿題なんか待たせておけ。ワインを、紅茶を一杯飲んでもいいじゃないか。原稿にはあとで取り掛かろう。そうだ、おいしい紅茶を飲みながら原稿を読むか、近所の散歩か、学校のことや、お友達のクレアと何をしたかを話す、小さな娘と過ごすわずかな時間か。さらに世の中に追いつくために新聞に目を通す必要がある。英語教師はこの世の中で何が起きているかを知らねばならぬ。いつ生徒の一人が外交政策、あるいは新しいオフ・ブロードウェイの芝居のことを取り上げるかわからない。口は開いているのにそこから何も出てこない状態で教室の前にいる、そんなことになりたくない。

それが高校の英語教師の生活なのだ。

鞄はキッチンの角の床の上に置いている。見えるところからも気持ちからもそう遠くはないところに。動物が、犬が、気を引こうと待っているように。その眼は僕を追いかけている。読んで直すべき原稿があることをすっかり忘れてしまわないように、クロゼットには隠したくない。

夕食前に読もうとしても無駄だった。もっと後まで待ち、食事をし、娘を寝かしつけてから、仕事に取り掛かる。先生よ、あの鞄を持って来い。物を広げられる長椅子に座れ、プレーヤーにレコードを載せるかラジオをつけろ。気が散るものはだめだ。耳にやさしい音楽。原稿を評価するのに合った音楽。長椅子に腰を落ち着けろ。

膝の上の最初の原稿、「義父は変態」に取り掛かる前に一瞬頭を休める。ティーン以上の不安を覚える。一瞬目を閉じる。ああ……まどろむ、先生よ、流れのままに……お前は眠ろうとしている。微《かす》かないびきで目が覚める。床に原稿が。仕事に戻る。原稿に目を通す。よく書けている。焦点があっている。まとまっている。心が痛い。ああ、この娘が義父について語っていること、義父は少しばかり馴れ馴れし過ぎるのだ。母が残業のときに、映画や夕食に誘っている。そして義父が娘を見る眼付き。母は言う、あら、誘われたのはいいことじゃない、だが、母の目つきには何かが浮かんでいる。そして沈黙が。作者はどうすべきか悩んでいる。僕に訊いているのか、この教師に？何かすべきだろうか？　返事を書いて、窮地から救い出すべきだろうか？　窮地に陥っているとしたらの話だが。自分の家族でもないことに鼻を突っ込むのか？　彼女の作り話かもしれない。何か言ったところでどうなる、義父や母親のところに戻るだけではないだろうか？　僕にできるのはこの原稿を読み、客観的に評価し、作者の明確さとテーマの発展のさせ方を褒めることだけだ。そのために僕は学校で教えているんじゃないのか？　小さな家族の内輪もめに巻き込まれたくない。特にスタイヴィンサント高校は「思い通りにふるまう」生徒が多いから。同僚が、生徒の半分は精神療法を受け、残りの半分は療法を受けるべき生徒だ、と言っている。僕はソーシャルワーカーでもセラピストでもない。これは救いを求めての叫びか、ただの十代の幻想か？　いやいやここの生徒たちは多くの問題を抱えている。他の学校はこんな風ではない。授業を集団療法にしたりはしない。スタイヴィサントは違うのだ。この原稿をカウンセラーに見せることもできる。サム、ほらこの生徒の面倒を見てくれよ。そうしないと、義父がその女子生徒を虐待していたことが後からわかって、世間の人々は僕がそれを見逃していたことを知り、学校制度のお偉方が事務室に僕を召還するだろう。教頭、校長、教育長。彼らは説明を求める。君のような経験豊かな教師が、どうしてこのようなことを放っておいたんだ？　僕の名前がタブロイド新聞の三ページを騒がせることにまでなるかもしれない。

赤ペンでいくつかマークする。彼女の原稿には九十八点をつける。文章は素晴らしいが、いくつか綴りのミスがあった。正直で分別のある文章を褒めたたえ、ジャニス、君は非常に才能がある、これから作品を読むのが楽しみだ、と言おう。

生徒たちには、僕ができれば題材にしてほしくないことを書きたいというもくろみがある。教師の私生活についてだ。僕は彼らに言う、頭の中で一人の教師を選びなさい。誰にもその名前を言ってはいけない。書いてもいけない。今は考えるときだ。毎日学校を後にした教師は、彼――もしくは彼女――は何をするだろうか？　どこへ行くだろうか？

よくご存知かとは思うが、教師は放課後まっすぐに家に帰る。読んで添削すべき原稿でいっぱいの鞄を持って。配偶者とお茶を一杯飲むかもしれない。ああそうだ、教師はワインは飲まない。それは教師の暮らし方じゃない。彼らは外出しない。週末に映画に行く程度だ。夕食を食べる。子供を寝かしつける。原稿を読む夜が始まる前にニュースを見る。十一時、よく眠れるようにもう一杯お茶か暖かいミルクを飲む時間だ。それからパジャマを着て、配偶者にキスし、まどろみに入る。

教師のパジャマは常に綿製だ。絹のパジャマを着てどうする？　そしてそう、裸で寝ることはない。裸をほのめかしたら、生徒はショックを受けるだろう。おい、この学校の先生が裸で寝ているところを想像できるか？　いつも大爆笑を引き起こし、僕は、生徒は僕の裸を想像して教室に座っているのだろうかと思案する。

寝る前に教師が最後に考えることは何だろうか？

眠りに入る前に、すべての教師は綿のパジャマを着て心地よく温まり、明日教えることだけを考えている。教師というものは善良で、堅苦しく、専門的で、まじめで、ベッドで隣りにいる人に手を出すことはない。教師のへそから下は麻痺しているのだ。

一九七四年、スタイヴィサント高校で三年目、新たに「創作」を教えるよう勧められた。ロジャー・グッドマンは言う、君ならできる。

創作についても創作を教えることについても何一つわからない。ロジャーは言う、心配するな。この国中には、創作を教える教師や教授は何百人といるが、一語たりとも出版したことのない人がほとんどだ。

それに比べて君はどうだ、とロジャーの後釜のビル・インスが言う。あちこちで記事が活字になっているじゃないか。彼には『ヴィレッジ・ヴォイス』や『ニュースデイ』に二、三記事を書いたことを話したが、ダブリンの廃刊になった雑誌の記事などは創作を教えるのにほとんど役に立たない。創作に関して僕が全く何もわかっていないことは、すぐにはっきりするだろう。だが、僕は母の言ったことを思い出す。大変なことになったね、でも時には思い切ってやってみるのが大事なんだよ。

創作や詩や文学を教えます、と自分から言う気にはどうしてもなれない。とりわけまだ自分自身が学びの最中にいるところだからだ。その代わりに進路指導や学級経営をします、と言う。

僕には通常一日に五つ授業がある、「普通の」英語が三つ、「創作」が二つだ。三十七人の学生の担任だ。当然必要な雑務がついてくる。学期ごとに、異なった校舎当番が割り当てられる。廊下や階段吹き抜けの見回り、男子トイレで喫煙のチェック、休んだ先生の自習監督、ヤクの売買を見張る、あらゆる種類の浮かれ騒ぎを沈める、学生食堂の監督、教室を出入りする全員が正式の許可を得ているかを確かめるロビーでの監督。一つ屋根の下、三千人の頭の良いティーンエージャーが集まるところでは、いくら気を付けてもし過ぎるということはない。彼らはいつも何かを企んでいる。それが彼らの仕事なのだから。

僕が『二都物語』を読むと言うと、生徒たちは呻いた。どうして『指輪物語』や『デューン 砂の惑星』みたいな一般のSFを読んじゃいけないの？　なぜいけないの……？

もう十分だ。僕は、これはフランス革命についての小説だ、とどなった。専制政治と貧困に奪い去られた人々の絶望。僕は踏みにじられたフランス人とともにあり、義憤にかられ大いなる時間を過ごしていた。バリケードへ、僕の子供たち《メ・ザン・ファン》よ。

生徒たちは僕に目を向けた。一人が言う、さあまた始まるぞ。妄想を抱いた教師がまた一人。心配には及ばん、と嘲《あざけ》るように言った。今でも何十億という人々が、毎朝暖かくて白いシーツから出て、暖かくて白いバスルームでゆったりお湯につかることができないでいる。お湯も水も水道のことを何も知らない、香りのいい石鹼、シャンプー、コンディショナー、髪の毛みたいにいっぱい羽毛のついた贅沢極まりないタオルのことをまったく知らない人が何十億といるんだ。

彼らの顔は語っている。ああ、その男にはしゃべらせておけ。教師がそういうときは勝てっこない。何もできることはない。言い返したりしたら、おなじみの赤ペンを取り出し、減点の小さな赤印をつける。そうするとパパは言う、これは何だ？　貧困やら何やらに妄想を抱いている教師について説明をしなければならない。パパは信じないから百万年間の外出禁止令を出す。だから一番いいのは口を閉ざすことだ。両親や教師には口を閉じていれば間違いはない。ただ耳を傾けろ。

今日、君たちは心地いいアパートか家に帰るだろう。冷蔵庫に向かい、ドアを開け、中身を調べ、食べたいものが何もないと、あと一時間で夕食になるのに、ママにピザの出前を頼んでいいか訊く。ママは言う、もちろんいいわよ、だって毎日学校に行って、ディケンズを読ませたがる教師に我慢しているんだもの、ちょっとしたご褒美よ。

どなっているときでも、生徒たちが僕のことを教師によくいる裏の顔を持つ問題教師だとみているることに気づいていた。僕がどなることを楽しんでいたこともわかっていたのか？　煽動家としての教師。生徒たちが金持ちで心地よい生活を送っていたとしても、それは彼らの過失じゃない。僕はあの古きアイルランド人の妬みの伝統を引き継いでしまったのだろうか？　それならば、ディケンズはひっこめるんだ、マック。

一番前で僕の顔の下にいる、シルヴィアが手を挙げる。黒人で小柄でおしゃれな娘だ。

マコート先生。

なんだ。

マコート先生。

なんだね？

先生の負けですよ、マコート先生。冷や汗。リラックスしろ。あのおなじみのアイルランド人の大きな微笑みはどこへ行った？

革命の引き金となったフランスの貧困層の苦しみは笑いごとじゃないぞ、と吠えようとした。だが、クラスは僕を爆笑とシルヴィアへの拍手喝采で溺れさせようとしていた。

そうだ、シルヴィア。いけいけ！

彼女は僕に微笑んだ。ああ、あの大きな茶色の目。僕は弱気になり、愚かさを感じた。椅子に滑り込み、残りの時間で生徒たちがどのように自分たちの行動を改めたら良いか、冗談っぽく言わせることにした。チャールズ・ディケンズは読むに値します。午後のピザをあきらめて読み始めることにします。それで節約できたお金はフランス革命の貧困層の子孫に送りましょう。あるいは一番街のホームレスに施します。特にもしもらう金額が五ドル以下だったら、侮辱だと感じるようなホームレスの男に施します。

授業が終わっても、ベン・チャンは教室に残っていた。マコート先生、話をしてもいいですか？

彼は貧困について僕の言っていることを理解していた。このクラスの生徒はわかっていません。

でもそれは彼らの過失ではないから、怒り狂ってはいけないんです。四年前、僕がこの国に来たのは十二歳のときでした。英語は全くわかりませんでしたが、一生懸命勉強し、スタイヴィサント高校の入学試験に合格するための英語と数学の力をつけました。この学校に入れたのは嬉しいし、家族みんなが僕のことを誇りに思ってくれています。故郷の中国の人たちも誇りに思ってくれました。この学校に入ろうと一万四千人の子供たちと競争をしました。父はチャイナタウンのレストランで週に六日、一日十二時間働き、母はダウンタウンの工場で働いています。毎晩母は家族みんなのために、五人の子供と夫、自分のために料理を作ります。それから翌日のための皆の服装の用意をします。毎月、年長の子が着ていた服が下の子に合うかどうか確かめるために試着させます。母は、みんなが大きくなって、服がもう合わなくなったら、中国から来る次の家族のためにとっておくか、またはすぐに中国に送ってあげる、と言います。アメリカ人には、アメリカから何かが送られてきたときの中国の家族のときめきはわからないでしょう。母は子供たちをキッチンのテーブルに座らせて宿題をさせました。両親のことをママやパパのようなバカみたいな呼び方はしません。あまりに失礼です。先生と話をしたり、周りの生徒たちと話を合わせられるように、毎日英単語を覚えています。うちの家族は誰であれ他人を尊敬しているから、フランスの貧しい人たちの話をする先生を笑ったりはしませんよ、とベンは言った。その話はいともたやすく中国にもここニューヨークのチャイナタウンにも当てはまるからです。

君の家族の話は僕の心を打ったし感動したよ、もしこのことを書いて、教室で読み上げたら、お母さんへの孝行にもなるんじゃないか、と彼に言った。

いいや、だめです、そんなことは絶対しません。絶対に。

なぜだい？　このクラスの生徒たちはきっとその話から何かを学ぶだろうし、自分が恵まれていることに感謝するだろう。

だめです、家族のことは誰にも書かないし、話もしません、と彼は言った。両親も恥ずかしいだろうし。

ベン、君の家族の話をしてくれてありがとう。

いや、僕は先生が授業の後で気分を悪くしているなら、今まで他の誰にも話さなかった話を先生にしよう、と思っただけです。

ありがとう、ベン。

ありがとうございます、マコート先生。シルヴィアのことは気にする必要はないですよ。本当は先生のことが好きなんだから。

翌日シルヴィアが授業の後残っていた。マコート先生、昨日のことですけど、意地悪をするつもりじゃなかったんです。

わかっているよ、シルヴィア。助けてくれようとしたんだよね。

クラスの生徒たちだって意地悪するつもりはありません。ただ大人たちや先生たちが四六時中どなっているのを聞くのが嫌なんです。でも先生が言おうとしていることはわかりました。私は毎日ブルックリンの通りを歩いていて、あらゆることを経験するんです。

どんなこと？

そうですね、例えばこういうことです。私はベッドフォード＝スタイヴィサント〔ニューヨーク市ブルックリン区の中央に位置する。黒人や移民が多く住む〕に住んでいます。ベッド＝スタイは知っていますか？

知っているよ。黒人が多く住んでいる地域だね。

だから私の住んでいる通りでは誰も大学に行こう（gonna go）とはしないんです。あらら！

どうした？

gonnaと言ってしまいました。うちのママは私がgonnaって言うと、百回“going to”って書かせます。それからさらに百回言わせます。それで私が言いたいのは、家まで歩いていると、そこにいる子供たちが私のことをからかうんです。おや、あいつが来たぜ。白んぼが来た。おいドク、自分の肌をこすってみろよ、白んぼの皮膚が出てくるんじゃないのか？　彼らは私のことをドクって呼ぶんです、医者になりたい（wannaじゃなくてwant to）から。もちろん貧しいフランス人には同情します。でもベッド＝スタイにはベッド＝スタイの問題があるんです。

どんな医者になりたいんだ？

小児科か精神科。悪や貧困を生むストリートが子供たちを捕える前に、子供たちにきちんと教えたい、ストリートはよくないと。私の近所の子供たちは自分たちがいかに頭がいいかを示すことができず、次には空き地や焼け跡で愚かなことをし始めるの。貧しい地域にも頭のいい子はいっぱい（lottaじゃなくてlot of）いるんです。

マコート先生、明日私たちにアイルランドの話を一つしてくれませんか？

君のために、ドクター・シルヴィア、民族の物語をしてあげよう。この話は岩のように永遠に僕の記憶に残っているものだ。アイルランドで育って、十四歳のとき、電報配達の仕事に就いた。ある日「よき羊飼いの修道院」と呼ばれている場所に電報を配達した。修道女とレースを作ったり洗濯をする平信者の女性との共同体だ。リムリックでは洗濯をする平信者の女性は男を惑《まど》わす悪女だという話があった。電報配達の少年たちは玄関から入ることは許されていなかったので、僕は横手の通用口に行った。僕が配達していた電報は返信を必要としていたので、戸口に出てきた修道女が中に入るように言った。遠からず近からずのところで待った。彼女が取り組んでいた一枚のレースを椅子に置いて、廊下を行って姿が見えなくなったときに僕はデザインを見つめた。シャムロック〔クローバーなどの三つ葉植物の総称。アイルランドの国花〕の上に智天使《ケルビム》がとどまっている。どこからそんな勇気が出たかわからないが、彼女も戻ってきたときに素敵なレースですね、シスター、と言った。

　そうね、坊や、このことは覚えておいて。このレースを作り出した手は一度として男の肉体に触れたことがないのよ。

　その修道女は忌み嫌うかのように僕のことを睨んだ。司祭はいつも毎日曜日に愛を説いているが、この修道女はその説教を聞き逃したのだろう。そしてもしまたこの「よき羊飼いの修道院」に電報を配達することがあったら、戸口の下から入れて帰ろう、と自分に言い聞かせた。

　シルヴィアは言った、その尼僧、何でそんなにいやな奴なの？　彼女にとって何が問題なの？　男の肉体に触れることのどこが悪いの？　イエスも男だったのよ。その尼僧ってジェイムズ・ジョイスの小説に出てくる地獄の説教をするいやらしい司祭のようね。そんなこと本当だと思いますか、マコート先生？

　僕がこの地球に、カトリック教徒やアイルランド人や菜食主義者なんかになるために生まれてきたわけじゃないってこと、それ以外はよくわからない。わかっているのはそれだけなんだよ、シルヴィア。

『若い芸術家の肖像』についてクラスで議論したとき、生徒たちが「七つの大罪」を全く知らないことに気づいた。教室中が何それ？ という表情だ。僕は黒板に書いた。傲慢、強欲、色欲、憤怒、暴食、嫉妬、怠惰。これらを知らないで、どうして人生を楽しめるんだ？

それで、何というか、マコート先生、これは創作とどう関係があるんですか？

すべてに関係がある。惨めになろうとしてわざわざ貧しくなる必要はないし、七つの大罪を知れば、何かが書ける。カトリック教徒になる必要はないし、アイルランド人になる必要もない。だが、七つの大罪を知れば、何かが書けるし、飲酒の言い訳にもなる。待て。もとい。飲酒の部分は削除してくれ。

結婚生活が破綻したとき、僕は四十九歳、マギーは八歳だった。僕は金がなく、ブルックリンやマンハッタンの友人宅を泊まり歩いた。教えることが悩みを忘れさせてくれた。ガスハウスやライオンズヘッドバーでビールを飲み泣き叫ぶこともできたが、教室では仕事を続けねばならなかった。間もなく教職員年金基金からお金を借りて、アパートを借り、家具を入れた。それまでの間、ヨンク・クリングがアトランティック・アヴェニュー近くのヒックス・ストリートに借りているアパートに泊まるように誘ってくれた。

ヨンクは六十代の画家で修復業者だ。ブロンクス出身で、その地で彼の父親は政治的に過激な医者だった。ニューヨークに来たどんな革命家も無政府主義者もクリング医師の一宿一飯の歓迎を受けた。ヨンクは第二次世界大戦のとき、墓地登記の仕事をしていた。戦闘の後、死体と死体の一部を求めてその地域を捜索した。戦いたくはなかったが、この仕事はそれよりひどいもので、ただ自分の中の人間性を殺して前へ進めばよい歩兵連隊への異動を申し出たいほどだった、と彼は僕に話してくれた。そうなれば、死者の認識票を特定する必要も、財布の中の妻や子供の写真を見る必要もなかった。

ヨンクはいまだに悪夢を見るが、最も効果的な治療と予防はくつろいだ中でのブランデーの一杯だ。彼がいつも寝室に確保しているものだ。ボトルの減り具合で彼がどれくらいの頻度で悪夢を見るかが判断できた。

彼は部屋で絵を描いた。ベッドから椅子へ、イーゼルへと移動し、すべてのものがほかのすべてのものの一部となっていた。目覚めてもベッドにいて、タバコを吸い、前日に取り組んでいたキャンヴァスを吟味する。コーヒーのマグカップをキッチンから寝室に持ち込み、そこで椅子に座ってキャンヴァスを眺め続ける。時折、修正したり消去したりするために作品をさっと一塗りした。コーヒーを飲み終えるということは決してなかった。アパート中いたる所に半分飲みかけのマグカップがあった。コーヒーが冷めると、固まって、カップの中に不完全な輪を作った。

彼がさまざまな大きさのキャンヴァスに繰り返し描いた光景がある。明るく淡い色のスカーフを頭にして、長くゆったりとした絹のドレスを身にまとった複数の女性が海を眺めて浜辺に立っている。誰かが溺れたのか、それとも彼女たちは何かを待っているのか？　と僕は尋ねた。彼は首を横に振った。わからない。どうしてそんなことがわかる？　ただそこに女たちを描いた。彼女たちに介入するつもりはない。ある種の画家や作家の嫌いなところはそこだよ。あいつらは、人が自分の力では見たり読んだりできないとでもいうかのように、すべてに介入し、指摘したがるんだ。ヴァン・ゴッホは違う。ヴァン・ゴッホの絵を見ろよ。橋があり、ひまわりがあり、部屋があり、顔があり、靴がある。見る人間が結論を出す。ヴァン・ゴッホは語ったりしない。

彼には他に二つの主題があった。競馬と踊るハシディム〔十八世紀後半から始まった正統派ユダヤ教徒の宗派〕だ。彼は馬がカーブを曲がってくるところを描いた。そこが馬の身体が最も優美に見えるところだ、と彼は言った。ゲートから出た馬やゴールを目指す馬は誰だって描ける。それはただ鼻の穴から尻尾まで一直線の馬だ、だがカーブを曲がるときにはな、マコート、カーブに合わせ、最後の直線コースに自分の位置を見つけようと、身体を傾け、全力を出し、隣りの馬とせめぎ合うんだ。

ハシディムは激しい絵だ。黒い服と黒い帽子、長くて黒いコートを着た六人の男たちが髪や髭を振り乱して踊っている。クラリネットの高い音がむせび、フィドルの音が鳴き舞い上がるのが聞こえてきそうだ。

ヨンクは宗教について、ユダヤ教であろうと他の宗教であろうと自分にとってはどうでもいいものだ、と言った。だが、この絵の中の男たちのように神に対して自分なりのやり方で踊ることができるとしたら、彼らを信じる。

アケダクト競馬場で、彼が馬をじっと見ているのを見たことがある。彼は競馬場でいわゆるのろまの老いぼれ馬に、競技場の端を足を引きずっている馬に関心を寄せる唯一の人のようだ。勝者の特別観覧席に連れてこられる馬は無視した。勝利はただの勝利だが、敗北は自分を深く掘り下げる契機になる。ヨンクを知る前は馬の集団というものは一方向を目指し、そのうちの一頭が勝つまで思い切り走る、それだけだと思っていた。彼の目を通して違ったアケダクト競馬場が見えてきた。画家の芸術や精神についてはは何もわからないが、彼は頭の中で馬や騎手のイメージを自分のものにしているのがわかった。

黄昏時になると、彼は自分の角部屋へ一杯のブランデーを飲みに僕を誘った。そこからは波止場に向かうアトランティック・アヴェニューが見下ろせた。トラックが赤信号でギヤを変えてゼイゼイシューシューあえぎ声をあげながらその通りを登り、ロングアイランド大学病院の救急車は昼も夜もサイレンを鳴らしていた。モンテロ・バーの赤いネオンサインが瞬いているのが見えた。貨物船やコンテナ船の船乗りと彼らをブルックリンに歓迎している夜の女たちのたまり場だ。

ピラー・モンテロと旦那のジョーはアトランティック・アヴェニューにバーと建物を所有していた。バーの上に空き部屋があって、ひと月二百五十ドルだという。ベッドやテーブルや椅子もくれて、フランキー、あの部屋なら幸せになるわよ、と彼女は言った。僕がアイルランドのバグパイプ〔革袋に数本の音管がついた民族楽器〕よりもスペインのバグパイプが好きだ、と言ったから気に入ってくれたようで、あなたは喧嘩喧嘩に明け暮れて、喧嘩だけが取り柄の他のアイルランド人とは違うわ、と言った。

その部屋からもアトランティック・アヴェニューが見えた。窓の外には「モンテロ・バー」のネオンサインが点滅して、僕の居間を深紅色から黒にまた深紅色に染め上げていた。階下のジュークボックスではヴィレッジ・ピープルが「ＹＭＣＡ」を歌い、ビートを刻んでいた。

ブルックリンの波止場で最後に残ったバーの階上でどんな暮らしをしていたか、毎晩騒がしい船乗りの声を紛らわそうとどんなにもがいたか、海辺の愛を提供する女たちのキャーキャー言う声や笑い声をかき消そうとどんな風に耳に綿を詰めたか、階下のバーのジュークボックスのビートやヴィレッジ・ピープルの歌う「ＹＭＣＡ」がベッドに入る僕を毎晩どんなに揺さぶったか、それらについては生徒には一言も語っていない。

13

新学期の始め、僕は新しい生徒たちに創作について語る。これからこのクラスで一緒にやっていく。君たちのことは知らないが、この授業には真剣に取り組むつもりだ。そして確かなことが一つある。学期の終わりには、この教室の中で確実に一人の人間が何かを学んでいる、ということだ。そしてその一人とは、若き友よ、この僕だ。

怠け者、気まぐれな者、無関心な者などの、多くの生徒の手前、教室にいる人間の中で最も熱心に取り組むことで、彼らよりも自分を高めて自己紹介するこのやり方は、賢明だと思っている。

英語は必修だが、「創作」は選択科目だ。取っても取らなくてもいい。彼らは選び取ったのだ。僕のクラスに集まってきたのだ。教室はいっぱいだ。窓の敷居に座っているものもいる。教師の一人、パム・シェルドンは言った、マコートにはヤンキー・スタジアムで教えさせたらどうだい？　それくらい僕は人気者なのだ。

「創作」のこの熱狂ぶりは何だろう？　生徒たちは突然自己表現したくなったのだろうか？　僕の教え方が上手いせいだろうか、僕のカリスマ性だろうか、僕のアイルランド人としての魅力だろうか？　いやはや、まったく。

このマコートという教師は、取り留めもなくしゃべるだけであげく簡単に高い点をつけてくれる、という噂が広まったのか？

点が甘い奴とは思われたくなかった。自分のイメージをタフなものにしなくてはいけない。厳しくせよ。系統立てよ。集中せよ。他の先生たちは畏怖の念で語られている。五階で数学を教えているフィル・フィッシャーは目の前の人間すべてに恐れられている。噂は上から降りてくる。数学に悪戦苦闘したり、ほとんど興味を示さなければ、彼は大声で、おまえらは口を開いても、人間の無知の総計に加算しているだけだ、とか、おまえらは口を開いても、人間の叡知の総計から減算しているだけだ、と言った。どんな人間の脳にとっても新しい計算法や三角法は難しい、ということが彼には理解できない。なぜこの愚かな子供たちは数学の優雅な簡潔さが理解できないのかと悩んでいる。

学期末に愚かな子供たちは彼から合格点をもらった、ということを見せびらかし、その成果を自慢する。フィル・フィッシャーに無関心ではいられないのだ。

エド・マーカントニオは数学科の学科長だ。廊下を挟んで僕の向かいの教室で教えている。フィル・フィッシャーと同じ授業を持っているが、彼の授業は理性と真剣な目的を持つ生徒たちにとってのオアシスだ。問題が提示され、四十分間、優雅な解法に向け、熱心にクラスを導いていく。チャイムが鳴ると、生徒たちは満足し、廊下を穏やかな気持ちで漂う。そしてエドの授業に合格すると、自分の身になったことを知るのだ。

若者は四六時中思索と不確実の海に漕ぎ出したい、と思っているわけではない。アルバニアの首都がティラナだ、とわかれば満足する。マコートが、なぜハムレットは母親に意地悪なのか？なぜチャンスがあったのに王様を殺さなかったのか？　というような質問をするのが気に入らない。授業の残りの時間でこのことについて延々とやり合うのは構わないが、チャイムの野郎が鳴る前には答えを知りたいのだ。マコートの奴は答えを出さない。質問を続け、ヒントをさりげなく言い、混乱を引き起こす。もうすぐ予鈴が鳴るのがわかるから、肚の中にはこんな感情がわいてくる、早く、早く、答えは何ですか？　ところが彼は問い続ける、どう思う？　どう考える？　そしてチャイムが鳴り、何もわからないまま廊下に放り出される。同じ授業を受けて頭を抱えた生徒たちを見て、この先生はいったいどこ出身だろう、と考える。マーカントニオの授業から出てきた生徒が穏やかな表情で廊下を颯爽《さっそう》と歩いているのが見える。その表情は答えがわかった、解法がわかった、と言っている。一度、たった一度でいい、マコートが答えを示してくれればいいのに、と思うが、だめだ、生徒にすべてを返してくる。きっとアイルランドではそういうやり方なんだろうが、ここはアメリカだ、と誰かが言ってやるべきだ、この国は答えが好きなんだと。あるいはたぶん先生自身が答えがわからないから、それですべてをクラスに投げ返すのだろう。

フィッシャーの情熱とマーカントニオの職人芸で教えたかった。何百人という生徒が僕の授業を取りたがっていることは嬉しかったが、理由が気になった。軽く見られたくはなかった。ああ、マコートの授業は楽勝だよ。話していればいいんだ。ぺちゃくちゃぺちゃくちゃいつもの無駄話をしてればいいんだ。あの授業でAを取れなければ、なあ、ただのアホウだよ。

ヨンク・クリングはモンテロで午後のブランデーを飲んでいた。お前ひどい顔色をしているぞ、と言った。

ありがとう、ヨンク。

ブランデーを飲めよ。

だめですよ。添削する百万の作文があるんです。リオハ〔スペイン北部エブロ川付近で作られる辛口の赤ワイン〕のグラスをいただきます、ピラー。

どうぞ、フランキー。スペインのバグパイプが好きで、リオハが好き、ときたら、素敵なスペイン娘が見つかるわ。週末はいつもベッドの中よ。

バーのスツールに腰かけ、ヨンクに話を聞いてもらった。僕は甘すぎると思う。甘い教師に対しては尊敬の念はわかない。スタイヴィサントのある教師は「楽勝」と言われている。生徒には評価に見合ったものを得てほしい。尊敬の念を持ってほしい。何百人という生徒が僕の授業に申し込んでいる。それが悩み。その生徒たちが僕は甘いから、と言っているかもしれないと考えてしまう。ある母親が学校に来て、娘をぜひ先生の授業に入れてほしい、とお願いされた。母親は離婚していて、先生のお好きな行楽地《リゾート》で週末を過ごしましょう、と申し出てきた。僕は断った。

ヨンクは首を横に振って、お前は時々ひどく頭が悪いな、性格の中に妙に堅物なところがあって、もっと肩の力を抜かないと惨めな中年になるぞ、と言った。やれやれ、もっと人生を楽しめたっていうのに。母親との週末、娘の作文の前途は明るい。いったい何が問題なんだ?

尊敬の念がかけらもない。

おい、尊敬なんてクソ喰らえだ。もう一杯リオハを飲め。いや、ピラー、俺のおごりであのスペインのブランデーを出してくれ。

わかった、気楽にやることにするよ、ヨンク。この作文を見てほしい。全部で百七十人分だ、それぞれ運がよければ三百五十語、悪ければ五百語ある。僕は作文に埋もれてしまう。

二杯目のブランデーに行くべきだな、どうやってそれをこなすか俺にはわからない、と彼は言った。すべての先生がこなしているんだろう。どうやってやるのか俺にはわからないが。もし俺が教師になったら、バカなガキどもに言うことは一つ。黙れ。口を閉じてろ、それだけだ。それで、その娘を授業に受け入れてやったのか？

ええ。

その母親の申し出はまだ有効なのか？

そう思います。

教師のモラルをなくせば好きな行楽地《リゾート》へ出かけられるってときに、こんなところに座ってスペインのブランデーを飲んでるとはね。

四つの別の高校――マッキー、服飾産業、スーアド、スタイヴィサント――、それにブルックリンのカレッジで十五年勤めて、僕は犬の嗅覚を身に付けている。九月と二月に新しく授業が始まると、生徒たちの化学合成を嗅ぎ取ることができる。僕は彼らの見方を見、彼らは僕の見方を見る。タイプを分類できる。熱心で自分から勉強するタイプ、冷静なタイプ、疑い深いタイプ、無関心タイプ、敵意を持つタイプ、僕の点が甘いと聞いたからここにいるご都合主義者、単に好きな人と一緒にいたいからいるカップル。

この学校では生徒の注意を引き、彼らに挑まなければならない。教室で生徒は座り、どの列の生徒も聡明な顔を上げて、僕に教師としての力量を示せ、と期待している。スタイヴィサントに来る前は、教師というよりは現場監督のようだった。基本的な生活習慣を身に付けさせることで授業時間を費やした。席に着け、ノートを開けと言い、早退許可証に対応し、不平不満を処理する。今の学校では乱暴な行いはない。

押した、押された、などの文句はない。サンドイッチが飛んでくることもない。授業をやらない言い訳もできない。

うまくやれなければ、尊敬を失う。形だけの仕事は侮辱になる。戯言をしゃべったり、暇つぶしをしたりすると見抜かれる。

ブロードウェイの観客は礼儀と拍手で俳優たちに歩み寄る。チケットには高い金を払った。舞台の戸口に殺到し、サインを求める。公立高校の教師は一日五回演じる。観客はチャイムが鳴るといなくなり、卒業アルバムにだけサインを求める。

授業で生徒を欺くことはできるが、いつ仮面をかぶっているかは見抜かれるものだし、生徒が見抜いていることはこちらにもわかる。彼らは僕を強制的に真実に追い込む。矛盾したことを言ったら、大声で言われるだろう、先生、それは先週言ったことと違います。長年教師を経験して、生徒が集めた事実に直面したうえでなお、教師の仮面に隠れることに固執するなら、生徒を失う。生徒は自分自身と世の中に嘘をついていても、教師には誠実さを求めるものなのだ。

スタイヴィサントでは答えがわからないときは、わからないと認めることにした。わからないんだよ、君たち。いや、崇拝すべき聖ベーダは読んだことがない。超絶論はよくわからない。ジョン・ダンやジェラード・マンリ・ホプキンズは読み進めるのがきつい。ルイジアナ買収〔ミシシッピー川とロッキー山脈との間の土地で、一八〇三年にアメリカがフランスから買い入れた〕についてはよく知らない。ショーペンハウアーは目を通しただけだし、カントは読みながら寝てしまった。数学については言うまでもない。妥当の意味を以前は知っていたが、今は抜け落ちている。用益権については強いぞ。申し訳ないが、『妖精の女王』は読み終えることができなかった。形而上派詩人の整理がついたら、いつかまた読んでみようと思う。

知らないことを言い訳にしない。教育に穴が開いていることを隠れ蓑にしない。より良い教師になるための自己向上プログラムの計画を立てよう。よく訓練され、伝統にのっとり、学識があり、機転が利き、いつでも答えられる、そんな教師になろう。歴史、芸術、哲学、考古学に足を突っ込もう。アングロ人、サクソン人、ジュート人からノルマン人、エリザベス朝作家、新古典学派、ロマン派、ヴィクトリア朝作家、エドワード朝作家、戦争詩人、構造主義者、モダニズムの作家、ポストモダニズムの作家までの英語英文学の華麗なる絵巻をさっと通り抜けよう。フランスの洞窟〔ラスコーの壁画のこと〕からフランクリンが合衆国憲法をたたき出したフィラデルフィアのあの一室までの歴史の跡をたどろう、という考えだって持っている。少しは知識をひけらかすと思う。あざ笑う人もいるだろうが、給料の悪い教員をちょっと貶《おとし》めようとして、生半可な知識は危険な物だということを立証しようとする人などいないだろう。

生徒たちは伝統的な英語の授業から絶えず脱線させようとするが、彼らの策略に敢えて乗ることにした。相変わらずいろいろな話をしているが、僕がした話とバースの女房〔チョーサー『カンタベリー物語』の登場人物〕、トム・ソーヤー、ホールデン・コールフィールド〔サリンジャー『ライ麦畑でつかまえて』の主人公〕、ロミオ、『ウエストサイド物語』に出てくるロミオの生まれ変わりとの共通点を結び付ける技術を学んでいる。英語教師はいつも言われる、関連付けよ、と。

自分の声と自分なりの教え方を見つけつつあった。教室にいるのが心地よくなっていた。新しい学科主任ビル・インスもロジャー・グッドマン同様、創作や文学についていろいろな方法を試してみること、独自のクラスの雰囲気を作ること、事務的なことに煩わされずにやりたいようにやることに関して自由な裁量を与えてくれた。生徒は十分に大人で心が広く、仮面や赤ペンの力を借りずとも自分のやり方を見出すことができた。

アメリカのティーンエージャーの注意を引くには二つの基本的なやり方がある。セックスと食事だ。セックスには気をつけなくてはいけない。両親の耳に入ると、カーペットの上に呼ばれ、なぜ創作の授業で生徒にセックスに関する読み物を読ませたのか説明することになる。趣味がよく、生物学的というよりもロマンスの精神で書かれていたから、と指摘する。だが、それでは十分ではない。

ケニー・ディファルコが教室の後ろから、先生、マジパン〔アーモンドと砂糖を練り合わせて作った菓子〕は好きですか、と大きな声で訊いた。白いものを抱え、自分で作ってきました、と言う。まずは教師として適切なやり方で、授業中に飲み食いすることは規則違反だが、と言い、ところでマジパンって何だ？　と訊いた。食べてみてください、と彼は言った。おいしかった。マジパンを要求する合唱が起きたが、ケニーはもうないよ、と言った。明日、三十六個のマジパンを持ってくるよ、もちろん自分で作ったものさ。するとトミー・エスポジトが、父親のレストランからいろんな余りものを持ってくる、と言った。残り物かもしれないけど、絶対にうまいし温かいんだ。食べたい食べたい、の合唱だ。韓国人の女の子が、母親の作った口がやけどするほど辛いキムチを持ってくる、と言った。ケニーが、もしすべての食べ物が揃ったら、授業のことは忘れて明日は学校の隣りのスタイヴィサント広場に集合して、芝生の上にすべてを並べないといけないな。プラスチックのフォークとナプキンも忘れないようにしないと、と言った。トミーがそれはだめだ、と言った。親父のミートボールはプラスチックのフォークじゃ食べない。三十六個の鉄製のフォークを喜んで持ってくる、他の料理に使ってもかまわない。マコート先生、いろいろ持ってくるけど、大目に見てください。生徒にものを食べさせないで教えるのはいかに難しいことか。

翌日公園を歩いている人々が立ち止まって、僕たちがしていることを見ていた。ベス・イスラエル病院の医師は、こんなにずらりと並んだ料理は初めて見た、と言った。少しばかり勧められて、目を丸くして喜びの鼻歌が出たが、キムチを食べたときは焼けた口蓋のために冷たい水を飲まなければならなかった。

芝生の上に料理を並べるのはやめて、公演のベンチにそれを広げた。ユダヤ料理（クレプラハ、マッツォー、ゲフィルテフィッシュ）、イタリアン（ラザニア、トミーの親父さんの作ったミートボール、ラヴィオリ、リゾット）、中華、韓国、ビーフ、仔牛、ジャガイモ、玉ねぎで出来た、巨大な三十六人分のミートローフ。パトカーが巡回していた。警察官たちが何をやっているのか訊いてきた。市の許可なく公園で縁日をしてはいけませんよ。これは語彙の授業です、生徒たちが何を学んでいるか見て下さい、と説明した。警察官たちはカトリックの学校にはこんな語彙の授業は一度もなかった、どの料理もうまそうだ、と言った。パトカーから降りて試食なさってはいかがですか、と僕は言った。ベス・イスラエルの医師がキムチには気をつけた方がいいですよ、と警告すると、早く持ってきてくれないか、ヴェトナムやタイの辛い料理で食べたことがないものはないんだから、と言った。スプーンですくって口に入れるや、何か冷たいものをくれ、と大声で叫んだ。彼らは車での去り際に、この語彙の授業はどれくらいの頻度で行っているのか訊いて帰った。

ホームレスが重い足取りでゆっくりとこの集まりに近づいてきたので、残り物を少しあげた。一人はマジパンを吐き出し、言った。このクソみたいな物は何だ？　俺はホームレスかもしれねえが、バカにするんじゃねえ。

僕は公園のベンチの上に立って、新しい課題を告げた。生徒のおしゃべりやホームレスのぶつぶつ言う文句、好奇にかられた公衆の発言、二番街の交通のクラクションや警笛の音に負けないように言わなければならない。

聞いてくれ、聞いているか？　明日は授業に料理本を持ってきてほしい。そうだ、料理本だ。なんだって？　料理本を持っていない？　それじゃ、料理本のない家庭には家庭訪問を計画しようか。そんな家庭のために料理本の収集を始めよう。忘れるな、明日、料理本だ。

マコート先生、どうして料理本を持ってこなくちゃいけないんですか？

僕にも今はまだわからないが、たぶん明日にはわかるだろう。頭の中にある考えがまとまりそうだ。

マコート先生、怒らないで聞いてください、でも先生はときどき変です。

彼らは料理本を持ってきた。創作と何の関係があるんですか、と訊いた。

いいか。どのページでもいいから開いてくれ。もう全部読み終えているなら、好きなレシピを開いてくれ。デヴィッド、読んでくれ。

はい？

レシピを読むんだ。

声を出して？　今この授業で？

そうだ、さあデヴィッド、ポルノなんかじゃない。一日中この授業をやっていられるわけじゃない。何十というレシピを読み終えなくてはいけないんだ。

でもマコート先生、レシピなんて今までに読んだことありません。料理本なんて今までに読んだことはないです。卵料理だって作ったことないんですから。

そりゃよかった、デヴィッド。今日君の口は生まれ変わるぞ。君の語彙は広がり、今日から君はグルメになる。

手が上がる。グルメって何ですか？

別の手が上がる。グルメっていうのはな、良い食事やワイン、人生においてより良い物がわかる人間のことさ。

おお、という声が教室中をかけめぐり、ジェイムズに微笑みと賞賛の眼差しが送られる。ジェイムズはホットドッグとフライドポテトしか知らないような人間なのだが。

デヴィッドはチキンの赤ワイン煮のレシピを読む。声は単調で自信がなさそうだが、レシピを読み進むにつれ、聞いたこともない材料を見出して興味が湧いてきたようだ。

デヴィッド、君とクラス全員に今日の日付と時間、スタイヴィサント高校の二〇五教室で人生において初めてレシピを朗読した、という事実を記録しておいてもらいたい。この行いが君たちをどこに導くかは神のみぞ知る。みんなに覚えておいてほしいことは、創作や英語の授業中で料理本のレシピを読んだのは、おそらく歴史上初めてだ、ということだ。デヴィッド、拍手喝采がなかったことも記録しておきなさい。まるでニューヨークの電話帳のページでも読んでいるかのようにレシピを読んだ。だが落ち込む必要はない。初めてのことだったし、次に読んでもらうときにはきっとレシピに大いなる価値を与えてくれると思う。他に読む者は？

山ほど手が上がる。ブライアンを当てる。人選ミスだとわかっている。否定的な意見が来ることもわかっている。彼も「椅子を傾けていた」アンドリューと同じで、ぼんくらだが、そういうことは克服した教師だ、大人だし、自分のエゴを脇に置く準備はできている。

はい、ブライアン。

隣りの席のペニーを見ている。彼はゲイ、ペニーはレズビアンだ。彼らは隠そうとしない。秘密がない。彼は背が低く太っている。彼女の方は背が高く痩せていて、堂々とした態度でこう言おうとしているようだ、この授業で何かを作りたいの？　だったら私は作りたくはないわ。なぜみんなで僕に反抗する？　彼らに嫌われているのはわかる。どうしてそんな単純な事実が受け入れられない？　毎年教える何百という生徒の全員から好かれるなんてことはない。好き嫌いを全く気にも留めないフィル・フィッシャーのような教師もいる。彼はよく言っている、絶望的なうすのろどもよ、私は微積分を教えているんだ。集中できないのなら、勉強しないのなら、単位を落とすし、単位を落とせば、統合失調症患者に算数を教えて人生を終えることになる。クラス全員がフィルを嫌いだとしても、フィルの方でもみんなを嫌い、夢の中で暗唱できるまで高等微積分を頭の中に叩き込むだけだ。

何だね、ブライアン？

ああ、彼はクールな男だ、このブライアンって奴は。ペニーに向かってもう一度微笑む。僕をシシカバブのように細切れにするつもりだ。時間を稼いでいる。

わからないんです、え〜と、マコート先生、どうして家に帰って両親に話せますか、スタイヴィサント高校の二年生の授業なのに、え〜と、料理本からレシピを読んでいる、だなんて。他のクラスは、アメリカ文学を読んでいるのに、まるで僕らが知恵遅れのようにレシピを読んで、ここに座っていなければいけないだなんて。

イライラしてきた。辛辣な言葉をぶつけ、ブライアンをこらしめてやりたい。だが、グルメの定義を知っているジェイムズがその責任を引きとってくれる。一言いいかい？　ブライアンを睨む。お前は椅子に座ったまま文句をつけてばかりだ。一つ聞きたい。お前の椅子には糊でもついているのかい?

もちろん、椅子に糊などついちゃいないさ。

教務課の場所を知っているか？

ああ。

それじゃ、このクラスが嫌なら、そのケツをあげてさっさと教務課へ行って、クラスを替えてもらったらどうだ？　誰も止めない。そうですよね、マコート先生？　クラスを移れよ、とジェイムズは言う。出てけよ。『白鯨』を読みに行け。その力があるんならな。

スーザン・ギルマンは発言前に決して手を挙げない。すべてが急を要するのだ。大きな声を出すのはルール違反だ、と彼女に言ったが、無駄だった。彼女は無視する。そんなこと誰も気にしない。僕のゲームの意味を突きとめたのだ。先生がこんな風にレシピを大声で読ませたい理由がわかったわ。

本当に？

本に載っているレシピが詩のように見えて、詩のように読んでいる生徒もいる。味わうことができるんだから、詩よりもずっといいわ。そしてすごいわ、イタリアンのレシピは純粋な音楽よ。

モリーン・マクシェリーが話に入ってくる。レシピのもう一つの良いところは、クソ英語教師に深読みを求められずにそのまま読めることですね。

わかった、モリーン、いつかそこに戻ろう。

どこに？

クソ英語教師の深読みにだよ。

マイケル・カーはフルートを持っているから、誰かがレシピを朗読したり、歌ったりするときに一緒に演奏する、と言う。ブライアンは懐疑的だ。彼は言う、冗談だろ？　レシピに合わせてフルートを演奏する？　このクラスは頭がおかしいのか？　スーザンはできるわよと言い、マイケルのバックでラザニアのレシピを読むことを申し出る。彼女がスウェーデン風ミートボールのレシピを読む間、彼はスウェーデン風ミートボールとは全く関係のない「ハバ・ナギラ」〔ヘブライ語の民謡。ユダヤ教徒の結婚式や成人式で演奏される〕を演奏し、クラスは最初笑っていたが、次第に真剣に聞くようになり、最後は拍手と大喝采になった。ジェイムズは、二人でストリートに出て、ミートボールズかレシピーズと名前をつけたら、自分は会計兼マネージャーになるよ、と申し出る。モリーンがアイルランドのソーダブレッドのレシピを読むときは、マイケルはクラス中の机や椅子のコツコツ、カチカチのパーカッションに合わせて「アイルランドの洗濯女」を演奏する。

クラスは生き生きとしてくる。生徒はお互いに話している。この授業はすごく楽しい、レシピを読み、朗読し、マイケルのフルートをバックにレシピを、フランス料理、英国料理、スペイン料理、ユダヤ料理、アイルランド料理、中華料理のレシピを歌う、とは何て素晴らしいアイデアだろう。誰かが入ってきたらどうする？　教室の後ろに立ち、教師が教えるのを黙って見学する日本の教育者たちが入ってきたら。校長はスーザンとマイケルのミートボール・コンチェルトをどう説明するのだろうか？

ブライアンがこの成り行きに水を差す。この授業でいかに学ぶことがないか、を理由に転科できるかどうか教務課に確かめていいか、と訊く。俺が言っているのは、レシピを歌ってどれだけ俺たちが高校生活を無駄に過ごしているかを納税者が聞いたら、あんたは職を失うよ、ということです、マコート先生。別に恨みはないけどね、と彼は言う。

彼はペニーに顔を向けて同意を求めるが、ペニーの方は他の生徒から借りた料理本でパエリアのレシピのリハーサル中だ。ブライアンに横で首を振り、レシピを読み終わると、このクラスを辞めるなんて、あんた頭がおかしいわよ、と言う。おかしいわよ。あたしのママはこの世のものとは思えないほどおいしいラムシチューの料理法を知っている。明日そのレシピを持ってきてマイケルのフルートで演奏してもらいたいわ。ああ、ママを教室に連れて来られたらなあ。ママはキッチンでラムシチューを作っているときいつも歌っているの。ママが歌い、マイケルがあの美しいフルートを演奏し、あたしがあのレシピを大声で読み上げるとしたら、素敵じゃないの。とても素敵だわ！

ブライアンは真っ赤になり、ペニーが明日ラムシチューのレシピをやるなら、俺はオーボエを吹き、マイケルと一緒に演奏したいと言う。ペニーは腕を彼の腕にからめて言う、そうよ、あたしたちは明日やるわよ。

A列車でブルックリンに戻る途中でこのクラスが向かっている方向が不安になる。特に他のクラスの生徒たちが、なぜいろんな食べ物を持って公園に行けないのか、なぜ音楽と一緒にレシピを読めないのか？　と尋ねるようになってからそうだ。カリキュラムに目を光らせているお偉方に対してこういうことすべてを正統化するにはどうしたらいいだろうか？

マコート君、この教室では一体何をやっているんですか？　まったく、生徒たちに料理本を読ませて、おまけにレシピを歌っているとは？　我々をからかっているんですか？　この授業のどこが英語教育と関係するのか簡単に説明してくれませんか？　英米文学、その他の文学の授業はどこへ行ってしまったんですか？　君もよく知っての通り、ここの生徒たちはこの国で最も優れた大学に入学を希望しているんです、これが彼らを世の中に送り出すやり方なんですか？　レシピを読む？　レシピを朗読する？　レシピを歌う？　アイリッシュ・シチューや伝統的なウェスタンオムレツに合わせて振り付けをしてみたらどうですか、もちろんふさわしい伴奏をつけて？　英語も大学の受験も全部忘れて、教室を料理の模擬授業のためのキッチンに変えたらどうですか？　スタイヴィサント・レシピ合唱団を作って、街中や海外でコンサートをしたらどうですかね？　君の授業で時間を無駄にし、大学に行けずに今やピザ店でお金を数え、アップタウンの二流のフランス料理店で皿洗いをしている生徒たちにもご利益がもたらされるように。そういう事態がやがて来るだろう。この生徒たちはパテや何かのレシピを歌うことはできるかもしれないが、アイヴィー・リーグの大学〔アメリカ北東部の名門八大学〕の教室の座席には着けないだろう。

遅すぎる。明日、教室に入って、全部終わりだ、料理本は忘れてくれ、もうレシピはなしだ、とは言えない。マイケル、フルートはしまえ。ペニー、お母さんに歌わないようにしてもらって。ブライアン、オーボエについてはすまん。

ブライアンのちょっとした反抗を除けば、この三日間授業への取り組みは完璧だったじゃないか。そしてなによりも、先生よ、自分が楽しんだじゃないか。

それともまた二年生のマーク・トウェインやF・スコット・フィッツジェラルド、三年生のワーズワースやコールリッジから逃げたかっただけのただのバカ教師だったのか？ 深読みをすくいあげ、追跡できるように毎日教科書を持ってくるよう、強く言うべきだったんじゃないのか？

そうだ、その通りだ、だが今はそうじゃない、そうじゃないんだ。

生徒たちはお前のやっていることがわかっているのか？ レシピや音楽でお前を利用しているだけじゃないのか？ わが過失《メア・クルパ》、の時間だ。過失よりも悪い、お前はペテン師なのか？ 生徒が利用しているのに乗じて遊んでいるのか？ 談話室で教員が言っていることを想像できるだろ。あのアイルランド人は授業を完全にペテンにしちまったよ。生徒たちがしていることといったら――驚いたよ、信じないだろうが――していることといったら、料理本を読んでるだけなんだ。そうさ、ミルトンもスウィフトもホーソーンもメルヴィルも忘れて。やれやれ、読んでいるのは『料理の楽しみ』やファニー・ファーマーやベティクロッカーの料理本でレシピを歌っているのさ。あいつのクソクラスから聞こえてくるオーボエやフルートやレシピの歌声の騒音で廊下じゃ自分の声もほとんど聞こえない有様だ。いったい奴は誰をからかっているつもりなんだろうね？

おそらくもっと真面目なやり方も見つけられただろう。いつも自分を惨めにするのに巧みだったたし、生徒とのつながりを失いたくないと思っていた。図で説明することを教え、深い意味を掘り返すのにもう一度挑戦することだってできただろう。悩める若者に『ベーオウルフ』や『歴代誌』を押し付けることもできただろう。自己向上の壮大な計画はどうなったんだ、「大学者さん」よ？　学校の外での人生を見てみろ。どこにも属していない。上っ面だけの人間。妻はいなくなり、子供にもめったに会えない。展望も計画も目標もない。ただゆっくりと墓場に向かっているだけだ。やれやれ、消えゆくのみだ。教室を遊び場、おしゃべりの時間、集団療法《セラピー》の公開番組《フォーラム》に変えた先生がいた、という記憶以外何の遺産も残さずに。

いいじゃないか。一体それがどうだというのだ。そもそも学校は何のためにある？　軍事複合産業のための兵隊を供給するのが教師の仕事なのか？　大企業の組み立て工程のように商品を作っているのか？

おっと、なんだか真面目になっているぞ、雄弁家みたいじゃないか。

僕を見てくれ。四十代になって、生徒たちが十代でわかることにやっと気づいた、彷徨《さまよ》う遅咲きの男、もがく中年野郎。いがみ合いが起きないように。僕のために悲しい歌は歌わないでくれ。バーで泣きたくはない。

二重生活を送った罪で告訴され、法廷に呼ばれている。すなわち、教室で自身が楽しみ、生徒たちに適切な教育を施すことを怠った。一方で、独り身の寝台で夜ごと酒を飲み、えらいことになってしまった、一体どうなるんだろう、と悩んでいた。

ついでながら、自己の良心を点検する力を失わなかったこと、自分が不完全で欠陥のあることに気づく力を失わなかったことで、自分を褒めてやりたい。批評の関門の一人目は自分自身なのに、なぜ他人の批評を恐れるのだ？　もし自己批判の競争があれば、スタートの合図の前から僕は勝者だ。賭け金を集めておけ。

恐れ？　それだよ、フランシス。路地の少年は職を失うのが今でも恐い。外の暗闇に吸い込まれる恐怖、声をあげて嘆き悲しむ声や、苦痛に歯ぎしりする音に耳をふさがれる恐怖。勇敢で想像力のある教師がティーンエージャーにレシピを歌うように促すが、いつ斧が振り下ろされるか、いつ日本の視察団が首を横に振りワシントンに報告するのか、そんなことを恐れている。日本の視察団は僕の教室の中にアメリカの堕落の印をたちまち読み取り、自分たちはなぜ戦争に負けたのか、考えるだろう。

そしてもし斧が振り下ろされたら？

斧なんかクソ喰らえ。


金曜日、プログラムがいっぱいになった。教室では四人のギタリストが弦をかき鳴らし、これまでと違って協力的になったブライアンはオーボエの練習をし、マイケルはフルートでトリル演奏をし、ザックは膝の間に小さなボンゴを挟んで料理のテーマを叩き、男子二人がハーモニカを演奏した。スーザン・ギルマンは立ちあがり、何段にもわたって説明文が続き、四十七の異なった手順を必要とし、平均的なアメリカの家庭では見られない材料を要求するレシピでその授業を独占しようとした。彼女は、これは純粋な詩だと言い、マイケルは心を躍らせ、木管楽器、弦楽器、ボンゴ、スーザンの声に合わせて曲を作ろうとした。パムは広東語で北京ダックのレシピを歌い、別のクラスの彼女の兄がこのクラスでは誰も見たことのない奇妙な形の楽器を演奏する。

少しばかり教育を注入しようとする。僕は言う、君たちがこの授業をじっくり観察して記録したら、このイベントの重要性に気づくはずだ。史上初めて、中華料理のレシピがBGM付きで読まれるんだ。歴史的瞬間に全神経を集中しなければならない。記録する者はいつもこう言う、ここでは何が起きているんだ？　いつだってそうだ。中華料理だろうとそのほかの国の料理だろうと、史上他では見られないこのような瞬間を絶対に逃してはならない。

歴史的なイベントに精力を注ぐ。黒板に演目を書く。パムと北京ダックで始まり、それからレスリーとトライフル、ラリーとエッグベネディクト、ヴィッキーとポークチョップの詰め物。ギター、オーボエ、フルート、ハーモニカ、ボンゴの準備が整う。読む者は静かにレシピのリハーサルをしている。

内気なパムが兄に目配せすると、北京ダックのリサイタルが始まる。長いレシピで、パムは甲高い声で歌い、兄は弦楽器をかき鳴らす、レシピはあまりに長く、他のミュージシャンたちは一節終わるごとに一楽器ずつ加わって、パムが読み終わるころにすべての楽器が溶け合ってパムに挑みかかると、パムがオクターヴ上のあまりにも高い音を出し、切迫したリズムを刻むので、教頭のマレー・カーンは最悪の事態を恐れ、自分のオフィスを飛び出し、教室の窓から覗き込み、この演奏が進行中なのを見て、中に入らないではいられず、目を大きく見開き、最後にパムの声がだんだん小さく小さくなり、ミュージシャンたちの演奏も消えていき、北京ダックは終わりを迎える。

最後になって、クラスの批評家たちがパムの演奏は最後にすべきだった、と言った。彼らは言った、北京ダックのレシピと中国の音楽はあまりにもドラマチックで他の演奏がつまらなく聞こえた。それに言葉と音楽が合っていないところが何度もあった。トライフルのバックにボンゴを使ったのは大きな間違いだった。ヴァイオリンの繊細な感性とおそらくハープシコードが必要だろう。ボンゴと英国トライフルとの結び付きには本当に面食らった。ヴァイオリンと言えば、マイケルが演奏したエッグベネディクトの朗読のバックはまさに完璧だったし、ポークチョップの詰め物のボンゴとハーモニカの合奏は本当によく練られたものだった。ポークチョップにはハーモニカの演奏を必要とする要素があり、食べ物とそれに合う楽器という考え方には驚かされた。そうだ、この経験には新しい考え方が必要だった。他のクラスの生徒たちがアルフレッド・ロード・テニスンやトーマス・カーライルじゃなくレシピを読みたい、と言っているという噂を耳にした。他の英語の先生方は堅い教材を教え、詩を分析し、研究論文を割り当て、正しい註や参考文献の書き方の授業を行っていた。

そんな他の英語の先生方と堅い教材のことを考えると、僕はまた不安になる。彼らはカリキュラムに従い、より高度な教育とその向こうにある大きな世界に生徒が旅立つ準備をしている。僕たちは楽しむためにここにいるんじゃないぞ、先生よ。

ここはスタイヴィサント高校、ニューヨークの教育制度の最高峰だ。ここの生徒は優秀中の優秀だ。一年後には、この国の最高学府の有名な教授の下《もと》で勉強しているだろう。調べる必要のある言葉を写し、ノートを取っているだろう。料理本を読んだり、公園を訪問したりして時間を無駄にはしないだろう。そこにあるのは、しっかりした進路と集中力、まじめな学識。ところで、スタイヴィサントで習ったあの先生は一体どうしただろう、ほら、あの変な先生だよ。

14

月曜日に僕は告知する。うめき声や口には出さないヤジ、母親と何とかかんとかするやつ〔「見下げはてたやつ」を意味するmother-fuckerを遠回しに表現したもの〕みたいな囁き声が聞こえてくるだろうが、他の良心的な教師と同じような道に戻らなくてはいけない。生徒たちにはこの学校の任務は最高の大学に入る準備をさせることだ、ということを言い聞かせる。いつか大学を卒業し、この国の福祉と進歩に確実に貢献できるように。この国が失速し、だめになったら、世界中の他の国にどんな希望があるというのか？　君たちが生きていく責任は重く、その教師である僕はいくらその活動が楽しいといっても、レシピを読んで若き人生を無駄にさせたとあっては犯罪であろう。

みんなで演奏付きでレシピを読んで楽しかったのはわかるが、そんなことをするために僕たちはこの地上に生まれてきたわけではない。先に進まなくてはならない。それがアメリカのやり方だ。

マコート先生、なぜレシピを読んじゃいけないんですか？　ミートローフのレシピは、誰にもどうしても理解できないこれらの詩と同じくらい大事じゃないんですか？　そうじゃないですか？　詩がなくても生きていけますが、食べ物がなくては生きていけません。

ウォルト・ホイットマンやロバート・フロストとミートローフやレシピ一般とのバランスを取ろ

うとしたが、口ごもってしまった。

僕の好きな詩を朗読しようと言うと、生徒はまたうめき声をあげる。それにムカついて僕は言う、ムカつくんだよ。生徒はびっくりして沈黙。教師がひどい言葉を使った。構わない、詩を朗読しよう。

小さなボー・ピープの羊がいなくなった
どこにいるのかわからない。
放っておけば帰ってくるだろう
尾を振りながら。

先生、ここで何をやっているんですか？　それは詩じゃないですよ。ここは高校なのに、マザーグースをやるんですか？　ふざけているんですか？　ちょっとしたゲームですか？

僕はもう一度詩を朗読し、時間を無駄にすることなく深い意味を探るよう促す。

ああ、もう、冗談じゃないですよ。まったく、ここは高校ですよ。

この詩、あるいは伝承童謡《ナースリーライム》は表面的には単純に見える。羊がいなくなってしまった少女の物語だ。だが、聞いているか？　ここが重要だ。彼女は羊を放っておくことにしたのだ。ボー・ピープは冷静だ。羊を信頼している。牧草地や峡谷、谷間や丘陵で羊が少しずついなくなっても、あえて探しに出向いたりしない。羊には必要な草があり、食べ物があり、山をさらさら流れる小川からときどき飲む一杯の水がある。また、仲間と一日中飛び跳ねた後で、母親と一緒にいる時間の必要な仔羊もいる。羊は世の中のことが強引に押し入ってきて、雰囲気を壊すのを好まない。彼らは、羊かもしれない、仔羊かもしれない、雌羊かも、雄羊かもしれないが、とにかく僕たちが貪り食う羊肉や、僕たちが着る羊毛に変えられるまで、彼らには小さな共同体の幸福を享受する権利が与えられている。

ああ、なんてことを言うんですか、マコート先生、そんな風に終わらせたいんですか？　どうして羊も仔羊もみんな愛し合って、楽しんでいるままにできないんですか？　羊を食べて着る。それは適切ではありません。

クラスの中には菜食主義者もいれば完全菜食主義者もいる。ありがたいことに、今この国にいれば、かわいそうな動物を食べなくても生きていける、という人たちだ。我々はボー・ピープの話に戻れるだろうか？　僕がこの詩にある種の見方を示すかどうか彼らは知りたがっている。

いや、僕は見方を示したりはしない。この詩が好きなのはメッセージがシンプルだから、というだけだ。

どういうことですか？

人は他人の邪魔をしてはいけない、ということだ。小さなボー・ピープは前に出てこない。一晩中起きて、ドアのそばで泣きながら待っていることもできるが、彼女はもっと頭がいい。羊を信頼する。羊を放っておいて家に帰ってくる。喜びの再会が目に見えるようだ。夜、雌羊に種付けする雄羊たちは楽しげにメーメーと鳴き、飛び跳ね、深く満ち足りた表情をしている。一方、ボー・ピープは火のそばで幸福に編み物をしている。日課として羊とその子孫を世話し、何の邪魔もしなかったことに満足して。

スタイヴィサント高校の僕の英語の授業で、暴力と怖さにおいてヘンゼルとグレーテルの話に匹敵するものは、テレビドラマにもハリウッド映画にもない、という点で生徒の意見が一致した。ジョナサン・グリーンバーグが口火を切った。新しい奥さんに牛耳《ぎゅうじ》られて子供たちを森に置き去りにして餓死させようとする、どこかのアホ親父の物語に子供たちをさらしていいのか？　ヘンゼルとグレーテルを太らせて料理しようとしている、あの魔女に彼らがどんな風に監禁されていたか、子供たちに話していいのか？　それに、子供たちが魔女を暖炉の火の中に押し込む場面ほど恐いものがあるか？　魔女は卑しい人食い婆あだからそれに値するとしても、こんな話を聞いたら子供たちは悪い夢を見るのではないか？

リサ・バーグはこういった話は何百年も前から周りにあった、と言う。そういう話とともに私たちは成長し、そういう話を楽しみ、そういう話は生き残ってきたのだと。だから、何大げさなことを言ってんの？

ローズ・ケインはジョナサンに賛成だ。子供の頃、ヘンゼルとグレーテルに関する悪夢を見た。たぶん自分にひどい継母がいたからだろう。自分と妹がセントラルパークやニューヨークの地下鉄のどこか遠くの駅でいなくなっても気にもかけないひどい女だった。小学一年生のとき先生からヘンゼルとグレーテルの話を聞いた後、父親が一緒じゃなければ、継母と一緒に出掛けることは拒否した。その態度に父親はひどく怒って、あらゆる種類の罰を口にして脅した。義母《かあ》さんと出かけるんだ、ローズ、出掛けないと永遠に外出禁止だぞ。もちろんそんな風に言うのは、父親が継母に完全に支配されていたことの証だった。継母にはおとぎ噺のすべての継母がそうであるように顎にできものがあった。できものからは小さな毛が何本も出ていて、いつも抜いていた。

クラスの誰もがヘンゼルとグレーテルの話に意見を持っているようだった。問題の中心となるのは、この話を自分たちの子供たちにしてやりたいかどうか？　ということだった。僕は賛成派と反対派が教室の端と端に分かれて座ることを提案した。そうなるとクラスが真ん中で分かれることは明らかだった。この議論には調停者が必要じゃないか、とも提案してみたが、テンションが高くなりすぎ、この件で中立を務めるものはおらず、僕自身がその仕事を引き受けることになった。

教室の大騒ぎを沈めるのに数分かかった。反ヘンゼルとグレーテル派は子供たちが大変な衝撃を受けて、精神治療に大金を支払うことになるかもしれない、と言った。ああ、くだらない、と賛成派は言った。バカなこと言うなよ。おとぎ噺で精神治療に通う奴はいない。アメリカやヨーロッパの子供はみんなこういう話で大きくなってきたんだ。

反対派は赤ずきんの暴力場面、狼がおばあちゃんを噛むこともしないで飲み込むところ、シンデレラの継母の意地悪なところを取り上げる。こんな話を聞いたり読んだりして、どうやって子供は生きていくのだろう。

リサ・バーグがびっくりするようなことを言い、教室は突然静まり返った。子供は、頭の中にとても暗くて深いものを抱えているから、私たちの理解を超えているのよ、と言ったのだ。

そうだな、と誰かが言った。

リサが鋭いことを言った、と誰もが理解していた。そんなことを言われたくはないだろうが、彼ら自身、子供時代からそんなに遠くは離れていないのだ。その沈黙の中で、子供時代の夢の国に戻るのを感じていたのだろう。

翌日、僕の子供の頃に歌った歌の一部をみんなで歌った。その活動には何の目標もなかったし、何の深い意味もなかった。歌に悪影響を与えるように現れるテストなどもない。ちょっとまずいかなとも思ったが、僕自身が楽しかったし、ユダヤ人も、韓国人も、中国人も、アメリカ人も、どの生徒の歌い方からも、彼ら自身もまた楽しんでいることがわかった。誰もが知っている童謡だ。今や彼らは自分たちに合う旋律を手にした。

ハバードおばさん
戸棚に行った
哀れな犬に骨をあげるため
おばさん戸棚に着いたとき
戸棚は空っぽ
だから哀れな犬は何ももらえない。

僕が、一一二〇一、ニューヨーク市、ブルックリン、リヴィングストン・ストリート百十番地、教育委員会副教育長補佐だったとしたら、次のような観察報告書を書いただろう。

親愛なるマコート殿

三月二日に教室を訪れたとき貴兄の生徒たちは童謡のメドレーを歌っていました。言わせてもらえば、やや大声で気になるほどでした。歌詞から歌詞へどんどん歌が続くだけで、解説や探求、確認や分析に立ち止まることはありません。それどころか、この活動には何の脈絡も目標もないようでした。

経験豊かな教師は、華美な服装をしている生徒の数、足を通路に投げ出して席にもたれかかっている生徒の数を記録するものです。生徒は誰もノートを持っていないようでしたし、その使い方の指導も受けていないようでした。ノートこそが英語を学ぶ高校生の基本的な道具である、ということは承知されているでしょうし、その道具を無視する教員は義務を放棄している、と言わざるを得ません。

遺憾なことに、黒板にはその日の授業の内容は何も書かれていませんでした。ノートが生徒の鞄の中で使われないままになっている理由もそのことで説明できるかもしれません。

教育長補佐としての権限の範囲内で、授業が終わった後、何人かの生徒にその日に学んだことについて訊いてみました。生徒たちは頭のてっぺんを掻いて答えに窮し、歌の活動についてとは要点が全くつかめていないようでした。ある男子生徒は楽しかった、と言っていて、それは素晴らしい感想ですが、高校教育の目的でないことは明らかです。

この授業観察を副教育長に伝えなければならないのが心配です。副教育長は間違いなく教育長本人に伝えるでしょう。教育委員会での事情聴取に召喚されるかもしれません。その際には教職員組合の代表または弁護士に付き添ってもらうことができます。

敬具

モンタギュー・ウィルキンソン三世

よし、チャイムが鳴った。また君たちは僕のものだ。本を開きなさい。この詩をやります、「パパのワルツ」セオドア・レトキ作。本を持っていない人は誰かの肩越しに覗きなさい。このクラスには肩越しに見られるのを嫌がる人はいないだろう。スタンリー、この詩を大きな声で読んでくれないか?

「パパのワルツ」セオドア・レトキ作

息から臭うウィスキーが
少年をくらくらさせる。
だが僕は死んだように我慢した。
それでワルツを踊るのは楽じゃない。

僕たちは踊り跳ねまわった
鍋が台所の棚から落ちるまで。
母の表情は
怒っていないわけはない。

僕の手首を握る手は
関節のところがつぶれている。

ステップを間違えるたびに
僕の右耳はベルトの金具をひっかいた。

パパは僕の頭で拍子をとる
泥が固まった手のひらで、
そしてワルツで寝床へ連れて行く
僕はまだパパのシャツにしがみついている。

ありがとう、スタンリー。しばらく時間を取るから、もう一度この詩に目を通して、この詩を心にしみこませてみてくれ。さて、この詩を読んでみて、何が起きたかな？

何が起きた、とはどういうことですか？

詩を読んだ。何かが起きた。頭の中で、身体の中で、弁当箱の中で何かが動いた。あるいは何も起きなかった。この宇宙の中ですべての刺激に反応する必要はない。風見鶏じゃないんだから。

マコート先生、何の話をしているんですか？

僕が言いたいのはね、教師とか他人が君たちの目の前に用意したこと全部にいちいち反応する必要はないってことだよ。

疑わしい目つきだ。そうだよな。今言ったことを君たちの周りにいる先生方に言ってみるといい。先生方は自分への当てつけだと思うだろうな。

マコート先生、この詩がどういうことを言おうとしているか、私たちに議論させたいのですか？

この詩に関して、語り合いたいことを何でもいいから語ってほしい。お望みならおばあちゃんを連れてきてもいい。詩の「本当の」意味なんてどうでもいい。詩人本人にだってわからないんだ。読んだときに何かが起きた、あるいは何も起きなかった。何も起きなかった人は手を挙げて。よし、誰も手を挙げていない。それじゃ、頭か心かお腹の中で何かが起きた。君たちは表現者だ。音楽を聴くと何が起きる？　室内楽では？　ロックでは？　カップルが通りで喧嘩しているのを見る。子供が母親に反抗しているのを見る。誰かをデートに誘う。デートの相手の反応をよく見るんだ。表現者なんだから、いつもいつもいつも自分に問いかけるんだ、何が自分に起きているんだ、ベイビー？

まあ、その、この詩は父親が子供と踊っていることについての詩で、あまり愉快なものではありません。父親は酔っぱらっていて無神経だから。

ブラッド、何だって？

愉快でないのに、どうして死んだように我慢しているんでしょうか？

モニカ？

この詩ではたくさんのことが起きています。子供はキッチンまで引きずられています。パパはその子を愛しているけど、縫いぐるみの人形みたいです。

今度は何だ、ブラッド？

この詩には安っぽい言葉、romped（跳ねまわった）が使われています。それは楽しい言葉です、そうですよね？　詩人はdanced（踊った）とかもっと普通の言葉でも表現できたのに、romped（跳ねまわった）を使いました。先生がいつも言っているように、一つの言葉が文や段落の雰囲気を変える、だからromped（跳ねまわった）は楽しい雰囲気を作り出しています。

ジョナサン？

こういう発言は不適切と言われるかもしれませんが、マコート先生、先生はお父さんにキッチンで踊らされたことがありますか？

親父にキッチンで踊らされたことは一度もない。だが、夜遅くベッドからたたき起こし、愛国的なアイルランドの歌を歌わせ、アイルランドのために死ぬことを約束させられた。

そうですよね、この詩は先生の子供時代と関係がある、と思いました。

部分的にはその通りだ、だが、僕がこの詩を読んでほしいのは、この詩がある瞬間、ある空気を捉えているからだ。この言葉を使うのを許してほしいが、より深い意味があるのかもしれないんだ。君たちの中にはもっと語りたい人もいるんじゃないか。母親についてはどうだ？　シーラ？

この詩で起きていることはとても簡単です。このお父さんは肉体労働をしている炭鉱夫か何かでしょう。関節がつぶれ、泥が固まった手で帰宅する。奥さんは鬼のように頭に来ているけど、そんなことには慣れっこになっている。奥さんは、お父さんが週に一度、給料が出るとこんな風になるのがわかっている。先生のパパがそうだったように。そうですよね、マコート先生？　男の子がお父さんを大好きなのは狂った世界にいつも連れて行ってくれるから。母親が家を守ることは重要じゃない。子供は当然だと思っている。だからパパは家に帰ると、そうよ、飲んですっかり充電して、子供をわくわくさせまくるんです。

詩の最後では何が起きる？　デヴィッド？

パパは少年にワルツを踊らせてベッドへ連れて行きます。ママはキッチンの棚に鍋を戻します。

翌日は日曜日でパパは気分がすぐれません。ママは朝食を作るけど、黙ったままで、少年は間に挟まれています。彼はほんの九歳で、耳がパパのベルトの金具にこするくらいの背の高さなんです。母親は酒飲みとの惨めな暮らしに飽き飽きしていて、家を出て離婚したいと思っているんだけどできないでいる。ウェスト・ヴァージニアのど真ん中に閉じ込められていて、お金がないと逃げ道もないからです。

ジョナサン?

この詩が好きなのは、ほら、なんというか、物語がシンプルだからです。あるいは、いや、ちょっと待ってください。そんなにシンプルじゃないですね。たくさんのことが起きていて、この物語にはその前もその後もある。この詩を映画にするとしたら、監督をするのは大変な仕事になるでしょうね。母親と子供が父親の帰りを待っているオープニング・シーンに子供を登場させますか?あるいは子供がウィスキーにしかめっ面をするオープニングだけを見せますか? 子役の子に、どんなふうに父親にしがみつけと伝えますか? 背伸びして、それからしがみつけと? 母親の表情をいやらしくならないように撮るにはどうしたらいいですか? この父親が素面《しらふ》のときはどんな性格かも決めなくてはいけません。というのはいつもこんな調子ならこの人物を映画に撮ろうとは思わないからです。この詩の嫌いなところは父親が汚れた手で子供の頭を叩いて拍子を取るところです。もちろんそれは父親が働き者であることの証拠なんですが。

アン?

わかりません。先生がいろいろ話した後ではこの詩には多くのことを見てとることができます。どうしてそれらを放っておくことができないのでしょうか? ただ物語を受け取り、その子と母親の表情と、それからたぶん父親に同情すればいいんです。とことんまで分析などしないで。デヴィッド？

僕たちは分析などしていない。ただ反応しているだけなんだ。映画を観に行ったら、観終わってその映画について語りたいだろ？

ときにはね。でもこれは詩であって、英語の先生たちがこの詩をどうしようとしているか知っているでしょ。分析、分析、分析、よ。深い意味を探れ、よ。それで私は詩が嫌いになったの。誰か墓を掘って、深い意味を埋めてしまうべきよ。

僕は君たちに詩を読んで何が起きたかだけを尋ねている。何も起きなかったとしても罪じゃない。僕はヘビーメタルを聞くと、目がかすんでくる。君たちの中にはヘビメタの良さを僕に説明できるものもいるだろうし、そうすれば僕も予備知識を得て聞こうとするだろうが、まあいい、すべての刺激物に反応する必要はないんだ。もし「パパのワルツ」に興味が持てなければ、そのままにしておけばいい。

それは一つの考え方ですね、マコート先生、でも気をつけないといけません。先生が何かについて否定的なことを言うと、英語の先生方は自分への当てつけだと考えて怒りますよね。姉がコーネル大学でシェイクスピアのソネットの解釈で英語の教授と口論になったんです。教授は姉の解釈は全く的を外していると言い、姉はソネットには百通りの読み方ができ、そうでなかったらなぜ図書館の棚に千ものシェイクスピア批評の本があるんですか、と言い返しました。教授は怒って研究室に来るように言いました。研究室での教授は優しくて、姉は自説を引っ込めて、もしかしたら教授が正しいかもしれません、と言って、イサカ〔ニューヨーク州の都市。コーネル大学がある〕に一緒に夕食に行きました。そんな風に許すなんて、と姉に頭にきました。今ではお互いに挨拶を交わすだけの関係です。

アン、そのことを作文にしたらいいじゃないか。君とお姉さんがシェイクスピアのソネットが原因で口を利かなくなるなんて、よくある話じゃない。

書こうと思えば書けます。でもソネットをめぐる問題に深入りしなくちゃいけない。教授が何を言ったか、姉が何を言ったか、深い意味を探るのは好きじゃないし、とにかく姉は私と話をしないから、全部の話は書けませんよ。

デヴィッド？

作り上げるんだよ。ここには三人の登場人物がいる、アンと姉と教授。そしてすべての問題を引き起こしたソネットがある。そのソネットに関してはたっぷりつきあう時間がある。人物の名前を変えてもいいし、ソネットから逃げることだってできる、例えば「パパのワルツ」をめぐる大喧嘩とかね。そして次にすることといえば、映画にしたくなるような話を書くことさ。

ジョナサン？

アンの気を悪くするつもりはないけど、ソネットをめぐって大学生が大学教授と口論する話ほど退屈なものはないと思う。クソったれ、汚い言葉ですみません、世界は崩壊し、人々は飢えているし、いろいろ大変なのに、こういった人たちはひたすら詩について議論しているだけなんだ。そんな話、僕は買わないし、家族全員無料だとしてもそんな映画観に行きませんよ。

マコート先生。

何だね、アン？

ジョナサンにちょっとは気を使え、と伝えてください。

すまないが、アン、それは君が自分で伝えるべきメッセージだ。チャイムが鳴ったが、これだけは覚えておいてくれ、すべての課題に反応する必要はない。

授業がたるみ、生徒の気持ちが上の空になり、多くの生徒が早退許可を求めるようになったとき、最後の手段として「夕食取り調べ」に頼った。政府高官や教育関係のお偉方はこう訊くかもしれない。この教育活動には効力があるのかね？

効力はありますよ、紳士淑女の皆さん、これは創作の授業で、あらゆることが教材になるのです。また、その取り調べをしていると、自分が目撃者とやり取りをしている検事になったような気になった。もし授業が楽しいものだったら、僕の手腕によるものだ。僕は舞台の中央にいる。職人教師、尋問者、操り師、支配人として。

ジェイムズ、昨晩の夕食は何だった？

驚いた様子。何ですって？

夕食だよ、ジェイムズ。昨晩の夕食は何だった？

彼は記憶を探っている様子。

ジェイムズ、まだ二十四時間経っていないぞ。

そうでした、チキンでした。

そのチキンはどこから来た？

どういう意味ですか？

誰かが買ったのかい、ジェイムズ、それとも窓から飛び込んできたのかい？

母が買いました。

そうするとお母さんが買い物をするわけだね？

ええ、そうです、たまに牛乳などを切らして、妹を店にやるようなときを除いては。妹はいつも文句を言っています。

お母さんは仕事をしているのか？

ええ、弁護士の秘書をしています。

妹さんはいくつ？

十四です。

君は？

十六です。

するとお母さんは仕事をしていて、買い物もする、妹さんは君より二歳年下で店に走らされる。

君は店に行かされたことは一度もないのかい？

ええ。

それでは誰がチキンを料理する？

母です。

妹が店に走り、お母さんがキッチンで全力で働いているときに君は何をしている？

だいたい部屋にいます。

何をしているんだ？

宿題をしているか、そうですね、音楽を聞いています。

お母さんがチキンを料理しているとき、お父さんは何をしている？

リビングにいてテレビでニュースを見ています。株の仲買人なので、世の中の出来事を追いかける必要があるんです。

キッチンでお母さんを手伝うのは誰かな？

ときどき妹が手伝います。

君ではなく、お父さんでもなく？

僕たちは料理の仕方を知りません。

でも誰かがテーブルをセットしなくては。

妹です。

君はテーブルのセッティングをしたことはないのか？

一度妹が盲腸で入院したときに。でも何をどこへ置いたらいいかわからず、うまく行かなくて母は怒り、キッチンから出てって、と言いました。

わかった。食べ物をテーブルに並べるのは？

マコート先生、答えがわかっていながらどうしてこんな質問を続けるのかわかりません。母が並べます。

昨晩、チキンと一緒に食べたものは？

そうですね、ええと、サラダです。

他には？

僕と親父はベークドポテトを。母と妹はダイエット中なので食べません。ポテトは致命的だということで。

テーブルのセッティングはどういう感じだ？　テーブルクロスはあるのか？

何を言っているんですか？　黄色いランチョンマットがありますよ。

食事中には何が起きた？

どういう意味ですか？

話はしたか？　バックに素敵な音楽は流れていた？

親父はずっとテレビに耳を奪われていて、さんざん苦労して料理したのに、親父が夕食にまったく注意を向けないので母は腹を立てました。

ああ、夕食での喧嘩か。その日の出来事を話し合ったりしなかったのか？　学校について話さなかったのか？

いいえ。それから母はテーブルを片付け始めました。親父がテレビを見るためにリビングに戻ったからです。母はまた怒りました。妹がチキンを食べたくないと言ったからです。チキンは太るから、と言うんです。マコート先生、どうしてこんなことをやっているんですか？　どうしてこんな質問ばかりするんですか？　とても退屈ですよ。

話をクラスに戻す。みんなどう思う？　ここは創作の授業だ。ジェイムズと家族の話から何か得るものはあったか？　そこに物語はあったか？　ジェシカ？

うちのママはそんななめた話ぜったいに我慢できないわよ。ジェイムズとパパはまるで王様みたい。ママと妹さんが何もかもやって、ふたりはただぶらぶらして夕食を用意してもらっている。誰が片づけをして皿を洗っているか知りたいもんだわ。いえ、聞くまでもない、ママと妹さんよ。

手がどんどん挙がる。みんな女子だ。ジェイムズを攻撃したいのがわかる。お嬢様方、ちょっと待ってくれ。ジェイムズを個人攻撃する前に、それぞれの家庭において、いつも手伝うこと、いつも思いやりを持つことが美徳の鑑《かがみ》となっているのかどうか知りたいな。このことを語り合う前に、君たちのうちの何人が昨晩の夕食の後に、お母さんに感謝し、キスして、おいしかったと言っただろうか。シーラ？

そんなことするのは偽善よ。あたしたちが感謝していることを母たちは知っているわ。

違う意見も出てくる。そんなことない、お母さんたち知らないわよ。もしジェイムズが感謝したら、お母さん気を失うわ。

僕は生徒たちとこんな風に楽しく話をした、ダニエルが話題をかっさらうまで。

ダニエル、昨日の夕食は何だった？

仔牛のメダイヨン白ワインソースです。

仔牛のメダイヨン白ワインソースと一緒に食べたものは？

アスパラガスとフレンチ・ドレッシングで軽く和《あ》えたサラダです。

前菜は？

ありません、ただの夕食です。母は食欲を損なうと考えています。

それでお母さんが仔牛のメダイヨンを料理したのかな？

いいえ、お手伝いさんです。

ああ、お手伝いさんがいるのか。それでお母さんは何をしていた？

父のところへ行っています。

それじゃお手伝いさんが料理して、出したんだね？

その通りです。

食事は一人で？

はい。

大きな磨《みが》き上げられたマホガニーのテーブルでじゃないかね？

そうです。

クリスタルのシャンデリアの下で？

そうです。

本当に？

そうです。

バックグラウンド・ミュージックは流れていた？

はい。

モーツァルトじゃないか？　そのテーブルとシャンデリアに合うのは。

いえ、テルマンです。

それから？

テルマンを二十分ほど聞きました。父のお気に入りの作曲家の一人です。その曲が終わると、父に電話しました。

お父さんはどこにいるんだ？　答えたくなければ答えなくてもいいが。

肺癌でスローン・ケタリングがんセンターにいます。死期が迫っているので、母はずっと父のそばにいます。

ああ、ダニエル、申し訳ないことをした。夕食取り調べじゃないときに話してくれればよかったのに。

構いませんよ。いずれにしても父は死ぬんですから。

教室が静まった。今、ダニエルに何が言えるだろう？　ちょっとしたゲームをしていた。賢くて面白い教師兼尋問者として。ダニエルは容疑者だった。優雅で孤独な夕食の詳細が教室を満たしていた。父親はここにいた。我々はダニエルの母親と一緒にベッドのそばについていた。父親が亡くなったとしても、仔牛のメダイヨン、お手伝いさん、シャンデリア、よく磨き上げられたマホガニーのテーブルで一人食事するダニエルの姿を永遠に忘れないだろう。

クラスの生徒たちに月曜日に『ニューヨーク・タイムズ』を持ってくるように言った、ミミ・シェラトン〔ニューヨーク、ブルックリン生まれの料理評論家〕のレストラン評が読めるように。

彼らはお互いに見合って、ニューヨーク式に肩をすくめる。眉を上げる。手を挙げ、手のひらを上に、肘をわき腹に付ける。これで、我慢、諦め、驚きを表す。

どうしてレストラン評を読ませたいんですか？

読んで楽しいからだ。もちろん語彙を広め、深めるからだよ。それこそ日本やほかの国の視察団に話してやるべきことなんだ。

ああ、先生、次は死亡記事を持って来い、とか言うんじゃないの。

いい提案だ、マイロン。死亡記事を読めば多くを学べるだろう。ミミ・シェラトンよりも死亡記事の方がいいかな？　美味しい死亡記事を持ってきてもいいぞ。

マコート先生、レシピとレストラン評に決めましょう。

そうしよう、マイロン。

ミミ・シェラトンの評の構造を調べる。レストランの雰囲気やサービスの質、あるいはサービスの欠如を伝える。食事のそれぞれの段階、前菜、メイン、デザート、コーヒー、ワインを報告する。彼女が与えている、あるいは与えていない評価の星の数を裏付ける最後のまとめの文章を書く。これが構造だ。なんだね、バーバラ？

こんな意地悪な批評は今までに読んだことがありません。タイプライターの紙や彼女が書いたものすべてから血が滴っているイメージが頭に浮かびました。

ここに載っているようなレストランでお金をたくさん払うとしたら、バーバラ、ミミ・シェラトンのような人からの忠告が欲しくなるんじゃないか？

批評の言葉の使い方、細かい点に焦点を当てようとしたが、生徒たちは、ミミが毎晩外食の生活をしているのか、どんな暮らしをしているのかを知りたがる。

生徒たちは、そんな仕事についている人には同情せずにいられないね、と言う。そんな仕事をしていたら、家にいられないだけでなく、ハンバーガーやバナナ入りのシリアルも食べられない。夜、家に帰ると、旦那さんに、もう二度とチキンもポークチョップも見たくないわ、と話すんだろう。すでに彼女は一週間仕事をしてきて十分な食事も摂っているから、旦那さん自身が彼女を元気づけようと、ちょっとした軽食を楽しんで作ってあげることもない。こうした料理評論家夫婦のジレンマを想像してみよう。旦那さんは、ただ二人きりで食事がしたいという理由では奥さんを夕食に連れ出すことができないし、その夕食では、口蓋に食べ物をすべらせるときに、どんなスパイスが使われているか、あのソースには何が入っているのかを明らかにしなくてはいけない。食べ物やワインについてあらゆることを知っているこんな女性と誰が食事をしたいと思うだろう？　最初の一口で彼女がどんな表情をするか、じっと見ていなくてはならない。確かに、彼女は高額な給料が支払われるこの魅力的な仕事についているが、普通の人はいつも最高のものを食べなくてはならない日常に飽き飽きするだろうし、そもそもそのような食事が自分の胃腸にどんな影響をもたらすか、想像することもできない。

それで人生においてはじめて、今まで使ったことのない単語を使った。僕は言った、Nevertheless（にもかかわらず）、繰り返した、Nevertheless（にもかかわらず）僕は君たちにミミ・シェラトンのように仕上げてもらいたい。

生徒たちに学食や近所のレストランについて書くように、と指示を出した。誰一人学食にはいい評を書かなかった。三人が同じ文章でエッセイを終わっていた、最低。地元のピザ屋や一番街のホットドッグとプレッツェルを売る露天商をべた褒めした評があった。あるピザ屋の経営者は生徒に、僕に会って、仕事に注意を向け、職業に誇りを持たせてくれたことを感謝したい、と言ったそうだ。アイルランド人の名を持った先生が、生活の中で素晴らしいものを評価するように生徒たちを奨励したのはすごい。先生がピザが欲しくなったら、一切れじゃなくて全部どうぞ。いつでもドアは開いていますよ。好きなものをそのピザに載せてもらって構いません、うちに置いてない特別なトッピングのためにデリカテッセンに注文しなくちゃならなくても。

学食評の独りよがりなところや悪い点について、生徒たちに議論をふっかけた。確かに、と僕は言った。雰囲気は暗い。ミミもその点には賛成するだろう。ここの学食は地下鉄の駅か軍隊の会食室と間違えられるだろう。サービスに不満がある。食事を出すおばさんたちはあまりにも愛想がない。まったく微笑みもしない。うわ、やだね。それで気分が悪くなる。どんな食べものだろうと、皿の上にどさっと落とすだけ。それじゃ、君たちは何を期待しているんだ？　行き止まりの仕事に身を置いて、微笑みながら仕事ができるだろうか。

自分に言う、止めろ。説教はなしだ。何年か前にフランス革命のことで大声で騒ぎたてたじゃないか。最低、と言いたい奴には、言わせておけ。ここは自由の国じゃないのか？

食事が最低と言うとき、人は何を言いたいんだろう、と生徒たちに訊く。君たちは表現者だ。語彙のレベルを上げてみるというのはどうだ？　ミミならどう言うだろう？

まったく、マコート先生、食べ物について書くたびにミミ、ミミじゃなければいけませんか？

それもそうだな、じゃ最低とはどういうことを言っているんだ？

わかるでしょ。わかってるくせに。

何だ？

つまり、それが食べられないということです。

どうして食べられないんだ？

クソのような味か全く味がないからです。

クソがどんな味かどうしてわかるんだ？

いいですか、マコート先生、先生はいい人ですが、ときどきムカつきますよ。

いいかい、ジャック、ベン・ジョンソン〔十七世紀に活躍したイギリスの詩人、劇作家。シェイクスピアと同時代の人物〕が何て言ったか知っているか？

いいえ、マコート先生、ベン・ジョンソンが何て言ったかなんて知りません。

ベンはこう言ったんだ、言葉は人を最もよく表す。だから何か言いたまえ。そうすれば君という人間がわかるだろう。

ああ、それがベン・ジョンソンが言ったことですか？

そう、ベン・ジョンソンが言ったことだ。

かなり鋭いですね、マコート先生。ベンはミミと食事をすべきですね。

15

参観日、生徒は正午で放課になり、保護者が一時から三時まで群れをなしてやってきて、夜七時から九時の間に再びやってくる。一日の終わりに教師はタイムカードを押すが、何百人という保護者を相手に話をして疲れている。この学校には三千人の生徒がいるから、両親は本来六千人になるはずだが、ここはニューヨークで、離婚が主要なスポーツになっている。生徒は誰がどういう人か、何が真実か、いつ離婚になるかを整理する必要がある。三千人の生徒に対して、自分の息子や娘は優秀中の優秀だと確信している一万人の両親と継母継父がいるかもしれない。ここはスタイヴィサント高校、何のとりえもないような生徒もこの学校に入れば、この国で最も優れた大学への門が開かれるし、成功しなかった場合は、ほかならぬ自己責任となる。ママやパパは心配したり、気遣ったり、絶望したり、不安だったり、疑心暗鬼に陥っていないときには、冷静で自信に満ち、陽気で、確信している。高い期待を抱き、まさに成功のみが彼らを満足させる。すべての教員が、保護者の流れを指示する生徒の補佐を必要とするくらいの大人数が集まってくる。彼らはクラスでの子供の順位が気になっている。スタンリーはまあ平均以上ですよ、と言ってみるか？　なぜなら彼は怠けるようになって、悪い仲間とぶらついている、と思われているからだ。スタイヴィサント広場でのドラッグの噂が耳に入り、そう、それだけで気になって眠れないほどなのだ。スタンリーは勉強していますか？　彼の行動や態度の変化に気づきませんか？

スタンリーの両親は苦い離婚を経験し、スタンリーが混乱しているのも当然だ。母親はアッパー・ウェストサイドに六部屋ある高級なマンションを持っているが、父親の方はブロンクスの端っこの粗末な家に暮らしている。二人はスタンリーをちょうど半分に分けて、母と父と一週間を三日半ずつ暮らすことに同意した。スタンリーは数学が得意だが、その彼でさえ自分自身をそんな風に分割する方法はわからない。彼はそれについてユーモアたっぷりに表現する。葛藤を代数方程式のようなものに変換する。もしa＝3½でb＝3½ならばスタンリーは何になるか？　彼の数学教師、ウィノカー氏はそのような数式を考えたスタンリーに百点を与える。その間に参観日の夜の部で僕の補佐をしているモーリーン・マクシェリーが、係争中のスタンリーのご両親が教室に座って、先生との面談をお待ちですよ、と伝えにくる。そして、先生が彼らの愛娘、愛息について語るというときに一緒に座らない、係争中の夫婦が五組以上はいますわ、とモーリーンは付け加える。

モーリーンは保護者にパン屋に並ぶときのように番号札を渡す。教室に入る保護者の流れが終わることがないように思われ、僕の気持ちは沈みこむ。一人が終わるやいなや次が到着する。座席はすべて埋まっている。三人は生徒みたいに後ろの窓敷居に腰かけて囁き合っている。六人は後ろの壁にもたれて立っている。モーリーンにもう打ち止めにする、と言えればいいのだが、スタイヴィサント高校のようなところではそれができない。保護者は権利を知っているし、言葉に困ることも決してない。モーリーンが耳打ちする、ほら見て。スタンリーの母親のロンダが来たわ。朝食に招待されるわよ。

ロンダはニコチンの匂いがする。座って僕に会釈をするなり、あのクソ野郎のスタンリーの父親の言うことなんて信じないでくださいね、と言う。彼女はあのバカな男の名前を口にすることさえ我慢できず、あんな変態を父親像として押し付けられた惨めなスタンリーに申し訳ないと感じている。とにかくスタンリーはどうしていますの？

ああ、元気ですよ。彼は作文がとても上手で、生徒にも人気があります。

良かったわ、ものにできる女と片っ端から遊びまわっているようなあんな変態親父と一緒に暮らしていることを考えると、それは奇跡ですわ。あたしはスタンリーと過ごす時間に全力を尽くしますが、週に三日半じゃ息子は学業に集中できません、次の三日半をブロンクスのボロ家で過ごすことがわかっているんですから。だから息子はほかの生徒さんのお家に泊まり始めたんですよ。息子が話してくれたのはそれだけなんですが、ガールフレンドがいることはたまたま知ったんです。その娘さんのご両親は全く干渉してこないそうですの。あたしは疑ってますけどね。

申し訳ありませんが、その件については全く知りません。僕はただ彼の教師であって、毎学期百七十五人の生徒の私生活を把握するのは無理です。

ロンダの声がきんきん響き、待っている保護者は落ち着かなくなり、席を移り、あきれ果てた表情をしている。モーリーンは僕に言った、時計を見て、保護者には二分しか与えてはいけませんよ、たとえスタンリーの父親でも。おそらく母親と同じだけの時間を要求するでしょうが、と言った。こんにちは、私はベン、スタンリーの父です。いいですか、療法士のあの女が言ったことを聞きました。あの女に犬をけしかけたことなどありません。彼は首を横に振って笑った。でもその件には深入りするのはやめましょう。今はスタンリーのことで問題があるんです。この高校を出た後、私が何年もあいつの大学教育のために貯金してきたのに、息子は全てを台無しにしようとしているんです。あいつが何をしたいか知っていますか？　ニューイングランドの音楽学校に行って、クラシック・ギターを勉強したい、と言っているんです。聞かせてください、クラシック・ギターなんか弾いて、金になるんですか？　息子には言いました……でもいいですか、お時間は取らせません、マコード先生。

マコートです。

わかりました、お時間は取らせません、でも息子に言ったんです。私の屍を乗り越えて行け、と。ずっと前から会計士になると二人の間で一致していたんですよ。そのことについて疑問に思ったことはありません。つまり私が何を生業《なりわい》としているか。実は私自身公認会計士で、先生がお困りならどんなちょっとした問題でも喜んで援助します。でも、先生、クラシック・ギターはダメです。息子に言ってるんです、会計士の資格を取って、余暇でギターを弾けばいいじゃないかと。息子は怒ります。泣きます。母親と暮らすと言って脅します。ナチスに脅されたとしても、してほしくないことです。そんなわけですから、息子に何か言ってやってくれませんか？　先生の授業が好きなことは知っています、レシピを演奏することも、この教室で先生がやっているどんなことでも。

何かお手伝いしたいのですが、私はカウンセラーではありません。英語の教師なんです。

そうなんですか？　ところが、スタンリーがこの授業について話すことを聞いていると、先生がここで英語を教えているとは思えませんが。非難するつもりなど毛頭ありません、でも料理が英語とどんな関係があるのかがわかりません。でもありがとうございます。ところで息子はどんな様子ですか？

元気にやっています。

チャイムが鳴り、気後れすることなく、モーリーンは、時間になりましたので、授業のある日に十五分間の面談にお越しになりたい方はお名前と電話番号をお書きください、と告知する。白紙を一枚回す。保護者たちは今ここで僕と面談することを求めている。ちくしょう、他のバカ親どもがクソガキについてくだらないおしゃべりをしていたために、夜の大半の時間をずっと待たされた。親があああだから、子供がクソなのも当然だ。面談できず不満を持った人たちが廊下で僕を後から追いかけてきて、アダムは、セルゲイは、ジュアンは、ナオミはどうですか、と尋ねてくる。教師との面談も全くできないようなこの学校は一体どんなところだ？　私は一体何のために税金を払っているんだ？

九時になり、教員たちはタイムカードを押すと、角を曲がってガスハウスへ飲みに行こう、という話になる。奥のテーブルに座り、ビールをピッチャーで注文する。話に、とにかく話に飢えている。ひたすらしゃべる。なんてことだ、何て夜だ。レーヌ・ダールバーグとコニー・コリアーとビル・トゥーヒーに僕のスタイヴィサントのすべての歳月の中で、たった一人だけ、こういう母親の保護者がいた、という話をする。その母親に息子は学校を楽しんでいますか、と訊かれ、ええ楽しんでいるようです、と答えた。その母親は微笑み、立ち上がり、ありがとうございます、と言って帰っていった。長年やってきたけど、こんな親はただ一人だ。

あの人たちが気にかけているのは、成功と金だけ、金、金さ、とコニーが言う。子供たちに過剰な期待をしている、高望みをね。そして我々教師というのは、こちらで小さな部品をはめ込み、あちらでまた別の小さな部品をはめ込む流れ作業に従事する労働者のようなものさ。最後に完成品が保護者と企業のために任務を果たせるようになって出てくるってわけさ。

保護者の集団がガスハウスになだれ込んできた。一人が僕のところへきた。ここは素敵なところですわね、と彼女が言った。先生は面談するのに三十分待った親に対しては一分だって惜しむのに、ビールをガブ飲みする時間はあるんですのね。

すみません、と僕はその保護者に謝った。

彼女は、そうよ、と言って、別のテーブルの集団に加わった。親たちとの面談の夜が重くのしかかり、深酒をしてしまい、翌朝はいつまでも寝ていた。その母親に、ただ、婆あ、ふざけんじゃねえよ、とどうして言わなかったのだろう？


僕のクラスのボブ・スタインは決して席に座ろうとしなかった。図体がでかいせいだったかもしれないが、教室の後ろの広々とした窓敷居に腰を下ろしているのが心地よいのだろう、と僕は思っていた。その場所に落ち着くとすぐにニコッと笑って、手を振った。おはようございます、マコート先生、今日はいい日ですね。

学校での一年を通じて、首のところが大きく開いた白いシャツを着ていた。ダブルのジャケットの灰色の襟の上に白い襟を重ねている。彼はクラスの生徒たちには、このジャケットはかつてオーソン・ウェルズが着ていたものだ、もしウェルズに会ったら、共通の話題にできる、と言った。もしこのジャケットがなければ、オーソン・ウェルズと何を話したらいいかわからない。自分の趣味は俳優ウェルズの趣味とは全く違うからね。

彼はズボンを膝のところで切った半ズボンを穿いていた。そう、そのズボンはジャケットと全く合っていなかったから、オーソン・ウェルズとは全然関係なかったのだろう。灰色のとても分厚い靴下を履いていて、黄色い建築用の靴の上から靴下の毛の塊がまとまってはみ出している。

鞄も教科書もノートもペンも持ってこなかった。先生のせいでもあるんだよ、と彼はふざけて言った。かつて僕がソローについて興奮して語り、質素に質素に、できるかぎり質素に生きるべきだ、所有物など持たないで、と言ったからだと。

授業で作文の課題やテストがあるときには、よければペンと紙を貸してくれませんか、と言うときもあった。

ボブ、これは創作の授業だ。いくつか道具は必要じゃないか。

大丈夫です、すべてうまく行きますから、と彼は請け合い、心配しないで下さい、とアドバイスまでしてきた。頭に白いものが目立つようになっていますよ、残りの人生をお楽しみください、と窓敷居から言った。

いや、いや、いや、彼は周りの生徒に言った。笑うなよ。

しかし生徒たちはすでに大騒ぎで、あまりにうるさく、僕は彼が再び話し出すのを待たなくてはならなかった。彼は言った、今から一年以内に、先生はこのときを振り返って、俺にペンと紙を貸さなくて、時間と感情を無駄にしたなあと思いますよ。

僕は厳しい教師の役割を演じなければならなかった。ボブ、授業に参加しないのなら単位を落とすことになる。

マコート先生、先生が俺にそんなことを言うなんて信じられませんよ。惨めな子供時代を過ごしてきたマコート先生のような人が。でも構いません。もし落とすのなら、またこの授業を取ります。たいして急ぎません。どっちにしろ、一年や二年が何ですか？　おそらく先生にとっては大きいのかもしれません。でも俺はまだ十七歳。落とされても、マコート先生、この世界にはまだ十分時間があります。

彼はクラスの生徒たちに、誰かペンと紙をめぐんでくれ、と頼んだ。十人から申し出があったが、窓敷居から降りなくても済むように、一番近い席の者から借りた。彼は言った、どうだい、マコート先生？　人というものがどんなに優しいか。人がこんなに大きな鞄を持ち歩いている限り、先生も俺も持ち物のことを心配する必要はまったくなさそうですよ。

わかったよ、ボブ、だけど来週は、『ギルガメシュ叙事詩』の大事なテストがあるけど大丈夫か？

何ですかそれは、マコート先生？

世界文学の教科書の中にあるんだよ、ボブ。

ああ、あれですか。あの本のことなら思い出しました。大きな本ですよね。家にあります。親父が聖書の部分なんかを読んでいました。親父はラビなんです、ええ。先生があらゆる預言者が出ているあの本を使っていることをとても喜んでいました。先生は偉大な人に違いない、と言って、参観日の夜に会いに行く、と言っていました。親父には、ペンと紙に関することを除けば偉大な先生だ、と言いましたけどね。

いい加減にしろ、ボブ。その教科書を見たこともないだろ。

ボブはもう一度、心配しないで下さい、と強い調子で言った、親父はその教科書の話ばかりしているし、俺は、このボブはギルガメシュのことについても必ずすべてを理解して、先生を喜ばせますから。

再び、クラスは大爆笑、互いに抱き合ったり、ハイタッチしたりしている。

僕も大笑いしたかったが、教師の威厳を保たなければならない。

教室中がくすくす笑い、笑い過ぎて息が苦しい、そんな状態が渦巻く中、僕は声をかけた、ボブ、ボブ。もし自分の力で世界文学の教科書を読み、かわいそうなお父さんを安心させてくれたら、僕はきっと喜ぶだろうよ。

彼は、その教科書を端から端まで読みたいけど、自分の将来の計画には合わないんです、と言った。

それじゃ君の計画っていうのは何だね、ボブ?

農業をやることです。

彼は笑いながら、ジョナサン・グリーンバーグに親切に恵んでもらったペンと紙を振った。授業を妨害してすいません、授業の始めから、先生が書いてほしいと思っていることを書き始めるべきですよね、その時間はもう過ぎてしまったけど。俺は、このボブは書く準備はできているし、マコート先生が仕事に専念できるよう、静かにしようとクラスの生徒たちに呼びかけた。彼はみんなに言った、教えるというのは、世界で一番大変な仕事なんだ、それがわかったのは、昔サマーキャンプで地面に生えている草花について小さなガキどもに教えようとしたことがあったんだけど、ガキどもは話を聞こうともせず、俺が怒ってケツを蹴とばすぞと言うまで、ひたすら虫を追いかけて走り回っているだけだったからなんだ。それが俺の教師経験の終わり。だからマコート先生には少しばかり関心がある。だけど作文に取りかかる前に、これだけは言っておきたい、今の俺は農務省の出版物と農業に関する雑誌しか読んでいないだけで、世界文学については何の悪意も持っていない、と。農業に関してみんなの知らないことはもっとあるが、それはまた別の話だ。先生が授業を続けたがっているし。ところでマコート先生、これは何の授業でしたっけ？

この窓敷居の図体のでかい少年、「ユダヤ人のアメリカの未来の農夫」をどうしてくれよう？ジョナサン・グリーンバーグが手を挙げて、農業に関してみんなの知らないことって何だよ？　と質問した。

ボブは一瞬、暗い表情をして、親父のことだよ、と言った。親父はトウモロコシと豚のことで問題を抱えている。ユダヤ人は穂軸付きのトウモロコシを食べない。ウィリアムズバーグやクラウンハイツの通りを行き来して、ユダヤ人の家庭の夕食を窓からのぞいてみるといい。誰も穂軸付きのトウモロコシなど齧っちゃいない。ユダヤ教の戒律じゃない。あごひげにくっつくからなんだ。ユダヤ人が穂軸付きのトウモロコシを食べていたら、そいつは信仰を失ったことになる、それが親父が言うことだ。さらに我慢がならないのが豚だよ。豚が好きだ、と親父に言った。豚を食べるつもりはないけど、育てて非ユダヤ人に売りたい。それのどこがいけない？　豚は本当に楽しい小動物だし、とても優しい。結婚して子供を持ったら、子供たちはきっと仔豚が好きになる、と親父に言ったら、親父はほとんど気が狂ったようになり、おふくろは倒れちまった。親に話すべきことじゃなかったんだろうけど、本当のことを言えとずっと教わってきたからね。それにいずれはわかることだし。

チャイムが鳴った。ボブは窓敷居から降りて、ジョナサンにペンと紙を返した。彼は、来週ラビの親父が先生に会いに参観日の夜に来ます、と言った。授業妨害してすいませんでした。

ラビは教卓の近くに座ると、両手を持ち上げて言った、う〜ん。ふざけているのかと思ったが、顎を胸まで落としている様子や首を横に振る様子で、幸福なラビではないことが僕にはわかった。

ボブはどうですか？　ラビは訊いた。ドイツ訛りだった。

元気です、と僕は言った。

あいつのことで私たちは参っています。あいつは私たちの心を砕いています。先生に言いましたか？　農業をやりたいと。

健全な人生です、スタインさん。

スキャンダルですよ。豚やトウモロコシを育てるためにあいつの大学の授業料を払うつもりはないです。近所の笑いものですよ。妻はショックで死にそうです。農業をやりたいなら、自分で授業料を払え、それで縁を切る、と言いました。息子は心配いらない、農業をやりたい学生のための大政府のプログラムから奨学金が出るし、それについて俺は全部わかっているから、と言います。ワシントンやオハイオのいくつかの大学から送られてきた本でわが家はいっぱいです。だからマクート先生、私たちはあいつを失おうとしています。息子は死んだんです。毎日豚と暮らしている息子など必要ありません。

ご愁傷様です、スタインさん。

六年後、ロワー・ブロードウェイでボブに会った。一月だったが、彼はいつものように半ズボンにオーソン・ウェルズ・ジャケットで装っていた。こんにちは、マコート先生、いい天気ですね、と声をかけてきた。

凍えるように寒いよ、ボブ。

ああ、でも俺は平気です。

彼は僕に、すでにオハイオの農場で働いていますが、豚は扱わないようにしていますよ、両親を悲しませるから、と言った。それは素晴らしい、愛ある決断だな、と僕は言った。

彼はしばらく間をおいて、僕を見た。マコート先生、先生は俺のこと好きじゃなかったでしょ？好きじゃなかったかって、ボブ？　とんでもない。君がクラスにいて楽しかったよ。ジョナサンは君が教室から暗さを吹き飛ばしてくれた、と言っていたよ。

マコートよ、ボブに本当のことを伝えてやれ。どれだけ彼が僕の高校での日々を明るくしてくれたか、どれだけ彼のことを友人たちに自慢したか、どれだけ個性的だったか、彼の話しぶり、素晴らしいユーモア、誠実さ、勇気をどれだけ賞賛したか、彼のような息子ができたらどんなに精魂込めて育てるか、そしてどれだけあらゆる点でカッコよかったか、今もかっこいいか、あの頃どんなに彼のことが好きだったか、今も好きか。彼に伝えてやれ。

僕は伝えた。彼は言葉が出なかった。あのとき、ロワー・ブロードウェイの人たちに、高校の教師と図体のデカい「ユダヤ人のアメリカの未来の農夫」が長い間温かく抱き合っているのを見られても僕は全く気にならなかった。

ケンは朝鮮人の男の子。父親を嫌っていた。クラスの生徒に、ピアノもないのにピアノの練習をさせられたことを話した。ピアノを買えるまで、父親にキッチンのテーブルで指使いの練習をさせられた。父親が十分に練習していないと疑ったときには、しゃもじで指をぶたれた。六歳の妹も同じ。本物のピアノが来たとき、妹が「チョップスティックス」〔ピアノ連弾用の小ワルツ曲。子供が両手の人差し指で弾く〕を演奏したら、父親は妹をピアノの椅子から引きずり下ろし、自分の部屋に連れ戻し、引き出しから妹の服の山を出して切り裂き、枕カバーの中に詰め、焼却炉の中に投げ込んだ。そして、その一部始終が見えるように、妹を廊下へ引きずり出した。

妹はまじめに練習するよう叩き込まれた。

ケンは小学生のとき、ボーイスカウトに入れられた。同じ隊の誰よりもたくさん勲功記章〔特別の功績に対してボーイスカウト団から与えられる記章〕を集めなければならなかった。それから高校生になると、イーグルスカウト〔ボーイスカウトの最高位〕を達成するよう強く言われた。ハーバードに志願するとき良い印象を与えるからだ。イーグルスカウトになるのに時間を使いたくはなかったが、選択の余地はなかった。ハーバードは射程圏内にある。加えて父親からは、武道に優れること、黒帯になるまで昇段を重ねることを要求された。

大学を選択するときまで、彼は全てにおいて父親に従った。父親からは二つの大学、ハーバードとMITに志願先をしぼるように言われた。朝鮮に戻っても、その大学ならだれでも知っている。

ケンは嫌です、と言った。カリフォルニア州のスタンフォード大学に志願する。父親からできるだけ遠い、アメリカ大陸の反対側で暮らしたかった。父親はダメだ、と言った。そんなことは許さん。スタンフォードに行けないのなら、どこの大学にも行かない、とケンは言った。父親はキッチンで彼に向かってきて、脅した。武道の専門家であるケンは、父さん、殴るなら殴ってみな、と言った。すると父親は引っ込んだ。父親はそのときこう言うこともできただろう。わかった。好きなようにしろ。だが、近所の人が何て言うだろうか？　教会では何を言われるだろう？　スタイヴィサント高校を出ているのに大学に行かない息子がいるなんて考えられるか？　お父さんは恥ずかしい。友人の親は子供をハーバードやＭＩＴに送って誇らしげだ。お前に家族の名誉のことを尊重する気があるのなら、スタンフォードのことは忘れろ。

彼はスタンフォードから手紙をくれた。さんさんとふり注ぐ陽光が好きです、と書いてある。大学生活はスタイヴィサント高校よりもずっと気楽で、プレッシャーも競争もほとんどありません。母から手紙をもらったところです。母は、勉強に集中し、課外活動やスポーツ、クラブなどには絶対に参加しないように、学科の授業でオールＡを取れないなら、クリスマスに帰ってきてはいけません、と書いてきました。手紙で、彼は母の手紙の内容は自分にとって都合がよかった、と書いている。いずれにしてもクリスマスには帰りたくなかったからだ。家に帰るのは、妹に会うためだけだった。

クリスマスの数日前、彼は僕の教室に現れ、高校最終学年を終えるのにお世話になりました、と言った。あるとき、父親と暗い路地を歩いていて、ふたりのうち一人だけが通り抜けられる夢を見たんです。もちろん夢では彼が路地を通り抜けたのだが、スタンフォードの地で父親のことをふと考えるようになった。朝鮮からやって来て、その日をきり抜けるだけのわずかな英語で、昼も夜も果物や野菜を売り、辛抱強く頑張り、子供たちに自分が朝鮮では受けられなかった、朝鮮では考えることもできなかったような教育を受けさせることを強く望むのは、どんなに大変なことだったかを。そんなときスタンフォードの英語の授業で、教授がケンに、好きな詩について話すようにと言った。彼の記憶の中に浮かんだのは「パパのワルツ」だった。なんてことだ、その詩は彼にとって心に響き過ぎた。彼は学生たちみんなの前で泣き崩れた。教授の対応が素晴らしかった。ケンの肩に腕を回し、廊下を引きずって、彼が回復するまで、研究室に連れて行って休ませた。研究室には一時間ほどいて、泣きながら話をした。教授は君の気持ちはよくわかる、自分にはポーランド系ユダヤ人のずっといやだと思っていたクソおやじがいるが、そのいやなクソおやじが、アウシュヴィッツを生き残り、カリフォルニアにたどり着き、教授になった自分と他に二人の子供を育て、収容所で健康を害したことが原因で身体中のすべての器官が衰弱の危機にあるのに、サンタバーバラでデリカテッセンを経営していることなどすっかり忘れていたよ。我々二人の父親には語り合うことがいっぱいありそうだが、その機会は持てそうもないな、と教授は言った。朝鮮人の食料品店経営者とポーランド系ユダヤ人のデリカテッセン経営者は、大学という場所では言葉が簡単には出てこないだろうからね。ケンは、先生の研究室で大きな重荷を降ろしました、と言った。あるいは身体の組織の中からあらゆる種類の毒が流れ出たというか、そんな感じです。今やケンは、クリスマスに父親にはネクタイを、母親には花を買って帰るようになった。自分の家の店で花を売っているのだから、花を買うのはバカげている。だが、コリアン・タウンで買う花と本物の花屋で買う花には大きな違いがあるのだ。彼は教授の言ったある言葉をずっと考えている。運よくその機会があれば、ポーランド系ユダヤ人の父親と朝鮮人の父親を奥さん同伴でカリフォルニアに招待して太陽の下で一緒に座らせたい。教授がひどく興奮しているのを見て、ケンは笑った。クソ太陽の下でそうさせてやろう。だが、世の中ってやつはそうはさせてくれない。老人を太陽の下に放っておくことほど危険なことはないからな。老人たちはいろいろなことを考え始めるかもしれない。同じことは子供にも言える。忙しくしているのが良いんだ、そうしないといろんなことを考え始めるから。

16

僕は今も学びの途中にある。リムリックの路地から出てきたアイルランドの小僧は妬《ねた》みをさらけ出す。自分と同じような移民の第一世代、第二世代を教えている。だが、自分もまた中流階級、中上流階級になり、人を妬むことを覚えた。妬むことなどしたくないのだが、一度身に付いた習慣はなかなか消えない。妬みだ。怒りでさえない。ただの妬みだ。中流階級に関することには首を横に振る。刺激が強すぎるか、弱すぎるか、これは僕が好きな歯磨き粉のテイストじゃない。アメリカに来て三十年、スイッチを入れれば電灯が点き、シャワーを浴びた後、タオルに手を伸ばすことのできる幸せな僕がここにいる。クリシュナムルティ〔インドの宗教指導者（一八九五―一九八六）。内省による自己達成を説いた〕という人の本を読み、気に入ったのは、彼が、何百万円も集める物乞い缶を持って、インドから飛んでくる人物のような導師《グル》とは自分をみなしていないことだ。彼は導師《グル》や賢人などになることを拒んでいる。最終的に、ベイビー、自分自身になるんだ、と教え諭《さと》している。ソローに「歩く」という鳥肌が立つエッセイがある。その中でソローは家を出て散歩に行くときは、自由で邪魔するものがない状態ですべきであり、出発点に戻る必要もない、と言っている。自由だから、ただひたすら歩き続ける。生徒たちにこのエッセイを読ませると、ええっ、無理です、そんなことできません、と言った。ただ歩きつづける？　冗談でしょ？　その反応が変だなと思うのは、僕がケルアックやギンズバーグが旅に出たことを話したときは、彼らは素晴らしい、と思っていたからだ。全ては自由だ。三千マイルのマリファナと女とワインの旅。生徒に語るとき、実は自分に語っている。共通するのは時間が迫っているということだ。なんてことだ、中年になって、平均的な知性あるアメリカ人なら二十歳でわかることが、やっと理解できた。仮面がほとんど外れ、息をすることができる。

生徒たちは作文やクラスのディスカッションで心を打ち明ける。そして僕はイースト・サイドの一戸建てからチャイナタウンのアパートまでアメリカの家族生活の作文旅行をする。移民と新参者の至る所に龍と悪魔がいる絵巻物だ。

フィリスはニール・アームストロングが月に到着した夜、家族がどのように集まったか、テレビのあるリビングと臨終の父親が寝ている寝室の間をどのように行き来したか、その様子を作文に書いた。行きつ戻りつ。父親が心配だが、月面到着も見逃したくない。フィリスは母親が、アームストロングが月面に足を降ろすところを見に来なさい、と彼女を呼んだときには父親の部屋にいたと書いている。リビングに走っていくとみんな大喜びで抱き合っている。フィリスが緊急事態を、何か良くないことが起きたと感じ、寝室に走っていくと父は死んでいた。大声を上げたり、泣いたりしなかった。問題は、どうやってリビングに戻って、喜んでいる家族にパパが死んだことを伝えるかだ。

教室の前で立ったまま、彼女は泣いていた。最前列の自分の席に戻ることもできただろうし、席に戻ってほしかった。僕にはどうしたらいいのかわからなかったから。彼女のところへ行って、左腕を回した。だがそれでは十分ではなかった。彼女の涙が僕の肩に浸みた。教室中の顔が涙で濡れた。やがて誰かが、大丈夫だフィリス、と叫び、一人二人と拍手し、クラス全体が拍手し元気づけた。フィリスは涙に濡れた顔でみんなの方を向いて微笑んだ。彼女を席まで連れて行くと、こちらに顔を向けて僕の頬に触れた。僕は思った、このことは、この頬に触れたことは世界を揺るがすような出来事ではない、だが決して忘れないだろう。フィリス、彼女の亡くなった父親、月面のアームストロング。

聞いてくれ。聞いているか？　聞いていないな。このクラスの中で文章を書くことに興味を持ったかもしれない諸君に話をする。

人生のあらゆる瞬間に文章を書く。夢の中でさえ文章を書く。この学校の廊下を歩いていると、様々な人に会う。頭の中では猛烈な勢いで書いている。原則がある。決断を下さないといけない、どんな挨拶をするかの決断だ。会釈するか？　微笑むか？　おはようございます、ボーメル先生、と言うか、あるいは単に、ハイ、と言うか？　好きじゃない人に会う。再び頭の中で猛烈な勢いで書く。決断を下さなくてはならない。顔をそむけるか？　通りすぎるとき睨みつけるか？　会釈するか？　ハイ、と囁くか？　好きな人に会って、温かくとろけるような言い方でハイ、と言うか、ボートのオールで水を跳ね上げているような、天駆けるヴァイオリンのような、月光の中で輝く目を思わせるようなハイ、と言うか。ハイの言い方は山ほどある。囁くように言う、震える声で言う、吠えるように言う、歌うように言う、唸るように言う、笑いながら言う、咳をしながら言う。廊下を単にぶらつくだけで、頭の中では段落が、文章が必要となる。数多くの決断が必要とされる。

次の課題は男として出す。僕にとって女性は永遠の大いなる謎だからだ。物語を話そう。聞いているか？　この学校に好きな女の子がいる。たまたま彼女がほかの男と別れたことを知る、だから彼女はフリーだ。彼女とデートしたい。ほら、文章が頭の中でジュージュー音を立て始めるだろう。トロイアのヘレネーにゆっくり歩み寄り、口説き文句を言った後で、これから何をすると訊き、トロイアの廃墟の街中においしい羊肉とウーゾ〔アニスの実で味をつけたギリシャの酒〕の店を知っているから行こうと誘うようなクールな人物の一人かもしれない。そんなクールな性格で魅力的な人なら、台本を準備をする必要はない。凡人の僕たちは台本を書く。土曜日の夜にデートしないか、と電話する。緊張する。拒否されたら、崖っぷちに追いやられ、飲み過ぎることになる。電話で君は、物理の授業で一緒だ、と言う。彼女は疑わしげに、あらそう、と言う。土曜の夜は忙しい？　と訊く。忙しいわ、予定があると言うが、彼女が嘘をついている気がする。女の子は土曜の夜にすることがないなんて認めることはできない。そんなのアメリカ人じゃない。演じなければならない。まったく、世間の人はなんて言うだろう？　頭の中での文章では、その次の土曜の夜、さらに永遠に続く土曜日について尋ねようとする。かわいそうな恋の奴隷は、「社会的安定」を得られるまでは、彼女に会えささえすれば、どんなことでも我慢できる。彼女はちょっとしたゲームをする。来週また電話して、そうすれば都合がわかるから。そうなの、来週になればね。土曜の夜は彼女は母とエドナ叔母さんと家でテレビを見ている。二人とも黙っていられないお喋り屋だ。土曜の夜は君は両親と家にいる。二人とも一切喋らない。来週を夢見て床に就く。ああ、神様、来週だ、彼女はイエスと言うかもしれない。もしそうなら、すべては計画通りだ、コロンバス・アヴェニューにある、赤と白のチェックのテーブルクロスのこぎれいで可愛いイタリアン・レストラン。キャンティのボトルの口には白いキャンドルから蠟が滴っている。

夢見る、願う、計画する、すべて文章につながる。だが、みんな、君と街角の人との違いは対象となるものをちゃんと見て、頭の中で組み立て、重要でない人々の重要さに気づき、紙の上に記す、ということだ。愛または悲しみの苦悶の中にいるかもしれないが、観察するときは容赦ない。自分自身が題材だ。君は表現者であるからには、一つだけ確かなことがある。土曜の夜、あるいはほかの夜でも、何が起ころうと、もう退屈することはない。二度とない。人間に関わることで無縁なものは一つとしてない。他の人に拍手を送るのは控え目にして、他の宿題なんか無視しろ。

マコート先生、先生は運がいいですね。惨めな子供時代を送ったから書くことがいっぱいあるじゃないですか。僕たちは何を書いたらいいんですか？　ただ生まれて、学校へ行き、休みに出かけ、大学へ行き、恋に落ちたりして、卒業し、何か職業に就き、結婚し、先生がいつも言っているように二、三人子供を作り、子供を学校にやり、人口の五十パーセントと同じように離婚して、太り、最初の心臓発作が来て、仕事を引退して、死ぬ。

ジョナサン、高校の教室でそんな惨めなアメリカ人の人生のシナリオは聞いたことがない。だが、君は偉大なるアメリカ小説に題材を提供した。セオドア・ドライサー、シンクレア・ルイス、F・スコット・フィッツジェラルドの小説をまとめたことになる。

冗談でしょ、と生徒たちが言った。

僕は言った、君たちは、マコートの人生の題材を知っている。君たちにも君たちの題材がある。自分の人生について書くとしたら、使うことになるものだ。ノートに自分の題材を挙げよ。それらを大事にせよ。これが緊急に必要なものだ。ユダヤ人。中流階級。『ニューヨーク・タイムズ』。ラジオから流れるクラシック音楽。射程距離にあるハーバード大学。中国語。朝鮮語。イタリア語。スペイン語。キッチンのテーブルの上の外国語の新聞。ラジオから流れてくる民族音楽。両親は祖国への旅を夢見ている。おばあちゃんはリビングの片隅に静かに座って、クイーンズの墓地をちらりと見たことを思い出している。中国に連れてっておくれ。何千という墓石と十字架。お願いだ、頼むから私をあそこに入れないでおくれ。お願いだよ。そう、おばあちゃんと一緒に座るんだ。話をさせるんだ。おばあちゃんもおじいちゃんもみんな、話を持っている。もし話をさせないで死なせてしまったら、犯罪だ。君たちの罰《パニッシュメント》は学食からの追放《バニッシュメント》だ。

そうだそうだ。大爆笑。

お父さんお母さんもおじいちゃんおばあちゃんもこの突然の自分たちの人生への興味を疑わしく思う。なぜそんなにたくさん質問するんだい？　私の人生なんだからどうでもいいじゃないか。やるべきことをした、それだけさ。

何をしたの？

どうでもいいだろ。またあの先生かい？　首を突っ込んでくるのかい？

違うよ、おばあちゃん。俺は、ただおばあちゃんが自分の人生を語りたいんじゃないか、と思っただけだよ。そうすれば自分の子供たちに話ができるし、子供たちはいずれ自分の子供たちに話ができるから、おばあちゃんはずっと覚えていてもらえるよ。

その先生に、ほっといてくれ、と言っておくれ。アメリカ人はみんな一緒だね、いつも質問ばかりだ。うちの家族にもプライバシーってものがあるんだよ。

でもおばあちゃん、この先生はアイルランド人なんだよ。

そうなのかい？　そりゃあ最悪だね。いつも青臭いことをしゃべったり、歌ったり、おまけに撃たれたり、吊るされたり。

老人たちに一つの質問でどうやって過去について訊き出したかの武勇伝を持って教室にやってきたものもいる。ダムが決壊したかのように、老人たちは話しやむことなく、寝る時間になってもそれを超えて続き、心の痛みを表し、涙を流し、祖国への熱い思いを語り、アメリカへの愛を宣言する。家族関係は再構成される。十六歳のミルトンにとって、おじいちゃんはもう無視できるような存在ではない。

第二次世界大戦のとき、おじいちゃんは信じられないような冒険をした。ナチス親衛隊の将校の娘と恋に落ち、あやうく殺されかけた。おじいちゃんは逃げて、ゴミ屋敷の何というか真っ暗な所に隠れなければならなかった。

隠れ家？

そうだよ。そこが隠れ家になりえた唯一の理由はすでに半分ネズミの住処になっていて、彼はネズミと戦わなければならなかった。隠れ家で三日間ネズミと戦い、ついにカトリックの司祭が彼を見つけ、一年後にアメリカ軍がやって来るまで教会にかくまってくれた。この何年間か、おじいちゃんは部屋の片隅に座っているだけで、僕は一度も話しかけなかったし、おじいちゃんも決して話しかけてくることはなかった。おじいちゃんは英語が今でもうまくないんだけど、それだけが理由じゃない。今では僕のテープレコーダーで独占状態。両親が、まったく、親父とお袋がだよ、こう言うんだ、二人の邪魔はしないよ。

クラレンスは黒人、頭が良くおとなしい。黒人の生徒三人と一緒に教室の後ろに座り、クラスのディスカッションには決して貢献しない。彼らは秘密の冗談を言い合っている。黒人が徒党を組む、それが僕をいらいらさせる。同時に僕は思う、もし自分が黒人だったら、そこが自分の居場所だろう、と。自分と同じ民族同士で小さな軍団を組んで後ろに座り、手の内を見せずに白人教師をからかうのだろう。

デヴィッドもやはり黒人、頭が良く、おとなしいところは微塵もない。大きな窓のそばに、教室の内外で彼の追っかけをしている白人の友人たちと座っている。僕がクラスで質問すると、彼の手が挙がり、答えを間違えると、首を振って、ああ、チキショウ《スピット》、と言う。みんな真似しようとするが、誰一人デヴィッドのように、ああ、チキショウ、とは言えない。デヴィッドのような祝祭ムードが出せない。生徒たちはただ彼と一緒に授業を受けたいがために時間割を変えている。毎週金曜日に彼が物語やエッセイを読むと、みんなが大騒ぎだ。この前の月曜日の朝、僕はベッドから出た。あるいはベッドから出なかった。ベッドから出ようとしている夢を見ただけだったのか、ベッドの中にいるのか出ているのか、そんな夢を見ていたのか、夢を見ているという夢を見ていたのか、みんなに断言することができない。これは全部リッパー先生が悪い。というのは哲学の授業で中国のことをやったからだ。その授業ではある男が蝶になる夢を見ているのか、あるいは蝶が男になる夢を見ているのか。あるいは蝶が。ああ、チキショウ。

誰もが笑ったが、クラレンスは笑わない。彼の三人の友達は笑ってはいたが、おどおどしていた。僕はクラレンスに、今日は自分の作文を読み上げてみたらどうだ、と言った。彼は首を横に振った。これは創作の授業で、誰もが書いたものを披露することになっている、もし読むのが嫌なら、誰かが代わりに君が書いたものを読んでもかまわないよ。彼の無関心さが僕をいらいらさせた。デヴィッドの言う、ああチキショウ、で楽しくまとまる一つの大きなクラスにしたい。

その日、学食の見まわりをした。クラレンスは黒人のグループと一緒に壁を背にして座っていた。彼らはヒトラーの物真似で笑っていた。唇と鼻の間にホットドッグを挟み、口ひげにしている。頭には皿を載せている。腕を挙げて敬礼だ、勝利万歳《ジークハイル》。学食のクラレンスは教室のクラレンスとは別人だった。

デヴィッドは別のテーブルからそれを見ていた。黙って、笑わずに。

昼食後、クラレンスに、いつか読み上げてみないか、と訊いた。いや、話すことはありません。

何も？

そうです、デヴィッドのようにはなれません。

デヴィッドのようになる必要はない。

気に入らないと思いますよ。僕が知っている唯一の物語はストリートの話です。物事は僕のストリートで起こります。

それじゃ、君のストリートについて書いてくれないか。

できません。言葉その他もろもろがひどいんです。

クラレンス、君の知ってる言葉で僕が聞いたことがないような言葉を一つ言ってくれないか。一語でいい、クラレンス。

でも学校ではきちんとした英語を使うべきだと思います。

紙の上に書く限りは好きな英語を使っていい。

次の金曜日には、彼は準備ができていた。他の発表者は読むときに立つが、彼は座ってやりたがった。ストリートの言葉がある、ということを思い出したが、そんなことは気にならない。人間に関わることで私に無縁なものは一つとしてない〔ローマの劇作家テレンティウスの言葉〕、引用したロシアの作家が誰かは忘れたがね、と僕は彼に言った。

なるほど、と彼は言うと、ストリートの母親たちがドラッグの売人をどのように扱うか、説明し始めた。母親たちは売人にストリートから出て行くように警告するが、彼だって生計を立てなきゃならないから、あんたたち地獄に堕ちろ、と言った。ある夜六人の母親は彼を捕まえると、空き地に連れて行った。そこで何をされたか、クラレンスは口にしなかったが、そのことは噂になった。たとえ許可されても、その噂のことはここでは言えない。その内容はスタイヴィサント高校の生徒にはあまりにも生々しすぎるから。せいぜい言えるのは、母親の一人が救急車を呼んでくれたから、その少年は空き地で死なずに済んだ、ということだけだ。もちろん警官はやってきたが、誰も何も知らない、と言い、警官はわかった、と言って帰って行った。それがクラレンスのストリートの現実だ。

沈黙。おい、すごいな、喝采と拍手。クラレンスは椅子に深く腰を下ろし、デヴィッドを見た。誰よりも熱狂的な拍手を送っていた。デヴィッドは、ああ、チキショウとは言わなかった。彼は今がクラレンスの陽のあたる瞬間だと知っていた。

教室の戸口にいる変な奴は誰だろう、と誰もが知りたがった。男の顔色はチョークのように白く、死人のようで、表情がない。僕のことをフランク、と呼ぶこともできただろうが、こんにちは、マコート先生、と教師への尊敬を示した。

短い臨時会議のために廊下に出た。そこで彼は、たまたま近くに来たもので、先生のことを思い出し、どうしているかなと思いまして、と説明した。また、たまたま必要なお金を持ち合わせていなくて、余分な小銭をお持ちではないか、と思いまして。過去の親切に感謝し、そのお返しはほとんどできる見込みはありませんが、いつも先生のことを温かい気持ちで思い出します。この学校に先生に会いに来て、アメリカの若者たち、素晴らしい生徒たちが、有能で優しい先生のような方に任されているのを目にするのは、とてもうれしいことです。ありがとうございます。近いうちにブルックリンのモンテロでお会いましょう。私のアパートから数ブロックです。数分のうちに、僕が彼の懐《ふところ》に滑り込ませた十ドルは、スタイヴィサント広場のドラッグの売人に渡るだろう。

あの男がハンケだよ、と生徒たちに言った。最近のアメリカ文学史かビート・ジェネレーションの本を手に取れば、索引の中に「ハンケ、ハーバート」を見つけるだろう。

酒が特に好きというわけではないが、モンテロで酒をおごれば、喜んで受ける。声は深く、優しく音楽的だ。礼儀をわきまえているから、ハンケが麻薬中毒者《ジャンキー》だとは思わない。法律は尊重するが、何一つ従わない。

彼は、スリ、強盗、薬物所持、薬物売買などで刑務所暮らしをした。博打打ち、口先の上手い奴、男娼、女たらし、そして作家だ。ビート・ジェネレーションなる言葉を創り出したことで認められている。人を使うのが上手い。我慢とお金が限界に達し、もう十分だよ、ハンケ、もう終わり、終わりだ、と言われるまで。彼はそれに対して理解を示し、不満を言うことは決してない。同じことが彼自身に対しても言える。僕を利用しているのはわかっているが、ビート・ムーヴメントのあらゆる人物と知り合いで、僕は彼からバロウズ、コーソ、ケルアック、アレン・ギンズバーグの話を聞くのが好きだ。ギンズバーグはかつてハンケのことをアッシジの聖フランチェスコになぞらえていたわ、とレーネ・ダールバーグが教えてくれた。そうよ、彼は犯罪者で法を破る、でも彼が物を盗むのはただドラッグを続けるためだけなの。盗むことで儲けようとは思っていない。それに、彼は盗む物に対して気を使っている。先祖伝来の家宝のような宝石類には決して手を触れようとしない。被害者が大切にしているものを一つ残していくと、義人であることが広まり、物を盗まれたことへの苦痛が軽くなることがわかっているのだ。それはまた彼自身にも幸運をもたらす。殺人以外のあらゆる罪を犯した、と告白しているし、マジョルカ島のレーネの別荘で自殺までしようとした。最近は二十ドル与えることによって、彼が僕のアパートに押し入らない保証を得たようなものだ。階から押し入るには少しばかり年を取って、たいていは盗みが上手いという噂の助っ人を雇っているよ、と話していたけれども。ロワー・イースト・サイドじゃ、志願の少年には不自由しない。ハーバート・ハンケは、もう梯子や雨どいは登れない。金持ちの砦に侵入するには別の方法がある、と言う。

たとえば？

パーク・アヴェニューと五番街にどれだけ多くの変態のドアマンと用務員がいるか、君には信じられないだろう。もしこの俺の身体とその身体とを交わして適切な取引、約束をするなら、彼らは俺を招き入れ、実際アパートで昼寝だってできるだろう。昔、若かった頃、俺は密売で、ありがたいことにかなり上手くやっていた。一度、大きな保険会社の重役に捕まって、懲役一年を覚悟したが、彼は妻を広間に呼び寄せ、妻はマティーニを持ってきて、最終的に美しき三角関係の中で三人でべッドに行き着いた。ああ、あの頃が懐かしい。そのころはゲイじゃなかった、ただの変態だった。翌日、机に抗議の手紙が届く。「ある母親より」と署名がある。名前を出したくないのは娘にいやな印象を持ってほしくないからです。娘は家に帰って、家族にその卑しい人物、いかがわしいハンケについて話しました。娘の話から判断すると、アメリカの若者を良い方向に導く人間ではなさそうです。母親同様娘も気づいています、この人はアメリカ社会の片隅にいるべき人物だと。先生は「清く正しい人」の見本となるようなもっと価値のある人物を見つけられないのですか？　エリナ・グリンやジョン・P・マーカンドのような人たちを。

この手紙に返事はできない。娘を困らせる恐れがあるから、授業で触れることさえできない。母親の心配は理解できるが、これが文学に目くばせしている創作の授業であるなら、教師にとって、やってはいけない限度とはどこだろうか？　生徒がセックスについての物語を書いてきたら、授業で読み上げることを許していいだろうか？　何千人ものティーンエージャーと長年付き合い、彼らの話を聞き、作品を読んできた僕には、保護者が彼らの純粋さを過大評価していることがわかる。何千人という生徒たちこそが僕の個人教師なのだ。

ハンケには触れないで、僕はその主題の周辺をめぐる。マーロウ、ナッシュ、スウィフト、ヴィヨン、ボードレール、ランボーを見よ。あの恥ずべき人物、バイロンやシェリー、くだってヘミングウェイの女たちやワインとのルーズな関係、ミシシッピ州、オックスフォードでフォークナーを死に至らしめた飲酒などは言うまでもない。自殺したアン・セクストン、同様にシルヴィア・プラス、橋の上から飛び降りたジョン・ベリーマンも思い浮かぶ。

おお、僕は人生の暗黒面に目が効くじゃないか。

頼むよマコート、生徒の邪魔をするな。手を引け。放っておけば家に帰る。もし生徒が言うことを聞かないなら、英語教師の無駄話に麻痺してしまったからじゃないのか。

まじめな生徒たちが手を挙げて質問する。どのように成績をつけるのか、と。結局のところ、普通のテストはしない。選択肢なし。ふさわしい文章を選べ、もない。埋めるべき括弧もない。正誤問題なし。心配した保護者は質問ばかりしてくる。

まじめな生徒たちにはこう言う、自分で自分を評価しなさい。

何だって？　自分で自分をどうやって評価するんですか？

いつもやっていることだよ。僕たちは皆そうしている。絶えず自己評価の過程にある。良心の点検だ、君たち。自分自身に正直に問いかけてみてくれ。レシピを詩のように読むこと、リトル・ボー・ピープの伝承童謡《ナースリーライム》をT・S・エリオットの詩のように論じること、「パパのワルツ」の内容に入っていくこと、ジェイムズやダニエルが語る夕食の内情に耳を傾けること、スタイヴィサント広場で食事会をしたこと、ミミ・シェラトンを読んだこと、それらから何かを学んだだろうか？　もしこうしたことから何も学んでいなかったら、マイケルの素晴らしいヴァイオリンの演奏中、またはパムの北京ダックの叙事詩の間中、君たちはずっと寝ていたことになる。または友よ、別の可能性もある、単に僕がひどい教師だからだ。

拍手喝采が起きる。そうだよ、その通り。教師がひどいからだ。みんなで笑う。一部は本当のことだし、生徒は自由にものを言っていいし、僕は冗談を受け止められる。

まじめな生徒たちは納得しない。他の授業では先生は学ぶべきことを教えます、と言う。先生は教え、生徒はそれを学ぶよう求められます。それから先生は試験をし、生徒はそれに応じた成績を取ります。

　まじめな生徒たちは学ぶことが前もってわかると安心する、と言う。学ぶことに向けて勉強できるから。この授業では学ぶべきことが何かまったくわからない。ならばどう勉強したらいいのだろう、どう自己評価したらいいのだろう？　この授業は日によって何が出てくるかまったくわからない。学期末の大きな謎は、先生がどうやって評価にたどり着くか、ということだ。

　どう評価にたどり着くか、教えよう。第一は、出席だ。後方で黙って座り、議論や朗読について考えているだけでも、確実に何かを学ぶだろう。第二は、授業に参加したか？　だ。毎週金曜日に立ち上がって、朗読したか？　なんでもいい。小説、エッセイ、詩、戯曲。第三は、クラスメートの作品に感想を述べたか？　だ。第四、これは君たち自身の問題だ。この授業での経験を振り返り、何を学んだかを自問せよ。第五は、ただ教室に座って夢見ていただけか？　だ。すべてを考慮し、自分を評価せよ。

　ここから教師はまじめになり、「大問題」を提起する。そもそも教育とは何ぞや？　この学校でしていることは何ぞや？　卒業したいのは、大学へ行き、いい仕事へ就くためと言うこともできる。だが、生徒諸君、それだけではない。僕は自分に問わなければならなかった、いったい僕はこの教室で何をしているのか、と。僕は自力で方程式を解いてきた。黒板の左側に大文字のF、右側にも大文字のF、左から右へ弓を引く、FEAR（不安）からFREEDOM（自由）へと。

　誰もが完全な自由に達せるとは思わない。だが、ここで僕が君たちとやろうとしているのは、不安を片隅に追いやることだ。

17

時の翼のついた馬車が、「天の猟犬」〔イギリスの宗教詩人フランシス・トムソン（一八五九―一九〇七）の詩〕にしっかりと伴われて、すごい勢いで近づいてきている。年を取り、二つの顔を持つ、戯言をわめくアイルランド人ではもうない。作家になる夢が死にかけ、生徒に書くように駆り立て励ましている。こんな風に自分を慰めている。いつの日か才能ある生徒が全米図書賞かピューリッツァー賞を取り、その記念イベントに招待され、素晴らしい受賞スピーチの中で、彼もしくは彼女がいかに先生にお世話になったかを述べる。立って話をするよう求められる。満場の声援に礼を述べる。これが公の場での陽のあたる瞬間だ。何千もの授業を教え、何百万という言葉を読んだことへの報酬だ。教え子の受賞者は僕を抱きしめ、小柄な年老いたチップス先生よろしく、僕はニューヨークの街へと消えていく。アパートの階段を苦労して登る。戸棚には埃がたまり、冷蔵庫には水の大きなグラス、独身のベッドの上には地味な電球がぶら下がっている。

偉大なるアメリカのドラマは青春期と中年の衝突を描く。僕のホルモンは森の中の静かな開拓地を求めていたが、生徒たちのホルモンはギラギラ、ずきずき、多くのものを求めていた。

今日生徒たちは、教師や親に邪魔されたくない、と思っている。

僕も生徒たちに邪魔されたくない。会いたくないし声も聞きたくない。ギャーギャーわめく若者たちの中で僕の最良の年月を無駄遣いしてしまった。教室で過ごした時間で何千冊もの本が読めただろう。四十二丁目の図書館を上のフロアに行ったり下のフロアに行ったり、彷徨《さまよ》うこともできただろう。生徒には消えてほしい。そんな気分じゃないんだ。

どうしても教室に乗り込みたい、そんな日もある。辛抱強く廊下で待っている。地団太を踏む。頼むよ、リターマン先生。早く。くだらない数学の授業を終わらせろ。このクラスで話したいことがあるんだ。

教員食堂で若い代用教員が僕の隣りに座っていた。彼女は九月から専任の仕事を始めることになっている。何かアドバイスしていただけませんか？

好きなことを見つけて、それをするんだ。それはいろいろ考えて煮詰めた中から出てくるものだ。僕だっていつも教えることが好きだったわけじゃないことは認める。力が足りなかったのだ。教室では一人だ。男でも女でも一人で毎日五クラスと、つまり五クラスのティーンエージャーと対面する。一人のエネルギーの塊対百七十五人のエネルギーの塊、百七十五個の時限爆弾、自分の命を守る方法を見つけなければならない。生徒から好かれるかもしれない、大好きになってくれるかもしれないが、彼らは若く、若者というのは地球から年輩者を追い出すのが仕事だ。大げさなのは承知の上でだが、教師はリングに向かうボクサーであり、闘牛場に入る闘牛士のようなものだ。ノックアウトされることもあれば、牛の角にやられることもある。それで教師生命は終わりだ。だが、やり続けていれば、コツを学ぶ。大変だが、教室で自分が快適だと感じなければならない。自分のことだけを考えるんだ。航空会社は、もし酸素が足りなければ、まず自分の酸素マスクをつけるように教える。たとえ直感的に先に子供を救え、と思ったとしても。

教室は質の高いドラマが行われる場所だ。何百人もの生徒が行き来する。教師が彼らに対して、あるいは彼らのために何ができたかはわからない。生徒が教室を去っていくのを見るだけだ。ある者は将来の夢を見ながら、ある者はつまらなそうに、ある者は鼻であしらい、ある者は賞賛し、ある者は微笑み、またある者は困惑しながら。数年後にはアンテナが伸びてくる。いつ生徒の心に届いたか、あるいはいつ心が離れたかわかるようになる。化学反応だ。心理学だ。動物的本能だ。生徒とともにあり、教師であり続けたいと思う限り、そこから逃げ道はない。教室から逃げ出した人たちや管理職からの助けを期待してはいけない。彼らは、昼食に行ったり、もっと高度なことを考えたりするのに忙しいからだ。君と生徒との問題だ。おっと、チャイムが鳴った。またお会いしましょう。好きなことを見つけて、それをするんだよ。

四月、外はいい天気。いったい何回四月を、何回天気のいい日を過ごしただろうかと考えた。ニューヨークの高校生に創作やその他のことについて、語るべきことなどもう残っていない、と思い始めていた。声に力がなくなり始めた。あの世に行く前に、学校とは別の世界へ行きたい、と思っていた。出版された本はもちろんのこと、いわゆる本というものを一度も書いたことがないのに、創作について語るとは、いったい僕は何者だろう？　僕のすべての話、ノートに書いたすべての殴り書きは何の業績にもならない。生徒たちはそれを変だと思わなかったのだろうか？　一度も自分で書いたこともない人が、どうして創作についてそんなに語れるんですか、と生徒たちはどうして僕に言わなかったのだろう。

教職を辞して、大金とは言えない共済年金で暮らすときが来た。この三十年間読めなかった本を取り戻そう。ニューヨークで最も好きな場所、四十二丁目の図書館で何時間でも過ごそう。通りを散歩し、ライオンズヘッドでビールを飲み、ディーシーやダガン、ハミルと話をしよう。ギターを習って、百曲を弾き語りしよう。娘のマギーをヴィレッジの夕食に連れ出そう。ノートに殴り書きしよう。何かが生まれるかもしれない。

何とか暮らして行けそうだ。


ガイ・リンドが二年生だった雪解けの日、彼は通りをぶらぶら歩く放課後の生徒たちの集団の中を帰っていた。友人の一人が野球のバットのように傘を振り回した。柄が取れて傘の先がガイに飛んだ。ガイの左目の眼球を貫き、彼は半身不随となった。

彼は、通りの向かいにあるベス・イスラエル病院に運ばれ、以来、街から街、国から国への彼の長い旅が始まった。彼はイスラエルまで行った。そこではトラウマや治療に対する取り組みが、常に最新のものだったからだ。

ガイは車椅子に乗り、黒い眼帯をつけて、学校に戻って来た。しばらくすると彼は杖を使って、廊下を自力で進むようになった。ついには杖を捨て、黒い眼帯と机の上に力なく置かれた腕を除くと、誰も彼が事故に遭ったことなど忘れてしまうほどになった。

僕の最後の授業で、教室の向こう側でレイチェル・ブラウスタインの話に耳を傾けているガイがいた。彼女はコセラ先生の詩の授業について語っていた。彼女はその授業とコセラ先生の詩の教え方を楽しいとは思ったが、実際のところ彼女にとっては時間の無駄だった。人生の何もかもが非の打ち所がないとき、書くに値することはあるのだろうか。彼女の両親は成功していて幸福だった。レイチェルは一人っ子で、ハーバードを目指していた。健康面も完璧だろうか？

彼女に、自分の完璧のカタログに美人であることを加えたらいい、と僕は言った。

彼女は微笑んだが、疑問は残ったままだ。書くに値することはあるのだろうか？

誰かが言った、レイチェル、君の悩みを引き受けたいよ。彼女はまた微笑んだ。

ガイはこの二年間の経験を語った。いろいろな経験をしたが、何一つ変更したくない。病院から病院へと移る中で、取り乱し、黙って苦しんでいる病人に出会った。こういったことすべてによって、自分の事故を違った視点で眺められるようになった。それまでの自分を乗り越えた。そう、何一つ変更したくはない。

これが、彼らの高校での最後の授業であり、僕の最後の授業だ。ガイが、世の中は悪いことばかりじゃない、ということをみんなに思い出させてくれる話をしてくれて、涙あり、驚きの表情ありの授業となった。

チャイムが鳴り、生徒たちは僕に紙ふぶきを降らせる。元気で、と言われる。君たちも元気で。僕は顔を赤らめ、廊下を歩く。

誰かが呼びかける、ねえ、マコート先生、先生は本を書くべきよ。

18

よし、書いてみよう。

訳者あとがき

本書はフランク・マコートの『アンジェラの灰』『アンジェラの祈り』に続く三冊目の著書 *Teacher Man* の翻訳である。二〇〇五年にスクリブナー社より刊行された。

僕が高校で教鞭を執っていたとき、学校でよく生徒が「先生」と呼ぶ代わりに「ティーチャー、ティーチャー」と声をかけてくることがあった。その時に僕は「英語ではそういう言い方はしないんだよ。人を職業で呼ぶのは日本語の特性の一つだ。アメリカやイギリスではその人の名前で呼ぶのが普通なんだ。ミスター◯◯とかミス◯◯とかミズ◯◯というんだ」などと説明してきた。ところが、実際はそうでもないようだ。本書の中で生徒たちはマコート先生に teacher man と呼びかける。正式な英語ではないのだろうが、おそらく親しみとそれからちょっとなめた気持ちを込めてそう呼びかけているのだろう。一昔前ならリーゼント頭に身体よりも大きな詰襟の学生服を着たツッパリ男子が「先公よお」というところだろうか。現代の日本ではその教師のニックネームで、例えば僕であれば「トヨジュン」「淳ちゃん」などと呼ぶ感じに近いのではないか。原題はそんな気さくでユーモアのあるタイトルだが、そのままでは日本語になりにくいので、「教師人生」というちょっと堅いタイトルにした。

フランク・マコートは生粋のアイルランド人ではない。生まれたのはニューヨークだし、高校教師として過ごしたのもニューヨークの高校だから、アメリカ人と言った方がいいくらいだ。ところが、『アンジェラの灰』に描かれたアイルランドで過ごした少年期が相当強烈だったのだろう、彼の一生にアイルランドがずっとついて回る。話し方もアイルランド訛りが終生抜けなかったようだ。本書の中でマコートが、アイルランド訛りがあるのによく教員試験に合格したな、と言われるところがある。自分がマイノリティであることを強く意識するからか、本書に登場する彼の教える生徒たちはアイルランド系だけでなく、イタリア系、中国系、韓国系、ヒスパニック系、黒人などが多く、マコート先生は温かみを持って彼らに接している。人種に関してだけでなく、職業に関してもそうで、教師になる前に働いていた港湾労働者にも温かい目を注いでいる。

マコート先生は五つの公立高校と一つのカレッジで教鞭を執ったが、最初のマッキー職業技術高校と最後に勤めたスタイヴィサント高校が特に印象が強かったようだ。第一部はほとんどがマッキー高校のことだし、第三部ではほとんどがスタイヴィサント高校での経験が述べられている。どの章も高校での出来事だけでなく、アイルランドの少年時代の学校の思い出や、ニューヨーク大学での教育学の授業、教員試験を受けたときのエピソード、港湾労働者として働いていた経験談などが挟み込まれて読者を飽きさせない。最初の学校は勉強があまり好きではない、やんちゃな生徒が多かったようで、マコート先生は相当苦労したようだが、最近のアメリカの高校での銃乱射事件などを耳にすると、そして現代の日本の高校の状況と比べても、どこか牧歌的な教師と生徒の関係に思えて微笑ましい。スタイヴィサント高校では、マコート先生が自由な発想でユニークな授業を展開するが、優秀な生徒たちがマコート先生も予想できない発展をみせていく様子がうかがえる。第二部ではそのほかの学校とダブリン留学のエピソードなどが描かれているが、その中で僕にとって特に面白いエピソードが、スーアドパーク高校でおしゃべりで生意気な黒人の女子生徒二十九人を映画に連れて行く場面だ。僕は自分が生徒指導の大変な学校に勤務していたとき、金髪で化粧の濃い女子生徒たちを連れて、文化祭の買い出しに市場に一緒に行ったことがあったが、それを思い出しながら翻訳した。

最後の授業を終えて廊下を歩くマコート先生に、ある生徒が、先生も生徒に文章を書かせる授業をするだけでなく、自分でも書いてみるべきだと言い、マコート先生が「よし、書いてみよう」というところで本書は終わる。そして彼が実際に書いたのがベストセラーとなった『アンジェラの灰』というわけだ。アイルランドの先輩作家、ジェイムズ・ジョイスの『フィネガンズ・ウェイク』の最後の文章がtheで終わって、最初のriverrunへと循環するように、この本はマコートの最初の作品へとつながっていく円環構造になっているのである。本書を読んで興味を持った方はぜひ『アンジェラの灰』『アンジェラの祈り』を読んでほしい、また、以前に読んだことのある人は読み返してほしい。必ず新しい発見があるだろう。例えば、マコート先生はなぜあんなに『ハムレット』にこだわるのだろうか。マコートは三冊の著書のエピソードが重ならないように気をつけて書いているので、本書を読んでいるだけではその理由はちょっと見えてこない。『アンジェラの灰』を読むと、それがわかってくる。マコート一家は住む家がなくなり、おばあちゃんに紹介されたある家に居候させてもらうのだが、父親が出稼ぎにイギリスへ行っている間に、その家の家主と母親が関係を持ってしまうのだ。だから父の弟に母を奪われたハムレットの悩みに自分の悩みを重ねているのである。

本書では意地悪な小言を並べてばかりいる、ちょっと嫌な感じのアルバータだが、『アンジェラの祈り』では大学で出会った彼女が青年マコートにとって高嶺の花の存在であり、そんな良家のお嬢さんの彼女がそれまで付き合っていたボーイフレンドと別れて、自分のところに来てくれたことに有頂天になっているところが描かれている。そんな一面を知るのもまた、楽しいことではないだろうか。

翻訳に当たって、ジョイスとマコートについての論文をお書きになっている、早稲田大学講師の福岡眞知子先生には、こちらの質問に細かい点にいたるまで丁寧に答えていただいた。深く感謝する。

ジョン・マクガハンの『ポルノグラファー』に続いて、国書刊行会編集長の清水範之氏には大変お世話になった。締め切りを守れず、延期してばかりの訳者を辛抱強く待ってくれた。足を向けて寝られないほどである。清水氏の協力なしにこの本が世に出ることはなかっただろう。

僕は神奈川県の公立高校で三十七年間、英語を教えた。マコート先生と同じように最初に赴任したのは職業高校だった。それから新設校、中堅校、県下でも指折りの生徒指導の大変な学校とさまざまな学校で教え、息切れしながらもなんとか無事定年まで勤めあげることができた。マコートの文章には教師としてまた個人的に共感できる部分が多い。僕もまた三十年以上もよくこの世界で生き延びたものだと思う。奇跡だ。僕の教師人生において教員にも生徒にもいろいろいたし、嫌なこともあったが、何とか続けてこられたのは、本書に描かれているような学校での感動的なドラマの瞬間が僕にもあったからだと思う。もちろん、一九七六年にAmerica's teachers of the yearに選ばれたマコート先生とは全く違い、僕は夏休みがほかの仕事に比べてたくさんとれそうだからという理由だけで教員になった、ただの落ちこぼれ教師ではあったが。ただ、かつてはどちらかというと自由業に近い印象のあったこの仕事も特に二十一世紀に入ってからは管理体制が強まり、お役所仕事も増え、土日出勤、夏休みもほとんど出勤、春休みなど名前だけで休みなし、残業代も出ないのに残業、というように状況が変わってきた。「だから二年前にとっくに完成していたはずの本書の翻訳の完成がこんなに遅れたんです」という理由書《エクスキューズ・ノート》を提出したいくらいだ。

マコート先生が本書の中で訴えているように、教員にも芸能人と同じくらいは無理にしても、もう少し光が当たってもいいのではないか、と切に思う。不祥事を起こしたときなどは、えっ先生が？　と大きいニュースになるが、そういうときだけでなく、普段地道に仕事をしている教員たちが世の中にもっと知られてもいいだろう。

そんな僕の教師体験、ちょっとした生徒たちとのやり取りが、本書の翻訳にも反映されていると思われる。
本書を僕と関わりのあったすべての教え子たちに捧げる。

二〇一九年三月

豊田　淳

アイルランド、リムリックにあるフランク・マコート博物館。
マコートが13歳まで通ったリーミ国民学校が現在博物館になっている。
当時の教室やマコート一家が暮らした部屋などが再現されている。
右下の銅像はマコートの像である。(2018年8月訳者撮影)

豊田　淳（とよだ　じゅん）

一九五六年静岡県生まれ。慶應義塾大学文学部英米文学科卒。一九八〇年から三十七年間、神奈川県の公立高校で教鞭を執る。現在、関東学院大学講師。小説に、『彼女はそこに立っていた』（文芸社、二〇〇二）（ペンネーム、ジュン・レモン）、訳書に、ジョン・マクガハン『男の事情　女の事情』（国書刊行会、二〇〇四、共訳）、『ポルノグラファー』（国書刊行会、二〇一一）がある。

教《きょう》師《し》人《じん》生《せい》

二〇一九年七月一日初版第一刷印刷
二〇一九年七月七日初版第一刷発行

著者　フランク・マコート
訳者　豊田淳
発行者　佐藤今朝夫
発行所　株式会社国書刊行会
東京都板橋区志村一―十三―十五　〒一七四―〇〇五六
電話〇三―五九七〇―七四二一
ファクシミリ〇三―五九七〇―七四二七
URL : https://www.kokusho.co.jp
E-mail : info@kokusho.co.jp
装訂者　コバヤシタケシ
印刷・製本所　中央精版印刷株式会社
ISBN978-4-336-06307-6 C0097
乱丁・落丁本は送料小社負担でお取り替え致します。

探偵小説の黄金時代

マーティン・エドワーズ／森英俊・白須清美訳

A5判／四八〇頁／四六〇〇円

セイヤーズ、バークリー、クリスティーらが結成した〈ディテクション・クラブ〉の歴史を通して、英国探偵小説黄金時代の作家群像を生き生きと描き、MWA賞に輝いた話題作。図版多数の一大人物図鑑。

アート・スピリット

ロバート・ヘンライ／野中邦子訳

四六判変型／三五六頁／二五〇〇円

一九二三年初刊以来、アメリカの若き芸術家のあいだで熱狂的に読み継がれてきた芸術指南書のロングセラーがついに邦訳！ デヴィッド・リンチやキース・ヘリングらをも魅了した古典的名著。

比類なきジーヴス

P・G・ウッドハウス／森村たまき訳

四六判／三〇〇頁／二〇〇〇円

これであなたもウッドハウス中毒？ ぐうたらでダメ男のバーティーと、とんち男の召使いジーヴス。この名コンビと、オマヌケなビンゴやお節介屋のアガサ伯母さんたちが繰り広げる抱腹絶倒の人間喜劇。

よしきた、ジーヴス

P・G・ウッドハウス／森村たまき訳

四六判／三七〇頁／二二〇〇円

お笑い街道大ばく進中!! 笑えない頁は一頁とて皆無？ 《英文学史上もっとも滑稽な数十ページ》といわれたキテレツ表彰式の章を含む、天才ウッドハウスのナンバーワン長篇。大爆笑付き。